2025

모두 풀어버리는

ALL

올풀

타임논술연구소

수원대
논술고사

기출문제 ➕ 실전모의고사

자연계열

수원대 논술고사
기출문제＋실전모의고사
[자연계열]

인쇄일 2024년 9월 1일 초판 1쇄 인쇄   **발행처** 시스컴 출판사
발행일 2024년 9월 5일 초판 1쇄 발행   **발행인** 송인식
등 록 제17-269호   **지은이** 타임논술연구소
판 권 시스컴 2024

ISBN 979-11-6941-401-2 13800
정 가 15,000원

주소 서울시 금천구 가산디지털1로 225, 514호(가산포휴) | **홈페이지** www.siscom.co.kr
E-mail siscombooks@naver.com | **전화** 02)866-9311 | **Fax** 02)866-9312

머리말

　그동안 내신 모의고사 3등급 이하의 학생들이 대학에 입학하기 위한 도구로써 활용했던 대입적성검사가 폐지되고 가칭 약술형 논술고사가 새로운 대안으로 떠올랐다. 약술형 논술고사는 400~1,000자의 서술을 요구하는 상위권 대학의 작문형 논술고사가 아니라, 한두 어절이나 30~40자 이내의 한 문장 또는 빈칸 채우기 등의 단답형 논술고사이다.

　약술형 논술고사는 학생들의 시험 준비부담을 덜기 위해 고교 교과과정 내에서 또는 EBS 수능연계 교재를 중심으로 출제되므로, 학생들은 별도의 사교육 부담 없이 학교 수업과 정기고사의 단답형 주관식 시험을 충실하게 준비하고, 아울러 EBS 연계 교재를 꼼꼼히 학습한다면 좋은 성과를 얻을 수 있다.

　본 도서는 약술형 논술고사를 통해 대학 입학의 관문을 두드리는 학생들에게 각 대학에서 시행하는 약술형 논술고사의 출제경향과 문제흐름을 익힐 수 있도록 다음과 같은 특징들을 갖고 출간되었다.

실제 시험 유형을 대비한 3개년 기출문제

각 대학에서 시행한 최신 3개년 기출문제를 수록하여 학생들이 각 대학들의 논술시험 특징을 파악하고 엉뚱한 시험 범위와 잘못된 공부 방법으로 시간을 낭비하지 않도록 유도하였다.

기출유형과 100% 똑 닮은 실전모의고사

각 대학별 약술형 논술 유형을 철저히 분석하여 실제 시험과 문제 스타일이나 출제방식이 똑 닮은 싱크로율 100%의 실전문제 총 5회분을 수록하였다.

직관적인 문항 정보 파악을 위한 정답 및 해설

모법답안, 바른해설, 채점기준에서부터 예상 소요 시간과 배점에 이르기까지 수록된 문제에 대한 직관적인 문항 정보를 파악할 수 있도록 하였다.

　부디 이 책이 학생들의 대학 진학에 조금이나마 도움이 되길 바라며, 아울러 수험생들의 충실한 길잡이가 되기를 기원한다.

●● 2025학년도 **약술형 논술대학**

※ 전형일정 및 입시요강 등은 학교 측의 입장에 따라 변경 가능하므로, 추후 공지되는 변경사항을 각 대학교 홈페이지에서 반드시 확인하시기 바랍니다.

[전형기초]

대학	계열	선발인원	전형방법	문항수			출제범위							고사시간	수능최저
							국어					수학			
				국어	수학	합계	독서	문학	화작	문법	기타	수학 I	수학 II		
가천대	인문	286	논술 100%	9	6	15	○	○	○	○	국어	○	○	80분	○
	자연	686		6	9										
고려대 (세종)	자연	193	논술 100%		±6	6	X	X	X	X		○	○	90분	○
삼육대	인문	40	논술 70% 교과 30%	9	6	15	○	○	○	○		○	○	80분	○
	자연	87		6	9										
상명대	인문	54	논술 90% 교과10%	8	2	10	○	○	○	○	국어	○	○	60분	X
	자연	47		2	8										
서경대	공통	216	논술 90% 교과 10%	4	4	8	○	○	X	X		○	○	60분	X
수원대	인문	135	논술 60% 교과 40%	10	5	15	○	○	X	X		○	○	80분	X
	자연	320		5	10										
신한대	인문	75	논술 90% 교과 10%	9	6	15	○	○	X	X		○	○	80분	○
	자연	49		6	9										
을지대	공통	219	논술 70% 교과 30%	7	7	14	○	○	X	○		○	○	70분	X
한국 공학대	공통	290	논술 80% 교과 20%		9	9	X	X	X	X		○	○	80분	X
한국 기술교대	인문	26	논술 100%	±12		12	X	X	X	X	국어 사회	○	○	80분	X
	자연	144			±10	10									
한국외대 (글로벌)	자연	66	논술 100%		7	7	X	X	X	X		○	○	90분	○
한신대	인문	108	논술 60% 교과 40%	9	6	15	○	○	X	X		○	○	80분	X
	자연	157		6	9										
홍익대 (세종)	자연	122	논술 90% 교과 10%		7	7	X	X	X	X		○	○	70분	○

● ● 2025학년도 수원대 논술전형

[전형일정]

구분		일시	비고
원서접수		2024. 9. 9(월) ~ 13(금) 18:00	시험시간 30분전 입실완료
시험일	자연계열 지원자 [혁신공과대학/지능형SW융합대학/ 라이프케어사이언스대학 (스포츠과학부 제외)]	2024. 11. 16(토)	
	인문계열 지원자 [인문사회융합대학/경영공학대학/ 디지털콘텐츠]	2024. 11. 17(일)	
합격자 발표		2024. 12. 13(금) 17:00 이전	본교 입학홈페이지 공고

[특징]

수원대학교 교과논술고사는 별도의 사교육 없이도 충분히 도전할 수 있는 문제로 구성되어 평소 고등학교 교육과정과 대학수학능력시험을 충실하게 준비하는 학생이라면 부담 없이 준비할 수 있는 전형입니다. 수원대학교 교과논술고사 전형은 고교 교육과정 개념에 대한 이해를 바탕으로 한 교과 서술형 논술로 출제된다는 점에서 기존 논술고사에 어려움을 느끼는 수험생에게 차별성 있는 지원의 기회로 다가가게 될 것입니다.

- **약술형 논술** : 묻는 바에 대해서 주어진 요건에 맞게 두세 개의 핵심어로 이루어진 문장이나 수식으로 간략하게 서술하는 논술임.
- **쉬운 논술** : 학교 수업을 충실히 이수한 중위권 학생이라면 누구나 쉽게 도전할 수 있도록 전후 맥락과 주장의 독창성 보다는 핵심적인 개념을 명확하게 이해하고 있는지를 중요하게 평가하는 논술임.

[출제범위]

고교교육과정 범위에서 EBS 수능 연계 교재를 중심으로 고등학교 정기고사 서술·논술형 문항 난이도로 출제

[지원자격]

고등학교 졸업(예정)자 또는 고등학교 졸업학력 검정고시 합격자

[평가방법]

계열	문항수		배점	총점	고사시간	답안지 형식
	국어	수학				
인문	10	5	각 문항 10점	150점 + 450점(기본점수)	80분	노트 형식의 답안지 작성
자연	5	10				

※ 대소문항 구분 없음 / 문항별 부분점수 있음
※ 디지털콘텐츠 전공은 인문계열 평가방법을 따름

[세부 출제범위 및 평가기준]

구분	출제범위	평가기준
국어	문학	• 제시문의 핵심 내용을 정확하게 이해한 표현
	독서	• 문항에서 요구하는 조건에 충실한 서술
수학	수학 I	• 문제에 필요한 개념과 원리에 대한 정확한 서술
	수학 II	• 정확한 용어, 기호를 사용한 표현

[모집단위 및 모집인원]

계열	대학	모집단위	논술
			교과논술 전형
인문	인문사회 융합대학	한국언어문화 영미언어문화 일본언어문화 중국언어문화 러시아언어문화 법학 행정학 미디어커뮤니케이션 디지털헤리티지 소방행정	75

계열	대학	모집단위		논술 교과논술 전형
인문	경영공학대학	경제학부	경제금융 국제개발협력	15
		경영학부	경영 회계 글로벌비즈니스	30
		호텔관광학부	호텔경영 외식경영 관광경영	15
자연	혁신 공과대학	바이오화학산업학부	바이오공학 및 마케팅 융합화학산업	15
		건설환경에너지공학부	건설환경공학 환경에너지공학	30
		건축도시부동산학부	건축학 도시부동산학	25
		산업 및 기계공학부	산업공학 기계공학	30
		반도체공학과		15
		전기전자공학부	전기공학 전자공학	30
		화학공학 · 신소재공학부	화학공학 신소재공학	30
	지능형SW 융합대학	데이터과학부		30
		컴퓨터학부	컴퓨터SW 미디어SW	30
		정보통신학부	정보통신 정보보호	30
	라이프케어 사이언스대학	간호학과		20
		아동가족복지학과		10
		의류학과		5
		식품영양학과		10
예체능	문화예술융합 대학	아트앤엔터테인먼트학부	디지털콘텐츠	10
합계				455

2025학년도 약술형 논술고사

[제출서류]

구분	제출서류	비고
고교 졸업(예정)자	학교생활기록부	온라인 제공 동의자 제외
검정고시 출신자	검정고시 성적증명서	
비교내신 대상자	졸업증명서 또는 검정고시 합격증명서	2024. 9. 20(금)까지 제출

[전형방법]

구분		선발방법	학생부	논술	총점	수능최저기준
논술위주(논술)	논술고사	일괄합산	40(40)%	60(60)%	1,000	없음

[학생부 반영방법]

• 인문계열 : 국어, 수학, 영어, 사회 교과 내 학생이 이수한 과목 중 각 교과별 상위등급 5과목만 반영
• 자연계열 : 국어, 수학, 영어, 과학 교과 내 학생이 이수한 과목 중 각 교과별 상위등급 5과목만 반영
• 졸업자, 졸업예정자 모두 3학년 1학기까지의 성적 반영
• 반영과목이 5과목 미만일 경우에는 이수한 교과목만 반영

[등급점수표] - 2017년 2월 이후 졸업(예정)자

석차등급	1	2	3	4	5	6	7	8	9	비고
배점	100	98.75	97.50	96.25	95.00	93.75	82.50	78.75	75	최고 400
점수차	–	1.25	1.25	1.25	1.25	1.25	11.25	3.75	3.75	최저 300

※ 성적산출 방식은 학교생활기록부 반영방법(공통) 참조

[등급점수표] - 검정고시 합격자 및 2016년 이전 졸업자

논술고사 성적	600	599 ~584	583 ~568	567 ~552	551 ~536	535 ~505	504 ~479	478 ~451	450 ~0	비고
배점	100	98.75	97.50	96.25	95.00	93.75	82.50	78.75	75	최고 400
점수차	–	1.25	1.25	1.25	1.25	1.25	11.25	3.75	3.75	최저 300

[논술고사성적 반영방법]

구분		내역
평가영역		국어능력 + 수학능력
고사시간		80분
문항수	인문계열	국어 10문항 + 수학 5문항 = 15문항
	자연계열	국어 5문항 + 수학 10문항 = 15문항
배점기준	인문계열	[(10문항 × 10점) + (5문항 × 10점)] + 450점 기본점수 = 600점
	자연계열	[(5문항 × 10점) + (10문항 × 10점)] + 450점 기본점수 = 600점

[유의사항]

1. 수험생은 신분증(주민등록증, 운전면허증, 여권, 청소년증 또는 학생증(사진, 생년월일 필수)) 및 수험표를 반드시 지참해야 함.
2. 필기도구: 답안작성을 위한 흑색필기구를 준비하며, 답안수정이 불가하므로 화이트나 수정테이프 등은 지참하지 않도록 함.
3. 수험생은 휴대폰이나 기타 전자기기 등을 휴대해서는 안 됨(※ 휴대폰 전원은 반드시 OFF).
4. 논술고사 일시 및 장소는 본교 입학홈페이지를 통하여 공고하며, 예비소집은 따로 실시하지 않음.

[동점자 처리기준]

구분	전형유형	계열	비고	
논술위주	교과논술전형	인문계열 (디지털콘텐츠 포함)	① 논술고사성적(총점) ② 논술고사성적(국어영역)	③ 논술고사성적(수학영역) ④ 학교생활기록부성적(국어)
		자연계열	① 논술고사성적(총점) ② 논술고사성적(수학영역)	③ 논술고사성적(국어영역) ④ 학교생활기록부성적(수학)

※ 단계별 전형의 경우, 1단계 동점자는 모두 합격으로 처리함.
※ 비교내신 성적 적용자의 동점자처리 시 학교생활기록부 성적 반영은 비교내신 성적 반영 방법에 준하여 처리함.

[신입생 장학안내]

장학금 명칭		선발대상	지급내역
수시우수 장학금	논술최우수	수시 교과논술전형 최종합격자 중 모집단위별 전형 총점 최상위자	등록금전액(1학기)
	논술우수	수시 교과논술전형 최종합격자 중 모집단위별 전형 총점 차상위자	등록금의 50%(1학기)

[원서접수 방법]

1. 원서접수는 인터넷으로 하며, 방문접수는 실시하지 않는다.
2. 본교는 인문계열, 자연계열 구분 없이 교차지원이 가능하다.
3. 원서접수 시 유의사항을 반드시 확인하고 안내문의 지시에 따라 작성한다.
4. 본교는 전형유형별 복수(중복)지원이 가능하다. 단, 전형유형별로 1개의 모집단위만 지원할 수 있으며 중복 합격 시 반드시 1개 전형만 등록해야 한다(예체능 포함).
5. 원서접수시 반명함판(3×4cm) 사진을 입학원서 사진란에 업로드해야 하므로 사전에 사진파일을 저장(보관)하고 있어야 한다.
6. 본교에 2025학년도 수시모집 원서접수를 하는 것으로써 본교가 지원자의 학교생활기록부 및 검정고시(온라인제공 사전 동의자에 한함) 자료를 온라인으로 제공받는 것에 동의하는 것으로 본다.
7. 비동의자 및 비대상교 출신자는 출신고교의 학교장 직인 및 간인이 날인된 학교생활기록부 사본을 서류 제출 마감일까지 등기우편(우편물 도착 기준) 또는 직접 방문하여 제출해야 한다.
8. 원서접수는 전형료 결제 후 수험번호가 부여되어야 완료된 것이며, 수험표를 출력하여 접수 여부를 재확인한다.
9. 원서접수가 완료된 후에는 수시모집 6회 초과지원이 아닌 이상 지원취소, 전형관련 서류반환은 불가하며 전형료도 환불하지 않는다.
10. 서류 위·변조, 허위기재 등 부정한 방법으로 합격(입학)한 사실이 확인될 경우 입학한 후에도 합격(입학)이 취소되며, 합격 또는 입학이 취소된 경우 납부한 등록금은 일절 반환하지 않는다(관련 서류 반환은 불가하며 전형료도 환불하지 않음).
11. 본교 원서접수 시 수집한 지원자의 개인정보를 본교에서 입학전형을 위한 자료로 활용하며, 본교 입학 이후에는 교육, 연구, 행정, 대학생활 및 정보 안내의 목적으로 활용·제공하는 것에 동의한 것으로 본다.
12. 성명, 주민등록번호 등은 반드시 주민등록상의 내용과 같아야 하며, 성명, 주민등록번호, 주소, 전화번호 등이 변경되었을 경우 즉시 입학처에 통보한다.
13. 장애학생은 원서 접수 후 고사 참여에 도움이 필요한 경우 사전에 입학처로 장애정도를 통보하여야 한다(전형방법과 평가기준을 변경할 수 없으나 학생선발과 관련하여 장애로 인한 불이익은 없음).
14. 수험표 분실 시에는 원서접수 대행업체 사이트에서 재출력한다.

●● Study plan

영 역			날 짜	시 간
PART 1 기출문제	2024학년도	기출문제		
		모의고사		
	2023학년도	기출문제		
		모의고사		
	2022학년도	기출문제		
		모의고사		
PART 2 실전모의고사	제 1 회	국어		
		수학		
	제 2 회	국어		
		수학		
	제 3 회	국어		
		수학		
	제 4 회	국어		
		수학		
	제 5 회	국어		
		수학		

●● 구성과 특징

기출문제   실제 시험 유형을 대비한 3개년 기출문제

각 대학에서 시행한 모의 또는 기출문제를 수록하여 학생들이 각 대학들의 논술시험 특징을 파악하고 엉뚱한 시험범위와 잘못된 공부 방법으로 시간을 낭비하지 않도록 유도하였다.

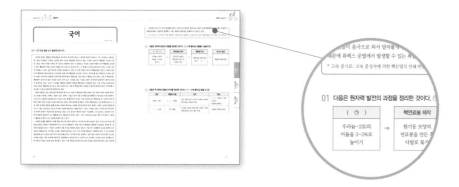

실전모의고사   기출유형과 100% 똑 닮은 실전문제

각 대학별 약술형 논술 유형을 철저히 분석하여 실제 시험과 문제 스타일이나 출제방식이 똑 닮은 싱크로율 100%의 실전문제 총5회분을 수록하였다.

정답 및 해설

직관적인 문항 정보 파악을 위한 정답 및 해설

모범답안, 바른해설, 채점기준에서부터 예상 소요 시간과 배점에 이르기까지 수록된 문제에 대한 직관적인 문항 정보를 파악할 수 있도록 하였다.

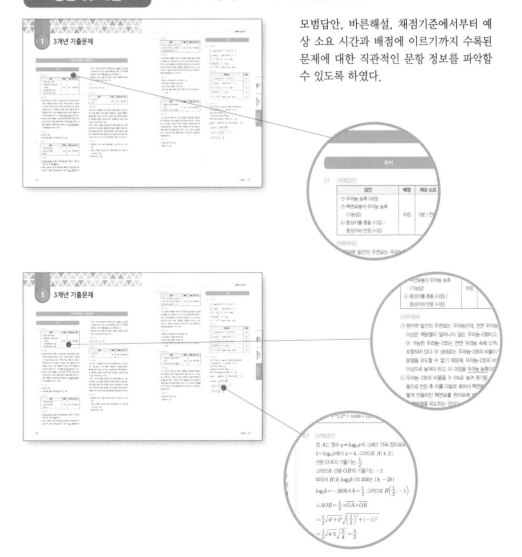

합격을
기원합니다

[3개년 기출문제]

PART 1 기출문제			문제	해설
	2024학년도	기출문제	20	138
		모의고사	32	143
	2023학년도	기출문제	40	146
		모의고사	52	150
	2022학년도	기출문제	60	152
		모의고사	72	157

CONTENTS

수원대 논술고사 기출문제 + 실전모의고사[자연계열]

시스컴은
여러분을
응원합니다

PART 1

기출문제

2024학년도
수원대
논술 기출문제

국어

수학

국어

▶ 해답 p.138

[01~02] 다음 글을 읽고 물음에 답하시오.

　원자력 발전은 핵분열 연쇄 반응을 유도하여 에너지를 얻는다. 원자력 발전의 연료로는 주로 우라늄이 사용되는데, 천연 우라늄을 구성하는 물질의 99% 이상은 핵분열이 일어나지 않는 우라늄-238이고 핵분열이 가능한 우라늄-235는 천연 우라늄 속에 0.7% 정도만 포함되어 있다. 이 상태로는 우라늄-235의 비율이 낮아 핵분열을 유도할 수 없기 때문에 우라늄-235의 비율을 3% 이상으로 높여야 하고, 이 과정을 우라늄 농축이라고 한다. 우라늄-235의 비율을 3~5%로 높여 원기둥 모양의 연료봉으로 만든 후 이를 다발로 묶어서 핵연료봉을 만든다. 이렇게 만들어진 핵연료를 원자로에 넣고 중성자를 충돌시켜 핵분열을 유도하는 것이다. 원자로에 넣은 핵연료의 우라늄-235의 비율이 낮아져서 반응력이 떨어지면 원자로에서 꺼내는데, 이를 사용 후 핵연료 라고 한다. 사용 후 핵연료에는 핵분열이 일어나지 않은 우라늄-235가 남아 있고, 우라늄-238, 우라늄-238이 중성자와 반응하여 만들어진 물질인 플루토늄-239, 그리고 이 외에도 핵분열 과정에서 생성된 핵물질들이 포함되어 있다. 이중 우라늄-235와 플루토늄-239는 핵분열을 일으킬 수 있는 물질이므로 사용 후 핵연료에서 추출한 후 원자력 발전의 연료로 재사용할 수 있는데, 이 분리 공정을 핵 재처리라고 한다.

　현재 사용하고 있는 대표적인 핵 재처리 방식으로 사용 후 핵연료를 액체 상태로 만든 뒤에 우라늄-235와 플루토늄-239를 추출하는 퓨렉스 공법이 있다. 퓨렉스 공법은 먼저 사용 후 핵연료를 해체한 후 연료봉을 작게 절단한다. 다음으로는 절단한 연료봉을 90℃ 정도의 질산 용액에 담가 녹인다. 이후 질산에 녹인 핵연료를 유기 용매인 TBP 용액과 접촉시키면 우라늄-235와 플루토늄-239는 TBP 용액에 달라붙고 나머지 핵물질들은 질산 용액에 남는다. 이후 산화 및 환원 반응을 통해 우라늄-235와 플루토늄-239를 상호분리하게 된다. 퓨렉스 공법은 공정을 반복할 때마다 더 많은 양과 높은 순도의 우라늄-235와 플루토늄-239를 얻을 수 있다. 우라늄-235는 기존의 원자로에 넣어서 원자력 발전이 가능하지만 플루토늄-239는 고속 증식로*에서만 사용이 가능한데, 고속 증식로는 안정성이 부족하여 폭발의 위험성이 크기 때문에 아직 실용화되지 못하고 있다. 그리고 플루토늄-239는 핵무기의 원료로 사용되기 때문에 국제적으로도 민감한 문제가 될 수 있다.

　이러한 문제를 해결하기 위해 개발 중인 핵 재처리 방식으로 파이로프로세싱 공법이 있다. 파이로프로세싱은 핵분열 물질을 추출하기 위해 용액이 아닌 전기를 활용한다. 먼저 사용 후 핵연료를 해체하고 연료봉을 절단한 후, 절단한 연료봉을 600℃ 이상의 고온에서 산화 우라늄 형태의 분말로 만든다. 이를 전기 분해하여 산소를 없애면 금속 물질로 변환되는데, 여기에는 우라늄-235와 플루토늄-239, 기타 다양한 핵물질이 포함되어 있다. 이 금속 물질을 용융염에 넣고 온도를 500℃까지 올려 용해시킨다. 여기에 전극을 연결하고 일정 전압 이하의 전기를 흘려 주는데, 우라늄-235는 다른 물질에 비해 낮은 전압에서도 쉽게 음극으로 움직이므로 음극에는 우라늄-235만 달라붙는다. 여기에서 우라늄-235를 일부 회수할 수 있다. 이후 전압을 올리면 남아 있던 우라늄-235와 플루토늄-239, 다른 핵

물질들이 음극으로 와서 달라붙게 된다. 파이로프로세싱은 플루토늄-239가 다른 핵물질들과 섞인 채로 추출되기 때문에 퓨렉스 공법에서 발생할 수 있는 폭발의 위험성을 상대적으로 줄일 수 있다.

* 고속 증식로: 고속 중성자에 의한 핵분열의 연쇄 반응을 이용하여, 소비한 연료 이상의 핵분열 물질과 에너지를 만드는 원자로.

01 다음은 원자력 발전의 과정을 정리한 것이다. ㉠, ㉡에 들어갈 내용을 기술하시오.

(㉠)	핵연료봉 제작	핵분열 유도	에너지 생성
우라늄-235의 비율을 3~5%로 높이기	원기둥 모양의 연료봉을 만든 후 다발로 묶기	핵연료를 원자로에 넣고 (㉡)	핵분열 연쇄 반응

⇒ ⇒ ⇒

02 다음은 핵 재처리 공법의 차이를 정리한 것이다. ㉠ ~ ㉢에 들어갈 말을 쓰시오.

공법	핵물질 추출	결과	특성
퓨렉스 공법	(㉡) 활용	많은 양과 높은 순도의 우라늄-235와 플루토늄-239을 추출	- (㉢) 원료로 사용 가능성 - 폭발의 위험성
(㉠) 공법	전기 활용	우라늄-235과 플루토늄-239가 다른 핵물질들과 섞인 채로 추출	폭발의 위험성 줄임

[03] 다음 글을 읽고 물음에 답하시오.

행정청이 상대방에게 법을 집행하는 것을 처분이라 하고 처분은 법적 효과에 따라 두 가지로 구분한다. 세금 부과처럼 처분의 상대방이 가진 이익을 침해하는 것은 침익적 처분이라 한다. 반면에 영업 허가처럼 처분의 상대방에게 이익을 부여하거나, 처벌 기간을 줄여서 처분의 상대방이 입을 불이익을 줄여 주는 것을 수익적 처분이라 한다. 그런데 처분이 어떤 사유로 인하여 무효이거나, 취소 또는 철회가 된다면 처분의 효력은 소멸된다.

처분이 적합한 요건을 갖추지 못하여 흠이 있는 상태를 하자라고 하며, 하자의 판단은 처분을 내린 시점을 기준으로 이루어진다. 그래서 처분을 내린 뒤에 근거가 되는 법령의 내용이 바뀌었더라도 처분 당시의 법령을 따랐다면 그 처분은 적법이다. 무효란 처분 당시에 중대한 하자가 있어서 그 처분은 처음부터 효력이 없는 것을 말한다. 가령 처분 당시 근거가 되는 법률이 위헌이었거나, 권한이 없는 행정청이 처분을 했거나, 행정청의 서명 날인이 없는 경우, 처분의 상대방이 사망을 한 경우 행정법에서는 이들을 중대한 하자로 본다.

반면에 행정청의 착오로 세금의 액수를 법령의 내용과 다르게 거둔 경우나, 행정청이 영업 정지 처분을 하기 전에 처분의 상대방으로 하여금 반박할 수 있는 기회를 주는 청문 절차를 거치지 않은 경우 등을 행정법에서는 중대한 하자까지는 아니라고 보고 취소의 사유로 정해 놓았다. 이러한 처분은 분명 하자는 있지만 일단 처분을 내린 시점부터 처분의 효력은 발생한다. 그리고 나중에 하자를 이유로 행정청이나 법원이 처분을 취소해야 처분의 효력은 소멸된다.

행정청이 자신이 내린 처분에 대해 스스로 취소하는 것을 직권 취소라 한다. 침익적 처분에 대한 직권 취소는 처분의 상대방에 대한 권리를 보호하는 것이므로 별도의 법적인 근거가 없더라도 가능하며, 취소하면 그 처분은 처음부터 없었던 것처럼 된다. 다만 수익적 처분을 취소한다는 것은 처분의 상대방에게 손해를 입히는 것이므로 '상당성의 원칙'에 따른다. 즉 적법한 행정으로 얻는 공익과 취소에 의해 상대방이 입게 될 손해를 비교하여, 공익이 더 크다면 취소할 수 있다. 그리고 이 경우는 취소가 결정된 이후부터 효력이 소멸된다. 단 처분의 상대방이 사실을 은폐했기 때문에 행정 기관이 하자 있는 처분을 내린 경우라면, 상대방은 위법한 처분이 취소될 수 있음을 알고 있을 것이므로 행정청은 이러한 위법한 처분으로 얻는 상대방의 이익을 고려하지 않고 직권 취소할 수 있다.

직권 취소가 이루어지지 않으면, 처분의 상대방은 법원을 통한 재판으로 자신의 이익이 침해당한 것을 구제받아야 하는데 이를 쟁송 취소라 한다. 쟁송 취소는 처분의 상대방이 잃은 권리를 회복시키는 것이 목적이므로 원고가 승소하면 법원에 의해 그 처분은 취소되어 처음부터 없었던 것처럼 된다. 그래서 쟁송 취소의 대부분은 침익적 처분의 효력을 소멸시킬 목적으로 이루어 진다.

철회란 처분 당시에는 적법했지만 이후 발생한 새로운 사정에 의해서 집행했던 행정청이 그 처분을 소멸시키는 행위이다. 철회가 결정되면 결정된 이후부터 효력이 소멸된다. 이때 침익적 처분의 철회는 쉽게 가능하지만, 수익적 처분의 철회는 상당성의 원칙에 따른다.

하자가 있는 처분일지라도 적법한 처분인 것으로 만들 수 있다. 사후 보완을 통해 처분의 취소 사유를 없애는 것을 하자의 치유라 한다. 하자가 치유되면 그 처분은 처음부터 적법했던 것으로 다루어진다. 무효인 처분은 치유될 수 없으며, 사후 보완의 기한은 쟁송 취소를 제기하기 전까지이다. 한편 무효인 처분을 적법한 다른 처분으로 변경시키는 것을 하자의 전환이라 한다. 가령 사망한 자에 대한 영업 허가 처분은 무효이지만 이를 가족 중 다른 사람이 영업할 수 있게 처분의 상대방을 변경하는 경우가 이에 해당한다.

03 윗글의 내용을 토대로 할 때, ㉠, ㉡에 들어갈 말을 쓰시오.

> [사례 1] 자영업자 A는 자신의 소득을 속이고 보조금을 받았다. A가 사실을 은폐했기 때문에 행정청이 잘못된 처분을 내린 것이다. 행정청은 해당 처분으로 얻은 상대방의 이익을 고려하지 않고 (㉠)을/를 할 수 있다.

> [사례 2] 행정청은 식당의 환기 시설을 보완하라는 처분을 이행하지 않은 음식점주 B에게 영업 정지 처분을 내렸다. 이에 대해 B는 영업 정지 처분에 대한 청문 절차를 거치지 않았으므로 영업 정지 처분에 (㉡) 이/가 있다고 판단하여 법원에 소송을 제기하였다.

[04~05] 다음 글을 읽고 물음에 답하시오.

> "아무것도 안 보이는데, 길을 지키려구 초소를 지었을 리는 없구."
> 역시 문 상병은 고개를 흔들었다.
> "그러고 보니까, R의 임무는 뭐야? 도대체 모두 철수해 버린 보급 대대 앞 노상을 지킬 무슨 이점이라두 있니?"
> "탑이 있거든."
> "탑이라니……."
> "그전엔 여기 사원(寺院)이 있었어. 무너진 사원을 불도저루 밀어낼 때 주민들의 반대루 탑만 남겨 놓았거든. 월남인들의 감정에 큰 영향을 준다는 이유로 부대 진주 초기부터 지켜 왔던 거야. 우리는 저 탑을 적이 옮겨가지 못하도록 무사히 보존했다가 정부군에게 물려주는 거지. 저 따위를 지켜야 된다구 생각해 낸 자들은 바보야. 전략적 가치와 정치적 가치가 어떻다느니 하지만, 이놈의 전쟁은 시작부터가 전략적이라 그 말이지."
> 장난감과 같은 작은 탑을 지켜야 하는 일이란 걸 알았을 때, 나는 지프에 실려 이곳으로 오면서 느꼈던 공포감마저도 억울하다는 생각이 들었다. 실로, 그것은 탑이라는 거창한 말을 붙이기엔 너무나도 초라한 물건이었다. 초소와 숲 사이의 마당에 사람 두 키 정도의 높이로 세워져 있는 보잘것없는 돌덩이에 지나지 않았다.
> 돌은 조잡한 솜씨로 여섯 모 비슷하게 다듬어졌고, 중간중간에 희미하게 지워진 문자가 새겨져 있었다. 그러나 자세히 윗부분을 관찰하면서 나는 차츰 그렇게까지 초라한 것은 아님을 깨닫게 되었다. 탑의 위층부터 춤추는 듯한 사람들의 옷자락에 둘러싸인 부처의 좌상이 부조(浮彫)되어 있었는데, 그 꼭대기 부분만은 진짜인 듯했고, 나머지 부분은 나중에 보수한 것 같았다. 부녀들의 옷자락과 긴 띠와 손가락들의 윤곽은 아주 섬세했으며, 부처님의 거의 희미해진 조상은 그래서 더욱 신비로워 보였다. 짐작건대는 이것이 지방민의 사랑과 애착의 대상이리라는 것이었다.

[중략 줄거리] '나'는 비롯한 적군의 공격을 막아내고 많은 희생을 감수하며 탑을 지킨다. 그러던 어느 날 미군이 도착하여 불도저로 탑을 밀어 버리려 한다.

　불도저는 드디어 초소 뒤의 빈터를 향하여 굴러왔다. 우리는 담배를 내던지고 벌떡 일어섰다. 선임 조장이 불도저 앞으로 달려갔다. 그는 자동소총을 운전사에게로 거누었다.

　"꺼져 이 새끼."

　"갈겨 버려."

　미군 중사는 발동을 끄고 어처구니없다는 듯이 우리를 두리번거리고 나서 두 손을 벌리며 어깨를 으쓱했다. 내가 어리둥절해 있는 장교에게 다가가서 말을 걸었다.

　"뭐 하는 겁니까?"

　장교가 얼굴이 새빨개져서 말했다.

　"바나나숲을 밀어내야겠어. 캠프와 토치카를 지을 걸세. 저 해병이 막는 이유가 뭔지 모르겠네."

　"우리는 ㉠ 작전 명령 에 따라서 저 탑을 지켰습니다."

　나는 초라하게 서 있는 작은 석탑을 가리켰다. 중위가 고개를 저었다.

　"탑이라구? 나는 저런 물건에 관해서 명령받은 일이 없는데."

　"아직 통고되지 않았을 겁니다. 아군은 월남군에게 탑을 인계하기로 되어 있었습니다. 인민해방전선은 저것을 빼앗아 옮겨가기로 했습니다."

　나는 얘기하고 싶지 않았으나, 불교와 주민들의 관계, 참모들의 심리적인 판단이며 마을에 관해서 설명하려고 애썼다. 그렇지만 말하고 나자마자 우리는 깨끗이 속아 왔다는 것을 알았다. 그게 누구의 것인가. 내 말이 다 끝나기 전에 불교라는 낱말이 나오자 이 단순한 서양친구는 으흥, 하면서 고개를 끄덕였다. 중위가 말했다.

　"그런 골치 아픈 것은 없애 버려야지. 미합중국 군대는 언제 어디서나 변화시키고 새롭게 할 수가 있네. 세계의 도처에서 말이지."

　나는 우리가 탑과 맺게 된 더럽고 끈끈한 관계에 대해서 달리 설명할 방도가 없음을 깨달았다. 장교는 자기가 가장 실질적이며 합리적인 강대국 아메리카인의 전형임을 내세우고, 탑에 대한 견해도 그런 바탕에서 출발한 것이다. 한 무더기의 작은 돌덩어리가 무슨 피를 흘려 지킬 가치가 있었겠는가. 나는 안다. 우리가 싸워 지켜 낸 것은 겨우 우리들 자신의 개같은 목숨에 지나지 않는다는 것을. 그러나 나는 역겨움을 꾹 참고 말했다.

　"중지시켜 주십시오."

　중위는 내게 한쪽 눈을 찡긋 감아 보이면서 고개를 끄덕였다. 그는 기계 앞으로 걸어가서 중사에게 뭔가 일렀다. 배불뚝이 미군 중사는 불도저 위에서 뛰어내리며 투덜거렸다.

　"노란 놈들은 이해할 수 없단 말야."

　중위가 비워 둔 2.5톤을 가리키며 여단본부까지 태워다 주겠다고 말했다. 우리는 전사자의 시체와 장비를 싣고 R를 떠났다. 차가 바나나숲을 채 돌아가지 못해서, 나는 불도저의 굵직하게 가동하는 엔진 소리를 들었다. 불도저는 빈터의 가운데로 돌격했고, 떠받친 탑이 기우뚱했다가 무너져 자취를 감추었다. 탑의 그림자마저 짓이겨졌을 것이다. 달리는 트럭이 일으켜 놓는 먼지가 시야를 차단했다.

　　　　　　　　　　　　　　　　　　　　　　　　　　　－ 황석영, 「탑」

04 ㉮ 작전 명령 의 구체적인 내용을 윗글에서 찾아 쓰시오.

〈유의 사항〉

– 하나의 완전한 문장으로 쓸 것.

05 다음은 '탑'에 대한 주인공 '나'의 인식의 변화 과정을 그리고 있다. ㉠, ㉡에 들어갈 말을 찾아 쓰시오.

> '나'는 '처음에는 보잘것없는 돌덩이'로 인식했지만, 탑을 직접 보고 나서는 (㉠)임을 알게 되었다. 하지만 자신이 목숨을 바쳐 지킨 탑이 미군들에게는 (㉡)에 지나지 않는다는 것을 알고 좌절하게 된다.

수학

▶ 해답 p.139

06 실수 a와 b가 $a\log_3 8 = b\log_3 \dfrac{1}{5} = 1$을 만족시킬 때, $3^{\frac{1}{a} - \frac{3}{b}} + {}^{3a}\sqrt{3^{10}}$의 값을 구하는 과정을 논술하시오.

07 함수 $y = \log_2 x$의 그래프 위의 두 점 A와 B, 그리고 원점 O를 꼭짓점으로 하는 삼각형 AOB의 $\angle AOB$가 직각이고 점 A의 y좌표가 2일 때, 직각삼각형 AOB의 넓이를 구하는 과정을 논술하시오.

08 방정식

$$\frac{\sqrt{2}}{2}\cos\left(\frac{\pi}{2}+x\right)+\cos^2 x-2\cos\left(\frac{\pi}{2}-x\right)$$
$$=1+\sqrt{2}$$의 모든 해 x를 구하는 과정을 논술하시오. (단, $0 \le x \le 2\pi$)

09 등차수열 $\{a_n\}$의 첫째항부터 제n항까지의 합을 S_n이라 하자. $a_3=14$, $S_5=S_7$일 때, S_n의 최댓값을 구하는 과정을 논술하시오.

10 다항함수 $f(x)$가 두 조건

$$\lim_{x \to \infty} \frac{f(x) - x^2}{x - 1} = 2, \quad \lim_{x \to 1} \frac{f(x) - 2}{x - 1} = a$$

를 만족시킬 때, 상수 a의 값을 구하는 과정을 논술하시오.

11 다항함수 $y = f(x)$의 $x = 1$에서의 접선의 방정식이 $y = 3x - 1$일 때, 함수 $y = \{f(x)\}^2 - 2f(x)$의 $x = 1$에서의 접선의 방정식을 구하는 과정을 논술하시오.

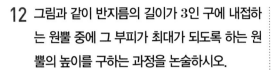

12 그림과 같이 반지름의 길이가 3인 구에 내접하는 원뿔 중에 그 부피가 최대가 되도록 하는 원뿔의 높이를 구하는 과정을 논술하시오.

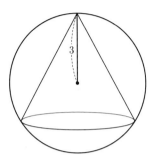

13 다항함수 $f(x)$가 다음 두 조건을 만족시킨다.

> **(가)** 곡선 $y=f(x)$ 위의 임의의 점 $(x, f(x))$에서의 접선의 기울기가 x^2-kx이다.
>
> **(나)** 함수 $f(x)$의 극댓값과 극솟값의 차이가 $\dfrac{4}{3}$이다.

이때 $\displaystyle\int_{-k}^{k} (x^2-kx)\,dx$를 구하는 과정을 논술하시오. (단, k는 양의 상수)

14 다항함수 $f(x)$가 모든 실수 x에 대하여
$$(x^2+1)f(x)=(x^2+1)^2+2\int_0^x tf(t)dt$$
를 만족시킬 때, $f(x)$를 구하는 과정을 논술하시오.

15 자연수 $n=2, 3, 4, \cdots$에 대하여 두 곡선 $y=x-x^2$과 $y=\dfrac{x}{n}-\left(\dfrac{x}{n}\right)^2$으로 둘러싸인 부분의 넓이를 S_n이라 할 때, $S_n=\dfrac{5}{54}$인 자연수 n의 값을 구하는 과정을 논술하시오.

2024학년도

수원대
논술 모의고사

국어

수학

국어

▶ 해답 p.143

[01~02] 다음 글을 읽고 물음에 답하시오.

우리가 일상생활에서 흔히 사용하는 저울은 어떠한 원리로 작동하여 물체의 무게를 측정하는 것일까? 양팔저울과 대저울은 지레의 원리를 응용한다. 양팔저울은 지렛대의 중앙을 받침점으로 하고 양쪽의 똑같은 위치에 접시를 매달거나 올려놓은 것이다. 한쪽 접시에는 측정하고자 하는 물체를, 다른 한쪽에는 추를 올려놓아 지렛대가 수평을 이루었을 때의 추의 부재가 바로 물체의 무게가 되는 것이다. 그러나 양팔저울은 지나치게 무겁거나 부피가 큰 물체의 무게를 측정하기에는 한계가 있었다. 이런 점을 보완한 저울이 바로 대저울이다. 대저울은 받침점에 가까운 곳에 측정하고자 하는 물체를 걸고 반대쪽에는 작은 추를 걸어 움직여서 지렛대가 평형을 이루는 지점을 찾는 방법으로 물체의 무게를 측정한다. '물체의 무게×받침점과 물체 사이의 거리=추의 무게×받침점과 추 사이의 거리'이므로 받침점으로부터 평형을 이루는 지점을 알면 지레의 원리를 이용하여 물체의 무게를 간단히 계산할 수 있다.

전자저울은 스트레인을 감지하는 장치인 스트레인 게이지가 부착된 무게 측정 소자를 작동 원리로 한다. 무게 측정 소자는 금속 탄성체로 되어 있는데, 전자저울에 물체를 올려놓으면 이 금속 탄성체에는 스트레스에 따라 스트레인이 발생한다. 여기서 스트레스란 단위 면적에 작용하는 힘을 가리키는 것으로 압력과 동일하며, 스트레인이란 스트레스에 의한 길이의 변화량을 가리키는 것으로 길이의 변화량을 변화가 일어나기 전의 길이로 나눈 값이다. 스트레스에 따라 금속 탄성체에는 인장 변형이 일어나고 스트레인 게이지에서는 스트레인에 따른 저항 변화가 일어난다. 스트레인은 스트레스의 크기에 비례하고 전기 저항은 그 스트레인에 비례하기 때문이다. 통상적으로 스트레인 게이지에서의 저항 변화는 매우 작기 때문에 증폭 회로를 통해 약 100~200배를 증폭시키고 전기 신호로 전환한 다음, 디지털 신호로 바꾸면 전자저울의 지시계에 물체의 무게가 나타나게 된다. 전자저울에서 금속 탄성체는 가해진 스트레스에 대해 일정한 스트레인을 발생시켜야 하는 매우 중요한 부품으로, 시간에 따라 특성이 변하지 않아야 하고 탄성의 한계점이 높아야 한다. 전자저울에 너무 스트레스가 가해지면 금속 탄성체가 다시 원래대로 복귀하지 않는 소성변형이 일어난다.

스트레인이 생겨나지 않을 정도로 작은 물질의 무게는 어떻게 측정해야 할까? 과학 분야에서는 세포막이나 DNA 등의 무게를 측정하기 위해 초정밀 미량저울을 사용한다. 초정밀 미량저울은 압전 효과가 일어나는 수정 진동자 센서를 통해 무게를 측정하도록 설계되어 있다. 압전 효과란 1차 압전 효과와 2차 압전 효과에 의해 전기적 에너지와 기계적 에너지가 상호 변환되는 특이한 현상이다. 1차 압전 효과란 결정 구조를 가지는 재료인 결정성 재료에 기계적 압력을 가하면 그 압력에 비례하여 결정성 재료의 결정면 사이에 전압이 발생되는 것을 가리키며, 2차 압전 효과만 결정성 재료의 결정면 사이에 전압을 걸어 주면 결정성 재료에 변형이 생기는 것을 가리킨다. 수정은 절단된 각도와 두께에 따라 고유 주파수가 달라지는 재료로, 압전 효과가 일어나는 대표적인 결정성 재료이다. 고유 주파수는 물체가 갖는 고유의 진동 주파수이다. 초정밀 미량 저울에 사용되는 수정 진동자 센서는 전극 사이에 일정한 두께와 방향으로 잘린 수정 결정판을 넣고 특정한 주파수 값을 갖는 전압을 가하면 수정의 고유 주파수에서 공진이 발생하도록 되어 있다. 공진 주파수는 질량 변화에 민감하여 수정 진동자 센서를 사용하는 초정밀 미량 저울 위에 물질을 흡

착시키면 흡착되는 물질의 무게에 비례하여 공진 주파수 감소가 일어난다. 물질의 흡착과 탈착에 의한 공진 주파수 변화량을 통해 물질의 무게를 확인할 수 있다.

01 다음은 저울의 종류와 측정 원리를 정리한 것이다. ㉠~㉢에 들어갈 말을 쓰시오.

종류	측정 원리
양팔저울	지렛대의 중앙을 (㉠)(으)로 하여 지렛대가 평형을 이루었을 때의 추의 무게를 통해 측정함.
대저울	지렛대의 받침점에 가까운 곳에 물체를 걸고 반대쪽에는 추를 걸어서 평형을 이루는 지점을 찾는 방법으로 측정함.
전자저울	스트레인 게이지가 부착된 (㉡)을/를 이용하여 측정함.
초정밀 미량저울	(㉢)이/가 일어나는 수정 진동자 센서를 활용하여 측정함.

02 다음은 물체의 무게를 재다가 발생한 문제 상황과 대책을 정리한 것이다. ㉠~㉡에 들어갈 말을 쓰시오.

상황	문제점 발생	대책
양팔저울로 무게를 측정하고 있다.	측정할 물체가 (㉠)	대저울을 사용한다.
전자저울로 무게를 측정하고 있다.	측정할 물질이 (㉡)	초정밀 미량저울을 사용한다.

〈유의사항〉

– 각각 15자(±3자)로 쓸 것(공백 제외).

[03~04] 다음 글을 읽고 물음에 답하시오.

여승(女僧)은 합장(合掌) 하고 절을 했다
가지취*의 내음새가 났다
쓸쓸한 낯이 옛날같이 늙었다
나는 불경(佛經)처럼 서러워졌다

평안도의 어늬 산 깊은 금점판*
나는 파리한 여인에게서 옥수수를 샀다
여인은 나어린 딸아이를 때리며 가을밤같이 차게 울었다

섶벌*같이 나아간 지아비 기다려 십 년이 갔다
지아비는 돌아오지 않고
어린딸은 도라지꽃이 좋아 돌무덤으로 갔다

산(山) 꿩도 섧게 울은 슬픈 날이 있었다
산(山) 절의 마당귀에 여인의 머리오리*가 눈물방울과 같이 떨어진 날이 있었다

— 백석, 「여승」

*가지취: 산지의 맑은 숲속에서 자라는 참취나물
*금점(金店)판: 예전에, 주로 수공업적 방식으로 작업하던 금광의 일터
*섶벌: 나무섶체 집을 틀고 항상 나가서 다니는 벌
*머리오리: 낱낱의 머리털

03 윗글의 시구와 이에 대한 감상을 정리한 것이다. ㉠~㉢에 해당하는 시구를 찾아 쓰시오.

시구		감상
㉠_____	⇨	후각적 심상을 구사하여 '여승'이 속세와 단절된 삶을 살고 있음을 표현하고 있어요.
가을밤같이 차게 울었다.	⇨	소리를 온도에 대한 감각으로 표현하여 '여인'이 느낀 서러움을 인상적으로 드러내고 있어요.
㉡_____	⇨	'딸'의 죽음을 에둘러 표현함으로써 감정의 직접적 표출을 절제하면서도 슬픔을 심화시키고 있어요.
㉢_____	⇨	'여인'이 출가의 과정에서 느꼈을 심리적 고통을 자연물에 투영하여 드러내고 있어요.

04 〈보기〉를 참고로 하여, 다음 물음에 답하시오.

〈보기〉

선생님: 이 작품은 가족과 이별하고 여승이 된 한 여인의 기구한 운명을 통해 일제 강점기에 민중이 겪은 고난을 다룬 시입니다. 이 시를 읽고 나면 마치 짧은 영화 한 편을 본 것같은 느낌을 받게 되지요? 그건 이 작품이 시간의 흐름과 관련있는 시상 전개 방식을 택하고 있기 때문일 거예요. 즉 주인공 격인 여인의 고단한 삶의 내력이 ㉠( )연 → ( )연 → ( )연 → ( )연의 순서대로 전개되고 있는 것이죠. 또한 ㉡연결어를 사용하여 서로 다른 두 대상을 비교하는 비유적 표현을 활발하게 사용하여 감동을 증폭시키고 있어요.

〈유의사항〉

– ㉠의 ( )에 해당하는 연의 숫자를 순서대로 쓸 것.

– ㉡에 해당하는 표현을 3개 이상 쓰되, 반드시 연결어를 포함할 것.

2024학년도 모의고사

수학

▶ 해답 p.144

05 부등식

$\log_2(x+2)+\log_{\frac{1}{4}}(2x+5)<\frac{1}{2}$ 을 만족 시키는 정수 x의 개수를 구하는 과정을 논술 하시오.

06 (단답형 문제) 아래는 수열 $\{a_n\}$이 $a_1=\sqrt{2}-1$이고, 모든 자연수 n에 대하여 $a_{n+1}-\sqrt{2}a_n+(1-\sqrt{2})n+1=0$일 때, a_{16}의 값을 구하는 과정이다. 빈칸 ① , ② , ③ , ④ 를 알맞게 채우시오.

주어진 식 $a_{n+1}-\sqrt{2}a_n+(1-\sqrt{2})n+1=0$ 을 정리하면, $a_{n+1}+(n+1)=$ ① 으로 쓸 수 있다. 그러므로 수열 $\{a_n+n\}$ 은 공비가 ② 인 등비수열임을 알 수 있다. 일반항을 구하면 $a_n+n=$ ③ 이다. 따라서 $a_{16}+16=$ ④ 이고, $a_{16}=$ ④ -16이다.

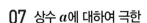
07 상수 a에 대하여 극한

$$\lim_{x \to -2} \frac{\sqrt{a-2x}-3}{x^2-(a-2)x-2a}$$ 이 존재할 때,

극한값을 구하는 과정을 논술하시오.

08 다항함수 $f(x)$에 대하여

$$f'(x)=3x^2-12x \text{이고} f(0)=0 \text{일 때,}$$

곡선 $y=f(x)$와 x축으로 둘러싸인 부분의

넓이를 구하는 과정을 논술하시오.

PART 1
기출문제

PART 2
실전모의고사

PART 3
정답 및 해설

2023학년도
수원대
논술 기출문제

국어

수학

국어

▶ 해답 p.146

[01~02] 다음 글을 읽고 물음에 답하시오.

작품을 전시회에 출품하는 게 아니라 잡지에 기고하는 화가들이 있다. '개념 미술가'라 불리는 이들이 그들이다. '개념 미술'이라는 말을 처음 사용한 사람은 헨리 플린트인데, 그는 개념 미술이 언어와 아주 밀접한 관계가 있다는 점을 들어 개념 미술을 언어를 재료로 하는 미술 형식이라고 말하였다. 이와 같이 개념 미술에서는 작품이 지닌 물질성이 중요하지 않다.

예술의 물질성에 대해 견해를 밝힌 사람들 가운데 헤겔의 견해에 따르면, 예술은 필연적으로 물질성에서 정신성으로 이행한다. 고대 오리엔트의 예술을 대표한 것은 피라미드나 스핑크스와 같은 거대한 건축물이나 기념비였다. 이때 정신은 아직 육중한 물질에 눌려 있었다. 이어서 등장한 그리스 예술에서 주도적 역할을 맡은 장르는 조각이었다. 헤겔은 예술의 본질이 정신적 이념을 감각적 물질로 구현하는 데 있다고 주장했다. 이 때문에 그는 정신과 물질이 어느 쪽에도 치우치지 않고 적절히 조화를 이룬 그리스 조각에서 예술이 정점에 도달했다고 보았다.

이후 정신은 더 성장하여 서서히 물질을 압도하기 시작한다. 르네상스 예술을 주도한 장르는 회화였다. 회화는 개별 사물이나 표상에서 공통된 속성이나 관계를 뽑아내는 정신적 과정을 통해 현실의 한 차원을 접어 3차원의 공간을 2차원의 평면으로 환원시킨다는 점에서 조각보다 더 정신적이다. 또한 회화의 재료인 물감 역시 조각에 사용되는 육중한 돌에 비해 물질성이 한결 약하다. 17세기에는 음악이 예술을 주도하는 역할을 이어받게 된다. 음악의 재료인 소리에는 거의 물질성이 없다. 19세기 이후의 주도적 장르는 시였다. 이제 예술은 마침내 물질성을 완전히 벗고 학문과 똑같은 재료, 즉 개념을 사용하게 된다. 다 자란 정신에게 예술의 물질성은 그저 거추장스러운 옷일 뿐이다. 이 지점에서 헤겔은 예술의 종언을 선언한다. 절대정신이 물질적 매체를 통해 표현되는 시대는 지났다는 것이다.

본격적인 의미에서 최초의 개념 미술가는 멜 보크너였다. 1966년 그는 동료 작가들의 드로잉과 작업 구상을 담은 종이를 여러 번 복사하여 네 권의 파일 노트에 끼워 조각의 받침대 위에 올려놓았다. 거기에는 솔 르윗과 댄 플래빈의 작업 스케치, 그들의 작품에 대한 자세한 설명을 담은 송장, 존 케이지가 작곡한 악보가 포함되어 있었다. 파일의 첫 장은 화랑의 도면, 마지막 장은 복사기의 조립 도면이었다. 이 전시회를 찾은 관객들은 작품을 보는 게 아니라 파일을 넘겨 가며 읽어야 했다. 이렇게 작업 구상을 담은 종이, 작업 스케치, 작품에 대한 설명을 담은 송장 등이 예술이 될 때, 미술은 문학에 가까워진다.

〈그림〉 멜 보크너, 「어쩌구 저쩌구」(2008)

솔 르윗에 따르면 개념 미술에서는 생각이나 관념이 작품의 가장 중요한 측면이 된다. 예술가가 예술에 개념적 형식을 사용한다는 것은 곧 모든 계획과 결정이 미리 만들어지고 실행은 요식 행위가 된다는 것을 의미한다. 실제로 솔 르윗은 그의 작품 '벽 드로잉'의 실행을 고용된 인부들에게 위탁했다. 그는 벽 드로잉을 제작하기 위한 지침을 고용된 인부들에게 주었을 뿐이다. 이렇듯 개념 미술에서는 시각화되지 않은 생각이나 관념도 완성된 산물 못지않은 작품이다.

 개념 미술은 일반적으로 네 가지 형식을 선호한다. 첫째는 '레디메이드'로, 이를테면, 마르셀뒤샹의 변기처럼 일상의 사물을 예술로 선언하는 것이다. 둘째는 '개입'으로, 오브제나 이미지를 엉뚱하거나 다른 맥락에 옮겨 놓는 것이다. 예를 들어, 다니엘 뷔랑은 모든 곳을 미술관으로 만들기 위해 줄무늬가 그려진 간판을 등에 짊어지고 파리의 거리를 활보했다. 셋째는 '자료화'이다. 자료화는 작품을 구성할 때에 실제 작품이 모두 기록, 지도, 차트, 그리고 사진 등을 바탕으로 이루어지는 것을 말한다. 위에서 언급한 보크너의 작업 스케치 전시가 여기에 속한다. 넷째는 개념 미술의 가장 보편적 형식으로, '언어'를 사용하는 것이다. 독일의 작가 한네 다르보벤은 숫자와 글자, 낙서를 계열적으로 늘어놓음으로써 회화가 글쓰기라는 관념을 표현했다. 개념 미술은 예술이 구체적으로 실재하는 작품이라는 전통적인 인식에서 벗어나 언어를 비롯한 비물질성을 지닌 생각이나 관념도 예술이 될 수 있다는 예술에 대한 새로운 인식을 가능하게 하였다.

01 다음은 예술의 물질성에 대한 헤겔의 견해를 정리한 것이다. ㉠, ㉡에 들어갈 말을 기술하시오.

시대	예술 작품	물질성
고대 오리엔트	피라미드, 스핑크스	정신이 물질에 눌려 있음
그리스	조각	㉠
르네상스	회화	물질성이 약화됨
17세기	음악	㉡
19세기 이후	시	물질성에서 완전히 벗어남

〈유의 사항〉
– 각각 10자(±3) 내외로 쓸 것(공백 제외).

02 다음은 개념 미술에 대한 화가들의 관점을 정리한 것이다. ㉠~㉢에 들어갈 말을 찾아 쓰시오.

> 헨리 플린트 : (　　㉠　　)을/를 재료로 하는 미술 형식이다.
> 솔 르윗 : (　　㉡　　)이/가 작품에서 중요하다.
> 한네 다르보벤 : 회화는 (　　㉢　　)이다./다.

[03~04] 다음 글을 읽고 물음에 답하시오.

자기 치유 소재란 시간이 지남에 따라 균열이나 부식이 생기는 금속이나 플라스틱, 콘크리트와 같은 재료에 첨가되어 이러한 손상을 스스로 치유할 수 있도록 돕는 물질을 말하는데, 이와 관련된 기술을 자기 치유 기술이라고 한다. 기본 원리는 금속, 플라스틱, 콘크리트와 같은 재료에 강력 접착제와 유사한 복원 물질을 첨가함으로써, 균열이나 부식이 일어날 경우 첨가되었던 복원 물질이 흘러나와 굳어져 균열이나 부식을 메우고 손상된 부분이 저절로 복구되게 하는 것이다.

자기 치유 기술의 적용은 사용 목적과 환경에 따라 달라진다. 복구가 시급한 경우에는 기술의 효과가 신속하게 나타나야 하지만, 비행기 날개나 헬리콥터의 회전 날개인 로터와 같이 장시간 사용하면서 생기는 균열, 즉 피로 파괴에 대응하는 것이 중요한 경우에는 균열이 생길 때마다 내부에서 조금씩 천천히 물질이 새어 나오는 것이 좋다. 사용 환경의 경우, 일상생활에서 사용하는 것이라면 공기를 만났을 때 굳어지는 것으로 충분하지만, 선박의 스크루나 바닥, 잠수함의 외벽에는 물을 만나 굳어지는 복원 물질을 사용하는 것이 좋다. 공기가 아예 없는 밀폐된 환경이나 우주선의 외벽에는 복원 물질과 함께 이를 견고하게 해 주는 화학 물질인 가교제를 추가로 넣어 주어야 한다. 이 외에도 온도에 반응해 가교제의 반응이 일어나도록 하는 방법도 존재한다.

자기 치유 기술에서 사용하는 방법으로는 우선 마이크로캡슐을 사용하는 방법을 들 수 있다. 머리카락 굵기 정도 지름의 작은 초소형 캡슐 속에 복원 물질을 넣은 후, 이 캡슐을 다시 재료 속에 섞어 넣어 여러 가지 제품을 만드는 것이다. 원래의 재료 속에 섞어 넣는 캡슐의 크기나 수를 조정하면 원하는 만큼의 성능을 기대할 수 있다. 이 방법은 캡슐이 일회용이라 동일 부위에 균열이 생기면 두 번째부터는 복구가 어려우며, 이로 인한 경제적 부담이 큰 편이라는 단점이 있다. 하지만 실제로 균열이 그렇게 자주 일어나지는 않는다는 점, 한 번이라도 큰 사고를 막을 수 있으니 그 자체로 쓸모가 크다는 점 등을 감안하면 적지 않은 이점이 존재하며, 주로 단단한 합성수지로 만든 제품의 내구성을 올리는 방법으로 활용된다.

유리 혹은 유사 소재로 만든 미세관이나 속이 빈 섬유에 복원 물질을 주입했다가 충격이나 균열이 생기면 미세관이나 섬유가 파괴되면서 속에 있던 복원 물질이 흘러나오게 만드는 방식인 혈관 모사법도 있다. 이 방법은 미세관이나 섬유를 통해 복원 물질을 지속적으로 공급할 수 있기 때문에 자기 치유 소재의 복원 능력이 장시간 유지된다는 장점이 있으나, 자기 치유 과정에서 마이크로캡슐에 비해 복원 물질이 더 많이 흘러나오는 경향이 있기 때문에 정밀 부품에 사용하기에는 다소 어려움이 존재한다.

전통적으로는 실리콘이나 젤과 같은 물질이 복원 물질로 활용되었지만, 최근에는 세균이나 곰팡이를 자기 치유 기술에 활용하기도 한다. 세균을 활용하는 경우는, 세균을 건조시켜 포자 모양의 껍질 속에서 휴면상태에 들어가게 한 뒤 영양분인 젖산 칼슘과 함께 압축, 건조해 생분 해성 플라스틱으로 만든 캡슐에 넣어 콘크리트에 섞는다. 플라스틱 캡슐은 콘크리트가 굳은 후 서서히 분해되는데, 콘크리트에 균열이 생기면 캡슐 안의 포자 모양 껍질에 들어 있던 휴면 상태의 세균이 공기 중의 수분 및 산소와 결합하면서 활성화된다. 이후 세균은 옆에 있던 젖산 칼슘을 먹고 이를 분해하면서 시멘트 원료인 석회석의 주성분을 이루는 탄산 칼슘을 생성해 자동으로 균열을 메우게 된다. 세균이 들어간 캡슐 대신 곰팡이를 이용하기도 한다. 곰팡이의 포자는 오랜 시간 동안 산소나 물 없이 생존할 수 있는데, 균열이 발생해서 그 틈으로 물과 산소가 공급되면 증식하기 시작한다. 이 과정에서 주변 물질을 흡수한 곰팡이는 탄산 칼슘 구조물을 만들어서 균열을 복원한다. 보통 건축물에 생기는 곰팡이가 건축물 균열 틈새로 성장하며 달라붙어 붕괴를 초래하는 것과는 정반대이다. 생명체의 대사 과정을 이용한다는 점에서는 세균을 이용한 방법과 비슷하다. 균열이 완전히 메워지면 물과 산소의 공급이 중단되기 때문에 곰팡이는 다시 포자 상태로 돌아가 다음 기회를 노린다.

03 다음은 자기 치유 기술 방법의 장단점을 정리한 것이다. ㉠, ㉡에 들어갈 내용을 쓰시오.

종류	장점	단점
마이크로캡슐 사용법	단단한 합성수지로 만든 제품의 (㉠)을/를 올릴 수 있음.	동일 부위 균열 시 경제적 부담이 큼.
혈관 모사법	복원 능력이 장시간 유지됨.	복원 물질이 많이 흘러나와 (㉡)에 사용하기 어려움.

04 다음은 세균을 자기 치유 기술에 활용하는 단계를 정리한 것이다. ㉠, ㉡에 들어갈 내용을 쓰시오.

세균을 건조시켜 포자 모양의 껍질 속에 넣는다.

⇩

(㉠)와/과 함께 압축하고 건조해 콘크리트에 섞는다.

⇩

콘크리트에 균열이 생기면 휴면 상태의 세균이 공기와 결합하면서 활성화된다.

⇩

세균이 젖산 칼슘을 먹고 이를 분해하면서 (㉡)을/를 생성하여 균열을 메우게 된다.

[05~06] 다음 글을 읽고 물음에 답하시오.

(가)

흐느끼며 바라보매
이슬 밝힌 달이
흰 구름 따라 떠간 언저리에
모래 가른 물가에
기랑의 모습이올시 수풀이여.
일오내 자갈 벌에서
낭이 지니시던
[ⓐ] 좇고 있노라.
아아, 잣나무 가지가 높아
눈이라도 덮지 못할 고깔이여.

늦겨곰 ᄇ라매
이슬 ᄇ갼 ᄃ라리
흰 구룸 조초 ᄠ간 언저레
몰이 가른 믈서리여희
기랑(耆郎)이 즈시올시 수프리야.
일오(逸烏)나릿 지벼긔
낭(郎)이여 디니더시온
ᄆᄉᄆᆡ ᄀᄉ 좇ᄂ라져.
아야 자싯가지 노포
누니 모ᄃᆞᆯ 두폴 곳가리여.

– 충담사, 「찬기파랑가」 (김완진 역)

(나)

생사 길은
예 있으매 머뭇거리고,
나는 간다는 말도
못다 이르고 어찌 갑니까.
어느 가을 이른 바람에
[ⓑ].
한 가지에 나고
가는 곳 모르온저.
아아, 미타찰에서 만날 나
도 닦아 기다리겠노라.

생사(生死) 길흔
이에 이샤매 머믓그리고,
나는 가ᄂ다 말ㅅ도
몯다 니르고 가ᄂ닛고.
어느 ᄀᄉᆞᆯ 이른 ᄇᄅ매
이에 뎌에 ᄠᅳ러딜 닙ᄀ,
ᄒᄃᆞᆫ 가지라 나고
가논 곧 모ᄃᆞ론뎌.
아야 미타찰(彌陁刹)아 맛보올 나
도(道) 닷가 기드리고다.

– 월명사, 「제망매가」 (김완진 역)

05 (가), (나)의 ⓐ, ⓑ에 들어갈 말을 쓰시오.

06 다음의 ㉠, ㉡에 들어갈 시어를 (가)와 (나)에서 각각 찾아 쓰시오.

> 고전 시가에서는 종종 자연물을 활용하여 대상의 이미지나 속성을 드러낸다.
> (가)에서는 (㉠)을/를 활용하여 대상의 고결한 이미지를 나타내고 있으며,
> (나)에서는 (㉡)을/를 활용하여 대상의 갑작스러운 죽음을 비유적으로 나타나고 있다.

수학

▶ 해답 p.147

07 1이 아닌 세 양의 실수가 a, b, c가 $\log_a bc = 2$, $2\log_a b - \log_a c = 0$을 만족시킬 때, $\log_b a + \log_c a$의 값을 구하는 과정을 논술하시오.

08 그림과 같이 $\angle A = \dfrac{\pi}{3}$이고 $\overline{AB} = 5$, $\overline{AC} = 8$인 삼각형 ABC의 외접원의 반지름의 길이를 구하는 과정을 논술하시오.

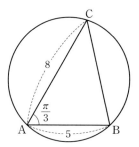

09 등차수열 $\{a_n\}$이 $a_9+a_{19}+a_{29}=12$와 $a_{29}+a_{39}+a_{49}=21$을 만족시킬 때, a_{29}의 값을 구하는 과정을 논술하시오.

10 (단답형 문제) 아래는

$$\lim_{x \to \infty}\frac{(f(x)+x)(f(x)-x^2+2x)}{x^2+2}=3$$

을 만족시키는 다항함수 $f(x)$를 구하는 과정을 논술한 것이다. 빈칸 ① , ② , ③ , ④ 를 알맞게 채우시오.

다항함수 $f(x)$의 차수에 따라 상수함수, 일차함수, 이차함수, … 순으로 생각해본다.

(ⅰ) $f(x)=c$ (c는 상수)인 경우, 분자 $(f(x)+x)(f(x)-x^2+2x)$는 ① 이(가) 되어 극한 $\lim\limits_{x \to \infty}\dfrac{①}{2차다항식}$이 존재하지 않는다.

(ⅱ) $f(x)=ax+b$ (a와 b는 상수)인 경우, 극한이 존재하기 위하여 분자 $(f(x)+x)(f(x)-x^2+2x)$가 ② 이(가) 되려면 $(f(x)+x)$가 상수가 되어야 한다.

그러므로 $a=-1$이다.

$f(x)=-x+b$를 $\lim\limits_{x \to \infty}\dfrac{(f(x)+x)(f(x)-x^2+2x)}{x^2+2}=3$에 대입하여 풀면 $b=$ ③ 이다.

(ⅲ) $f(x)$가 ② 인 경우, 극한이 존재하기 위한 분자 $(f(x)+x)(f(x)-x^2+2x)$가 ② 이(가) 되어야 한다. 그래서 $f(x)-x^2+2x=c$ (c는 상수)이다.

이것을 $\lim\limits_{x \to \infty}\dfrac{(f(x)+x)(f(x)-x^2+2x)}{x^2+2}=3$에 대입하여 풀면 $c=$ ④ 이다.

(ⅳ) $f(x)$의 차수가 3차 이상이면, 극한값이 존재하지 않는다.

그래서 (ⅰ)~(ⅳ)에 의하여, 문제의 극한 식을 만족시키는 다항함수 $f(x)$는

$f(x)=-x+$ ③ 과(와)

$f(x)=x^2-2x+$ ④ 이다.

11 함수 $f(x)=x^3-2x^2+3x-4$에 대하여 극한 $\displaystyle\lim_{t\to\infty}t\left(f\left(1+\dfrac{1}{t}\right)-f\left(1-\dfrac{1}{t}\right)\right)$의 값을 구하는 과정을 논술하시오.

12 함수 $f(x)=x^2-2x+1$의 그래프 위의 점 $(a,f(a))\,(0<a<1)$에서의 접선이 x축 및 y축과 만나는 점을 각각 P, Q라 할 때, 삼각형 OPQ의 넓이가 최대가 되도록 하는 a를 구하는 과정을 논술하시오. (단, O는 원점)

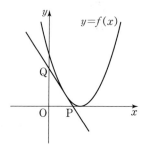

13 수직선 위를 움직이는 점 P의 시각 $t(t \geq 0)$ 에서의 위치 x가 $x = t^3 - 3t^2 - 9t$이다. 점 P의 이동 방향이 바뀌는 순간의 가속도를 구하는 과정을 논술하시오.

14 모든 실수 x에 대하여

$$xf(x) = \int_1^x f(t)dt + 2x^3 - 3x^2$$

을 만족시키는 다항함수 $f(x)$를 구하는 과정을 논술하시오.

PART 1
기출문제

PART 2
실전모의고사

PART 3
정답 및 해설

15 곡선 $y = x^4 - (6+k)x^3 + 6kx^2$과 x축으로 둘러싸인 두 부분의 넓이가 서로 같을 때, 상수 k의 값을 구하는 과정을 논술하시오.

(단, $k > 6$)

2023학년도

수원대
논술 모의고사

국어

수학

국어

▶ 해답 p.150

[01~02] 다음 글을 읽고 물음에 답하시오.

고대 이집트인들은 인간이 저승에서 계속 살아가기 위해서는 영혼이 들어가 사용할 육체가 필요하다고 믿었기 때문에 부패하여 없어질 신체의 대용품 역할을 하는 조각상을 만들어 묘지 내부의 방에 세웠다. 그들은 내세에서 영원히 살아갈 이가 노년의 고통을 겪지 않게 하기 위해 청년의 모습으로 조각상을 만들었다. 죽은 이의 사실적인 모습이 아닌 이상적인 인간의 모습을 조각상에 표현하려 한 것이다. 이처럼 만들어낸 미술품이 실제 인물을 대체한다는 생각은 고대 이집트 미술 전반에 깔려 있다.

당시 사람들은 조각상이 묘사되는 실제 인물과 똑같이 생겨야 할 필요를 느끼지 못했기 때문에 조각가들은 미리 조각상을 만들어서 보관하였다. 구매자가 조각상 제작을 의뢰하면 조각가는 조각상에 주인의 이름과 칭호를 붙임으로써 조각상이 나타내는 대상을 지정하였다. 당시에는 인간의 이상적인 모습을 드러내기에 가장 적합하다고 여겨지는 비례 규준이 통용되었는데, 당시 조각가들은 이 비례 규준에 따라 조각상을 만들어야 했다. 그들은 〈그림〉과 같은 격자 도안을 고안하여 사용했는데, 여기에서 신체 각 부분의 비율이 정확하게 규정되었다. 정사각형을 축소하거나 확대하면 조각상의 크기는 달라지지만 각 신체 부분은 조각상 내에서 항상 일정한 비례를 갖게 되었다. 인물의 자세 또한 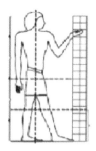 정형적이어서 대부분 서 있거나 앉아 있는 자세였고, 서 있는 자세도 남성들은 걷는 모습, 여성은 발을 나란히 모은 모습인 경우가 대부분이었다. 고대 이집트 조각상의 대다수는 석회암이나 화강암 등의 암석으로 만들어졌다. 목재는 암석보다 가공이 쉬워서 신체 형상을 더 자유롭게 만들 수 있었지만, 이집트에서 목재는 적은 양만 산출되었기 때문에 부유한 이들만이 목재를 사용하여 조각상을 만들 수 있었다.

고대 이집트인들은 회화나 부조 역시 조각상처럼 실존 인물의 대체물로 간주하였다. 현대의 회화나 부조에서는 일반적으로 멀리 있는 대상을 가까이 있는 대상보다 작게 그리는 원근법이 사용되지만, 고대 이집트의 회화나 부조에서는 원근법이 사용되지 않았다. 그들은 대상을 사실적이고 아름답게 표현하기보다, 대상의 본질적인 부분을 분명하고 완전하게 드러내기를 원했다. 대상의 본질적인 모습을 잘 담은 미술품이 실제 인물을 완전히 대체할 수 있다고 보았기 때문이다. 그래서 그들은 정면법이라고 부르는 독특한 방법을 사용하였는데, 정면법은 대상을 각각의 부분으로 분해하고 각 부분의 본질적인 인상이 가장 잘 드러나도록 표현한 뒤 새롭게 조합하는 것이다. 따라서 고대 이집트의 회화나 부조는 실제로 있을 수 없는 형태의 신체를 가진 사람이 자주 등장한다. 가변적인 현실과 달리 내세는 불변한다고 보았기 때문에 순간적이고 변덕스러운 모습이 아닌 대상 그 자체를 완전히 드러내는데 중점을 둔 것이다. 이러한 방법은 풍경을 묘사할 때도 그대로 적용되었다. 그들은 연못은 위에서 본 모습으로, 연못 옆의 나무는 옆에서 본 모습으로 그렸다. 고대 이집트인들은 회화나 부조를 만들 때도 격자 도안을 사용했는데, 밑바탕에 격자 도안을 먼저 깔고 인물의 전체 윤곽을 그린 뒤, 각 부분을 정면법에 따라 표현하였다. 이로 인해 인물의 지위와 관계없이 인물들의 모습, 신체의 비례 등이 모두 유사하게 표현되었다. 따라서 그들은 좋은 옷, 장신구 등을 덧붙임으로써 인물의

지위가 높음을 드러내었는데, 이러한 방법은 조각에도 그대로 적용되었다. 예를 들어 왕과 왕족은 왕관이나 머리띠, 두건 등을 사용하여 신분을 표현하였고, 그 외의 백성들은 머리에 아무것도 쓰지 않았다.

이러한 점들 때문에 어떤 예술 평론가는 ⓐ"고대 이집트인들은 그들이 본 것을 그린 게 아니라, 머릿속으로 알고 있던 것을 그렸다."라고 말하기도 하였다.

01 윗글의 밑줄 친 ⓐ의 예를 설명하려고 할 때, 다음의 ㉠, ㉡에 들어갈 단어를 본문에서 찾아 쓰시오.

> ○ 조각상을 정확한 비례 규준에 따라 만들기 위해 (㉠   )을(를) 사용하였다.
> ○ 회화나 부조에서는 대상의 본질적인 모습을 드러내기 위하여 (㉡   )를(을) 사용하였다.

02 다음의 핵심어를 모두 사용하여 고대 이집트인들의 미술관을 한 문장으로 표현할 때, ㉢에 들어갈 내용을 기술하시오.

> 핵심어: 미술품, 실제 인물

> 고대 이집트 사람들은 _____㉢_____ 라고 생각했다.

〈유의사항〉
- 15자 내외로 기술할 것(공백 제외).

PART 1
기출문제

PART 2
실전모의고사

PART 3
정답 및 해설

[03~04] 다음 글을 읽고 물음에 답하시오.

그렇다고는 하여도 꼭 한 번의 첫 일을 잊을 수는 없었다. 뒤에도 처음에도 없는 단 한 번의 괴이한 인연. 봉평에 다니기 시작한 젊은 시절의 일이었으나 그것을 생각할 적만은 그도 산 보람을 느꼈다.

"달밤이었으나 어떻게 해서 그렇게 됐는지 지금 생각해두 도무지 알 수 없어."

허 생원은 오늘 밤도 또 그 이야기를 끄집어내려는 것이다. 조 선달은 친구가 된 이래 귀에 못이 박이도록 들어 왔다. 그렇다고 싫증을 낼 수도 없었으나 허 생원은 시침을 떼고 되풀이할 대로는 되풀이하고야 말았다.

"달밤에는 그런 이야기가 격에 맞거든."

[A] 조 선달 편을 바라는 보았으나 물론 미안해서가 아니라 달빛에 감동하여서였다. 이지러는 졌으나 보름을 가제 지난 달은 부드러운 빛을 흐뭇이 흘리고 있다. 대화까지는 칠십 리의 밤길, 고개를 둘이나 넘고 개울을 하나 건너고 벌판과 산길을 걸어야 된다. 길은 지금 긴 산허리에 걸려 있다. 밤중을 지난 무렵인지 죽은 듯이 고요한 속에서 짐승 같은 달의 숨소리가 손에 잡힐 듯이 들리며, 콩 포기와 옥수수 잎새가 한층 달에 푸르게 젖었다. 산 허리는 온통 메밀밭이어서 피기 시작한 꽃이 소금을 뿌린 듯이 흐뭇한 달빛에 숨이 막힐 지경이다. 붉은 대궁*이 향기같이 애잔하고 나귀들의 걸음도 시원하다. 길이 좁은 까닭에 세 사람은 나귀를 타고 외줄로 늘어섰다. 방울 소리가 시원스럽게 딸랑딸랑 메밀밭께로 흘러간다. 앞장선 허 생원의 이야기 소리는 꽁무니에 선 동이에게는 확적히*는 안 들렸으나, 그는 그대로 개운한 제멋에 적하지는 않았다.

"장 선 꼭 이런 날 밤이었네. 객줏집 토방이란 무더워서 잠이 들어야지. 밤중은 돼서 혼자 일어나 개울가에 목욕하러 나갔지. 봉평은 지금이나 그제나 마찬가지나, 보이는 곳마다 메밀밭이어서 개울가가 어디 없이 하얀 꽃이야. 돌밭에 벗어도 좋을 것을, 달이 너무도 밝은 까닭에 옷을 벗으러 물방앗간으로 들어가지 않았나. 이상한 일도 많지. 거기서 난데없는 성 서방네 처녀와 마주쳤단 말이네. 봉평서야 제일가는 일색이었지."

"팔자에 있었나 부지."

아무렴 하고 응답하면서 말머리를 아끼는 듯이 한참이나 담배를 빨 뿐이었다. 구수한 자줏빛 연기가 밤기운 속에 흘러서는 녹았다.

"날 기다린 것은 아니었으나 그렇다고 달리 기다리는 놈팽이가 있는 것두 아니었네. 처녀는 울고 있단 말야. 짐작은 대고 있었으나 성 서방네는 한창 어려워서 들고날 판인 때였지. 한집안 일이니 딸에겐들 걱정이 없을 리 있겠나. 좋은 데만 있으면 시집도 보내련만 시집은 죽어도 싫다지…… 그러나 처녀란 울 때같이 정을 끄는 때가 있을까. 처음에는 놀라기도 한 눈치였으나 걱정 있을 때는 누그러지기도 쉬운 듯해서 이럭저럭 이야기가 되었네…… 생각하면 무섭고도 기막힌 밤이었어."

"제천인지로 줄행랑을 놓은 건 그 다음 날이렸다."

"다음 장도막*에는 벌써 왼 집안이 사라진 뒤였네. 장판은 소문에 발끈 뒤집혀 고작해야 술집에 팔려가기가 상수라고 처녀의 뒷공론이 자자들 하단 말이야. 제천 장판을 몇 번이나 뒤졌겠나. 하나 처녀의 꼴은 꿩 궈 먹은 자리야. 첫날밤이 마지막 밤이었지. 그때부터 봉평이 마음에 든 것이 반평생을 두고 다니게 되었네. 평생인들 잊을 수 있겠나."

"수 좋았지. 그렇게 신통한 일이란 쉽지 않어. 항용 못난 것 얻어 새끼 낳고 걱정 늘고 생각만 해두 진저리 나지…… 그러나 늘그막바지까지 장돌뱅이로 지내기도 힘드는 노릇 아닌가. 난 가을까지만 하구 이 생애와두 하직하려네. 대화쯤에 조그만 전방이나 하나 벌이구 식구들을 부르겠어. 사시장철 뚜벅뚜벅 걷기란 여간이래야지."

"옛 처녀나 만나면 같이나 살까…… 난 거꾸러질 때까지 이 길 걷고 저 달 볼 테야."

산길을 벗어나니 큰길로 틔어졌다. 꽁무니의 동이도 앞으로 나서 나귀들은 가로 늘어섰다.

"총각두 젊겠다 지금이 한창 시절이렷다. 충줏집에서는 그만 실수를 해서 그 꼴이 되었으나 섧게 생각 말게."

"처, 천만에요. 되려 부끄러워요. 계집이란 지금 웬 제격인가요. 자나깨나 어머니 생각뿐인데요."

허 생원의 이야기로 실심해한 끝이라 동이의 어조는 한풀 수그러진 것이었다.

"아비 어미란 말에 가슴이 터지는 것도 같았으나 제겐 아버지가 없어요. 피붙이라고는 어머니 하나뿐인걸요."

"돌아가셨나?"

"당초부터 없어요."

"그런 법이 세상에."

생원과 선달이 야단스럽게 껄껄들 웃으니 동이는 정색하고 우길 수밖에는 없었다.

– 이효석, 「메밀꽃 필 무렵」

*대궁: '대'의 방언. 꽃을 받치는 줄기.

*확적히: 정확하게 맞아 조금도 틀리지 아니하게.

*장도막: 한 장날로부터 다음 장날 사이의 동안을 세는 단위.

---

03 '소설의 형식을 가지고 시를 읊은 작가'라는 평을 받고있는 이효석은 시각적 이미지와 청각적 이미지가 함께 어우러지는 감각적인 문체를 구사하는 것으로 정평이 나 있다. [A]에서 청각적 이미지가 드러나는 구절을 찾아 쓰시오.(3개)

㉠ _____

㉡ _____

㉢ _____

---

04 다음은 '허생원'의 삶에 대한 수업의 한 장면이다. ㉣에 들어갈 허생원의 대화를 찾아 쓰시오.

> 선생님: 작가는 이 작품을 통해 자연과 하나되는 삶을 형상화하고 있다고 볼 수 있어요. 어떠한 면에서 그러한가요?
>
> 학 생: 주인공 허생원이 '_____㉣_____' 라고 말하고 있는 것으로 보아 그가 장돌뱅이의 삶을 계속하면서 자연과 하나되는 삶을 지향하고 있음을 알 수 있어요.

〈유의사항〉

– 15자 내외로 기술할 것(공백 제외).

2023학년도 모의고사

수학

▶ 해답 p.151

05 방정식 $\log_2(3x+2)=1+2\log_2(x-1)$ 의 해를 구하는 과정을 논술하시오.

06 (단답형 문제) 다음은 0이 아닌 두 실수 a, b 에 대하여 세 수 $4a$, $2a+b$, $a+2b$가 순서 대로 등비수열을 이룰 때 이 수열의 공비를 구 하는 과정을 논술한 것이다. 빈칸 ① , ② , ③ 을 알맞게 채우시오.

$4a$, $2a+b$, $a+2b$가 순서대로 등비수열을 이루므로, 공비는 $r=\dfrac{\boxed{①}}{4a}=\dfrac{a+2b}{\boxed{①}}$ 이다. 그래서 $\boxed{①}^2=4a(a+2b)$이고, 이를 정리하면 $b(b-\boxed{②})=0$이다. 이때 $b\neq0$이므로 $b=\boxed{②}$ 이다. 그래서 공비는 $r=\dfrac{\boxed{①}}{4a}=\boxed{③}$ 이다.

07 다항함수 $f(x)$가 $f(2)=3$이고 함수 $g(x)=(2x^2-3x)f(x)$의 $x=2$에서의 미분계수가 $g'(2)=4$일 때, $f'(2)$의 값을 구하는 과정을 논술하시오.

08 곡선 $y=x^2-ax$와 x축으로 둘러싸인 영역의 넓이가 $\dfrac{4}{3}$일 때, 양수 a의 값을 구하는 과정을 논술하시오.

2022학년도
수원대
논술 기출문제

국어

수학

국어

▶ 해답 p.152

[01~02] 다음 글을 읽고 물음에 답하시오.

사업에 필요한 돈을 마련하는데, 이때 회사의 정관에 발행 예정인 주식의 총수를 기재해야 한다. 이를 '수권 자본'이라고 하며 처음에는 수권 자본 내에서 주식의 일부만을 발행하고 나머지는 회사 설립 이후 필요에 따라 발행할 수도 있다. 이렇게 실제 발행한 주식의 수와 주식의 액면가를 곱한 것을 '자본금'이라고 한다. 예를 들어 액면가가 1천 원인 주식을 1만 주 발행하면 자본금은 1천만 원이 되는 것이다. 하지만 주식회사에서 초기의 자본금만으로 사업을 하는 것은 아니다. 회사를 경영하면서 더 많은 돈이 필요하게 될 수 있는데 이럴 때에는 금융 기관에서 대출을 받거나 회사의 이름으로 채권을 발행할 수 있다. 하지만 대출이나 채권은 원금 상환과 이자 지급의 의무가 발생하고 장기적으로는 회사에 부담이 될 가능성이 존재한다. 따라서 이런 방법들 외에 더 많이 쓰이는 방법은 주식을 새로 발행하여 자본금을 늘리는 증자이다.

증자에는 두 가지 방식이 있는데, 먼저 주식을 발행할 때 주주들에게 대가를 받는 '유상 증자'가 있다. 유상 증자는 모집 대상을 기준으로 하여 3가지로 나뉜다. 첫째, 기존의 주주들을 대상으로 주식을 발행하는 주주 배정 방식이다. 이는 새로운 주식을 발행하는 기본적인 방식으로 기존 주주들의 권리를 잘 보장해 준다. 기존의 주주들은 보유하고 있는 주식의 비율대로 새로운 주식을 구입할 수 있는 권리를 가지고 이에 따라 주식 구입 여부를 결정할 수 있다. 둘째, 불특정 다수의 투자자들을 대상으로 새로운 주식을 발행하는 일반 공모 방식이다. 대부분의 유상 증자는 기존의 주주들에게 먼저 새로운 주식을 배정한 후 기존의 주주들이 구입하지 않은 나머지 주식을 일반 공모로 처리하는 방식으로 이루어지고 있다. 이 방식을 시행하면 새로운 주주들을 모을 수는 있지만 기존 주주들은 주식 보유 비율이 낮아지고 주가의 하락으로 손해를 입을 수 있다. 마지막으로는 특정인에게 새로운 주식을 발행해서 투자금을 받는 제삼자 배정 방식이 있다. 이는 주로 회사와 밀접한 관련이 있는 특정 대상의 투자가 필요할 때 이루어지는데, 신기술의 도입이나 재무 구조의 개선 등 회사의 경영상 목적을 달성하기 위한 특별한 경우로 한정된다. 또한 기존 주주들의 이해관계나 지분에 따른 경영권 문제가 발생할 수 있으므로 정관에 의거하거나 정관에 관련 규정이 없는 경우에는 이사회의 의결 외에도 주주들의 의결 절차를 거치는 등 엄격한 규제 속에서 이루어진다.

[A] ┌ 한편, 증자의 다른 방식으로 주식을 발행하지만 이를 주주들에게 대가 없이 나누어 주는 '무상 증자'가 있다. 무상 증자도 유상 증자와 마찬가지로 새로운 주식이 발행되는 것이기 때문에 자본금의 총액은 증가한다. 주주들에게 주식이 무상으로 제공되기 때문에 회사에 실제로 돈이 들어오지는 않지만 재무적 변화는 발생한다. 그렇다면 어떻게 자본금이 늘어나는 것일까? 회사의 자산은 자기 자본과 부채로 조달되는데, 자기 자본은 자본금과 잉여금 등으로 구성된다. 잉여금에는 자본금을 바탕으로 사업을 해서 얻은 이익인 이익 잉여금과 시장의 현재 주가가 액면가보다 높을 때 주식을 새로 발행하여 얻게 된 이익인 자본 잉여금이 있다. 무상 증자는 이러한 잉여금을 자본금으로 이동시키는 것이다. 잉여금 중 일부에 해당하는 금액만큼의 주식을 발행한 후, 기존의 주주들이 보유한 주식의 비율에 따라 주식을 나누어 준다.

무상 증자는 회계상으로는 자본금이 증가하지만 기존 자산 내의 숫자가 이동한 것일 뿐, 실제로 회사가 보유한 자

산이 늘어나는 것은 아니다. 기존의 주주는 새로운 주식을 받을 수 있기 때문에 보유한 주식의 수는 늘어나지만 시장 전체의 주식 수가 늘어난 만큼 주당 가격은 떨어지게 되므로 주주들 각자가 보유한 주식의 전체 가치는 달라지지 않는다. 하지만 무상 증자를 실시한다는 것은 회사 내에 잉여금이 많다는 것이고 그만큼 재무 구조가 건전한 것으로 해석될 수 있기 때문에 투자자의 심리에 긍정적인 영향을 줄 수 있다.

01 다음은 어느 기업의 유상증자에 대한 사례이다. 윗글의 내용을 토대로 하여 ⓐ의 이유를 기술하시오.

(주)○○상사는 신규 사업 진출에 따라 일반 공모 방식의 유상증자를 실행하고자 하였다. 그러자 ⓐ기존 주주들이 크게 반발하였다.

〈유의 사항〉
– 30자(±5)로 기술할 것(공백 제외)

02 [A]의 내용을 토대로 하여 '무상증자'를 하게 되었을 때의 재무적 변화를 다음 핵심어를 사용하여 기술하시오.

핵심어: 잉여금

〈유의 사항〉
– 20자 이내의 한 문장으로 기술할 것(공백 제외)

[03~04] 다음 글을 읽고 물음에 답하시오.

최근 각광을 받고 있는 자율 주행 자동차는 센서 정보를 이용하여 스스로 차의 위치와 주변 환경을 탐지하고, 주행 경로를 계획하며, 충돌 없이 교통 법규에 따라 안전하게 운행이 가능한 자동차를 지칭한다. 자율 주행 자동차의 핵심 기술은 크게 인식, 판단, 제어의 3가지 기술로 구성된다. 센서 등을 통해 주변 장애물을 인지하고 자신의 위치를 확인하는 인식 기술, 인식된 결과를 바탕으로 다음 행동을 결정하는 판단기술, 수행할 행동이 결정되면 그것을 신속 정확하게 실행하는 제어 기술이 바로 그것이다. 이 세 가지 기술 중 특히 인식 기술은 자율 주행 자동차의 판단과 제어 기술의 방향과 수준을 결정하는 것으로서, 최근 기술적 발전이 크게 이루어졌다.

자율 주행 자동차의 인식 기술에는 카메라, 레이더(Radar), 초음파 센서, 라이다(LiDAR)와 같이 주변을 감지하는 다양한 센서가 사용된다. 이러한 센서들은 각 센서가 수집하는 정보의 특성, 탐지 거리, 사용 빈도, 가격 등을 고려하여 탑재 위치와 수량 등이 결정되는데, 다양한 센서들로부터 획득된 정보가 통합되어 자율 주행에 이용된다. 카메라는 다른 센서로는 수집할 수 없는 색상이나 무늬와 같은 2차원 영상 정보를 수집하는 데 탁월하지만, 환경 변화 및 거리 측정에 취약하고 데이터의 크기가 커 정보 처리에 시간이 많이 걸리는 단점이 있다. 또 차량에 장착되는 레이더는 야간이나 악천후에도 사용이 가능하고 최소 60m에서 최대 250m 사이에 있는 물체를 탐지할 수 있지만, 물체의 위치 및 형태를 식별할 수 있을 정도의 정밀한 측정이 불가능하다. 초음파 센서는 주로 차량 전후방에 장착되어, 주차 시 차량 주변의 장애물 유무를 탐지하는 데 사용된다. 초음파 센서는 단순히 장애물 유무 정도만을 탐지하는 센서로, 가격이 저렴하다는 장점이 있지만 탐지 거리가 15m 이내이고 오차가 커서 정밀한 측정이 어렵다. 카메라, 레이더, 초음파 센서는 기존의 자동차에 사용되었던 센서들로, 안전한 자율 주행에 필요한 정보를 안정적으로 제공해 줄 수 없기 때문에 자율 주행 자동차에는 이러한 센서들과 함께 라이다가 사용된다. 라이다는 높은 출력을 지닌 레이저를 물체에 방사하고, 이 레이저가 물체의 표면에 반사되어 돌아오는 데 걸리는 시간을 측정하여 물체까지의 거리뿐만 아니라 물체의 위치 및 형태와 같은 3차원 정보를 수집하는 장치이다. 약 150m 이내에 있는 물체에 대한 정보를 1~2cm 이내의 오차로 정밀하게 측정할 수 있다.

자율 주행 자동차에 사용되는 라이다로는 3D 레이저 스캐너 와 3D 플래시 라이다 가 있다. 3D 레이저 스캐너는 다수의 레이저 출력부와 수신부가 묶여 있는 장치가 회전하는 축에 고정되어 있다. 이러한 구조로 인해 3D 레이저 스캐너는 특정 방향의 수평 시야각에 대해 레이저의 입출력이 가능하며, 대상에 대한 레이저 방사와 거리 측정이 동시에 이루어진다. 그리고 이 축을 회전시킴으로써 다른 수평 시야각의 거리 정보를 수집하고, 이 정보를 조합해 전체 시야각, 즉 360도의 3차원 영상을 구성한다. 3D 레이저 스캐너는 넓은 시야각 확보를 위해 레이저 출력 및 수신 소자의 수를 증가시키고, 회전축이 지속적으로 회전할 수 있도록 하는 기계 장치를 갖출 필요가 있다. 하지만 높은 정밀도의 정보를 얻기 위해 레이저 수신부의 광검출기에 사용되는 갈륨 화합물의 가격이 비싸고, 차량 운행 시 발생하는 진동에 의해 회전체가 흔들려 레이저 입출력을 안정적으로 유지하는 것이 어렵다.

3D 플래시 라이다는 넓은 시야각을 확보하기 위해 단일 레이저 빔을, 광 확산기를 통과시켜 360도의 모든 방향으로 동시에 방사하고, 물체에 반사되어 돌아오는 레이저를 광 검출기를 통해 수신함으로써 실시간으로 3차원 영상을 얻는다. 수평 시야각이 360도로, 모든 방향에서 반사되어 돌아오는 레이저를 동시에 수신해야 하므로 값비싼 갈륨 화합물로 제작된 광 검출기의 개수가 상대적으로 많고 제작 공정이 까다롭다는 단점이 있다. 하지만 3D 플래시 라이다는 3D 레이저 스캐너가 수행하는 회전과 순차적인 레이저 스캐닝 과정을 생략할 수 있어, 정보 처리 시간이 단축되고 관련 장치를 소형화하는 데 유리하다.

3D 플래시 라이다는 정보 처리 시간이 짧고 수평 시야각이 360도나 되어 성능이 좋지만 높은 가격으로 인해 지금까지 자율 주행 자동차에는 주로 3D 레이저 스캐너가 사용되고 있다. 3D 레이저 스캐너는 상대적으로 저렴하지만

회전축이 360도 회전하며 많은 정보를 수집하여 정보 처리 속도가 느리고 진동에 취약하다는 단점이 있다. 이에 대한 대안으로 자율 주행 자동차 개발 업체들은 각도 고정형 3D 레이저 스캐너를 설치하려는 경향을 보이고 있다. 굳이 360도를 회전하여 탐색하는 방식보다는 제한된 수평 시야각만을 탐색하는 방식을 선택한 것이다. 이와 더불어 향후 자율 주행 자동차가 늘어나 수많은 차량에서 라이다를 사용할 경우, 각 차량에서 출력된 레이저가 간섭하는 문제, 다양한 기후 및 도로 환경에서 레이저를 통한 3D 거리 정보를 안정적으로 확보하는 문제, 레이저가 보행자의 시력을 손상시키는 문제 등이 발생할 수 있는데, 이를 해결하기 위한 연구도 활발하게 진행되고 있다.

03 다음은 자율 주행 자동차의 인식 기술과 관련된 센서들의 장단점을 정리한 것이다. ㉠, ㉡에 들어갈 내용을 쓰시오.

종류	장점	단점
카메라	– 2차원 영상 정보 수집 탁월	– 환경 변화 취약 – 정보처리 시간이 많이 걸림
레이더	– 야간이나 악천후 사용 가능 – 장거리 물체 탐지 가능	– 정밀한 측정이 불가
초음파센서	– 주차 시 장애물 유무 탐지에 탁월 – 가격이 저렴함	– 탐지 거리가 짧음 – 측정 오차가 큼
라이다	– ㉠ – ㉡	– 가격이 비쌈

04 다음은 '3D 플래시 라이다'와 '3D 레이저 스캐너'의 문제점을 정리한 것이다. 이러한 문제점을 해결하기 위한 대안으로 ㉢에 들어갈 내용을 기술하시오.

3D 플래시 라이다		3D 레이저 스캐너
수평 시야각이 360도로 성능이 좋지만 가격이 높음.	문제점	상대적으로 가격이 저렴하지만 360도 회전하여 정보처리 속도가 느리고 진동에 취약함.

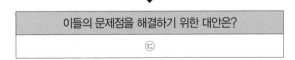

이들의 문제점을 해결하기 위한 대안은?
㉢

〈유의 사항〉

– 윗글에서 언급된 장치를 제시할 것

– 20자 이내로 기술할 것(공백 제외)

[05~06] 다음 글을 읽고 물음에 답하시오.

S# 39. 방송국 전경(낮)

　김추자의 「빗속의 여인」 흐르는 가운데 방송국 건물이 비에 젖고 있다. 카메라 스튜디오 창가로 다가가면 석영이 창가에 서서 밖을 보고 있다. 노란 우비를 입은 한 여성이 오토바이를 타고 방송국 입구를 지나 방송국 마당으로 들어오고 있다.

S# 40. 라디오 스튜디오(낮)

　김추자의 「빗속의 여인」 계속 흐르고……. 창밖을 보던 석영이 고개를 돌려 부스를 보면 최곤과, 박민수까지 짬뽕을 먹고 있다. 배달부 장 씨, 부스 안에서 최곤의 헤드폰을 끼고 음악에 흠뻑 취해 있다. 석영, 포기하는 표정으로 다시 창밖을 바라본다. 그때 김 양이 문을 열고 들어선다.

김 양: (낭랑한 목소리로) 커피 시키신 분.

박민수: (부스 안에서 마이크 통해) 여기.

하고 손을 흔든다.

　(jump) 김추자의 「빗속의 여인」 계속 흐르고 있다. 최곤, 김 양이 배달해 온 커피를 마시고 있다.

　김 양, 김추자의 「빗속의 여인」에 젖어 든다. 석영이 최곤을 못마땅한 표정으로 바라보고 있다.

김 양: 아저씨, 이 노래 한 번만 더 틀어 주면 안 돼?

　최곤, 보면

김 양: 안 돼요? 우리 다방은 리필해 주는데.

최곤: 그러지 뭐.

김 양: 난 이 노래 들으면 엄마 생각나더라. 우리 엄마 십팔번이거든.

　그때 석영이 들어온다.

석영: 나와요.

김 양: 손님 다 마실 때까지 옆에 있는 거예요.

　노래 끝나 간다. 최곤을 노려보던 석영이 나가려는 순간,

최곤: (석영 들으란 듯) 너 엄마한테 한마디 할래?

　최곤 말에 깜짝 놀라는 김 양.

김 양: 아저씨 뭔 이야기를 해?

최곤: 엄마 십팔번이라며. 엄마 이야기해.

　석영, 멈춰 돌아보고 노래 완전히 끝난다.

최곤: (마이크 올리고) 오늘은 애청자 중 한 분을 스튜디오에 모셨습니다. 밖에서 듣고 있던 박민수와 박 기사가 놀란다. 최곤, 김 양에게 얘기하라고 손짓한다. 석영, 화난 표정으로 최곤을 바라본다.

김 양: (마이크 앞으로 다가앉으며) 안녕하세요? 저는 요 앞 터미널 바로 건너편 터미널 다방에 근무하는 김 양입니다.

　INS. 터미널 다방. 다방 안 스피커에서 김 양의 목소리가 나오자 다방 안에 있던 사람들이 놀란다.

박 양: 김 양이다.

손님 1: 쟤 저기서 뭐하는 거냐?

김 양 (E): 저, 먼저…… 평소 터미널 다방을 이용해 주시는 손님 여러분들께 감사드리구요.

김 양의 말에 다방 손님들과, 특히 사장이 흐뭇한 표정을 짓는다.

김 양 (E): 세탁소 김 사장님하고 철물점 박 사장님, 이번 달에는 외상값 꼭 갚아 주세
요. 김 사장님 4단 7천원이구요……

INS. 영월 시내 세탁소 내부. 세탁소 사장, 라디오에서 나오는 김 양의 얘기를 듣다
놀란다.

김 양: 철물점 박 사장님…… 맨날 쌍화차 드셔서 좀 많은데…… 10만 4천 원인데……
4천 원 까고 10만 원만 받을게요.

INS. 영월 시내 철물점. 철물점 사장, 라디오에서 나오는 김 양의 얘기를 듣고 당황
한다. 옆에서 철물들을 정리하던 사장의 와이프가 남편을 째려본다.

김 양: 안 갚으시면 제 월급에서 까지는 거 아시죠?

스튜디오, 김 양의 말 계속 이어진다.

김 양: (잠시 뜸들이다) 엄마, 나 선옥인데…… 나 방송 출연했거든. 엄마, 잘 있지?

석영, '어디까지 가나 보자.' 하는 표정으로 최곤을 노려본다. 최곤, 석영의 시선에
아랑곳 않고 김 양에게 계속 말하라고 손을 흔든다. 김 양, 잠시 말을 멈추더니 표정이
무거워진다.

〈영화 '라디오스타'〉

[A]
김 양: 엄마, 비 오네. 엄마, 기억 나? 나 집 나오던 날도 비 왔는데. 엄마, 알어? 나 엄마 미워서 집 나온 거 아
니거든. 그때는 내가 엄마를 미워하는 줄 알았는데…… (울음을 삼키며) 집 나와서 생각해 보니까 세상 사
람들 다 밉고, 엄마만 안 미웠어……. 그래서 내가 미웠어. 엄마, 나 내가 너무 미워서…… 좀 막 살았다.
그래서 지금은 내가 더 미워.

김 양을 삐딱하게 바라보는 석영의 표정이 동정으로 변한다.

INS. 지국장실. 라디오에서 나오는 김 양의 사연을 듣고 있는 지국장의 표정 슬프다.

[B]
김 양: 엄마, 나 비 오면 엄마가 해 주던 부침개 해 보거든. 근데 엄마가 해 주던 것처럼 맛있게 안 돼. 이렇게도
해 보고 저렇게도 해 봤는데 잘 안 돼. 엄마, 보고 싶어. 너무 보고 싶어…….

하고는 무너져 테이블에 고개를 묻고 흐느낀다. 최곤이 김 양을 바라보다 김추자의 「빗속의 여인」을 내보낸다. 김 양
의 흐느낌이 노래에 묻힌다. 최곤, 부스를 나온다. 석영이 김 양을 측은하게 바라본다. 최곤이 창가에 선 박민수에게
다가가면 박민수의 눈이 젖어 있다.

최곤: 뭐야?

박민수: 장마가 지려나?

박민수, 괜히 목을 빼고 창밖을 바라본다.

– 최석환, 「라디오 스타」

05 [A]와 [B]에 드러난 '김 양'의 발화는 '비 오는 날'을 공통적인 화제로 삼고 있다. 발화 내용을 중심으로 ㉠과 ㉡의 내용을 기술하시오.

	행동		엄마에 대한 회상		정서
[A]	집을 나옴	⇒	"엄마를 미워하는 줄 알았어."	⇒	㉠
[B]	㉡		"엄마가 해 주던 것처럼 맛있게 안 돼."		엄마가 보고 싶음

06 S#39와 S#40은 서로 다른 공간이지만 두 장면을 연결시켜 주는 요소에 의해 내적 필연성을 갖게 된다. 내적 필연성을 위해 S#39에 사용된 효과음을 기술하시오.

▶ 해답 p.153

수학

07 방정식 $4^{x+2}=\left(\dfrac{1}{4}\right)^{-x}+30$의 해를 구하는 과정을 논술하시오.

08 다음은 반지름의 길이가 $\sqrt{3}$인 원에 내접하는 삼각형 ABC에서

$$3\sin(A+B)\sin C=2$$

일 때, 선분 AB의 길이를 구하는 과정을 논술한 것입니다. 빈칸 ① , ② , ③ 을 채우시오.

> 삼각형의 내각의 합 $A+B+C=\pi$이므로
> $3\sin(A+B)\sin C=3\sin(\pi-C)\sin C=2$
> 인데, $0<C<\pi$이므로 $\sin C=$ ① 이다.
> 외접원의 반지름의 길이가 $\sqrt{3}$이므로 사인법
> 칙에 의하여 $\dfrac{\overline{AB}}{\sin C}=$ ② 이므로
> $\overline{AB}=\sin C\times$ ② $=$ ③

09 첫째항이 3이고 공차가 4인 등차수열 $\{a_n\}$에 대하여 $\sum\limits_{n=1}^{32} \dfrac{1}{(a_n-1)(a_{n+1}-1)}$의 값을 구하는 과정을 논술하시오.

10 두 함수 $f(x)=\begin{cases} x-1 & (x<1) \\ x+a & (x \geq 1) \end{cases}$ 와

$g(x)=\begin{cases} x^3-x & (x<1) \\ 2x^2+6 & (x \geq 1) \end{cases}$ 에 대하여,

함수 $\dfrac{g(x)}{f(x)}$가 $x=1$에서 연속이 되도록 실수 a의 값을 구하는 과정을 논술하시오.

11 함수 $f(x)=x^3-2x^2-3x+1$에 대하여 곡선 $y=f(x)$ 위의 $x=1$일 때의 점에서의 접선의 방정식을 구하는 과정을 논술하시오.

12 함수 $f(x)=\dfrac{1}{3}x^3+ax^2+(2-a)x+2a$ 가 일대일대응이 되기 위한 실수 a의 범위를 구하는 과정을 논술하시오.

13 삼차함수 $f(x)$의 도함수 $y=f'(x)$의 그래프가 그림과 같고, 함수 $f(x)$의 극솟값이 -2, 극댓값이 2일 때, 삼차함수 $f(x)$를 구하는 과정을 논술하시오.

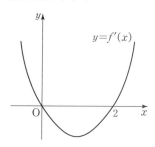

14 함수 $f(x)=4x^3+2x$의 역함수를 $g(x)$라고 할 때, $\int_0^6 g(x)dx$의 값을 구하는 과정을 논술하시오.

15 원점을 출발하여 수직선 위를 움직이는 점 P의 시각 t에서의 속도 $v(t)$는 $v(t)=-3t^2+6t$이다. 점 P가 움직이는 방향을 바꾼 후부터 다시 원점으로 돌아오는 데 걸린 시간을 구하는 과정을 논술하시오.

2022학년도 모의고사

국어

▶ 해답 p.157

[01~02] 다음 글을 읽고 물음에 답하시오.

사전적 정의에 의하면 '매체(media)'란 어떤 작용을 다른 곳으로 전하는 역할을 하는 물체나 수단이다. 이에 따르면 젓가락이 부딪치는 소리를 우리 귀에 전달하는 공기, 또 음성의 정체를 분석하도록 뇌에 전달하는 귀도 일종의 매체이다. 곧 매체란 우리의 감각적 활동이나 사고를 가능하게 하는 매개체라 할 수 있다. 그런데 매체학자인 마셜 매클루언은 매체에 대한 이러한 기존 인식이 매체를 피상적으로 이해하는 것이라며 문제를 제기했다. 그는 매체가 우리의 감각적 활동이나 사고 작용을 유발하여 의사소통을 하는 데 활용되기는 하지만, 단순히 의사소통에 사용되는 매개 도구가 아니라 의사소통을 위해 반드시 필요한 조건이라고 보았다. 따라서 그는 연설이나 편지처럼 직접적으로 의미를 담고 있는 말과 글뿐만 아니라 간접적으로 의미를 전달하는 데 활용되는 옷과 집, 과학과 철학, 회화와 음악 등도 매체가 될 수 있다고 보았다. 그리고 이런 매체에 의해 인간의 사고가 결정되고, 인식 체계가 바뀌며, 인간관계와 사회 질서까지 변화될 수 있다고 주장하였다. '매체는 메시지이다.'라는 그의 말에는 새로운 매체의 등장을 바라보는 관점이 잘 담겨있다.

매클루언은 매체 자체를 아무런 내용도 갖지 않은 중립적 도구라고 보는 태도야말로 기존 매체론이 지닌 가장 근본적 오류라고 지적하였다. 기존 매체론에서는 콘텐츠(contents)를 매체에 의해 전달되는 정보와 지식 등으로 한정하였고, 그 콘텐츠를 담기에 적절한 매체가 무엇인지 파악하는 것을 중요하게 여겼다. 하지만 매클루언은 음식을 담고 있는 그릇, 즉 콘텐츠를 담고 있는 매체 자체가 지닌 의미에 주목하였다. 그는 콘텐츠가 우리에게 필요한 정보와 지식을 주지만 매체는 어떤 것이 콘텐츠가 될 수 있는지를 결정할 수 있으며, 심지어 매체에 의해 콘텐츠의 의미가 달라질 수 있다고 하였다. 예컨대 편지지에 인쇄되어 전달된 '사랑한다.'라는 글을 읽을 때와 감미로운 음악과 함께 휴대 전화로 전달된 '사랑해.'라는 문자 메시지를 읽을 때를 비교해 보자. 두 매체를 통해 전달하는 내용은 동일하지만, 매체에 따라 콘텐츠의 해석에 활용되는 감각의 종류와 정도가 다르고, 이로 인해 매체 사용자가 받게 될 감동이 달라진다. 매클루언은 바로 이런 이유로 _____(가)_____(라)고 주장하였다.

또 매클루언은 매체의 종류에 따라 우리의 인식 체계가 달라질 수 있다고 여겼다. 예를 들어, 표음 문자와 상형 문자는 동일한 정보라도 다른 방식으로 표현한다는 점에서 다른 매체로 볼 수 있다. 그런데 표음 문자는 그 지시 대상과 전혀 관련이 없는 그저 추상적 상징으로 이루어져 있지만 상형 문자는 도상*처럼 지시대상과 유사성을 지니고 있다. 인식 체계의 측면으로 볼 때 표음 문자는 기호와 그것이 지시하는 대상의 의미가 분리되어 있다. 소쉬르의 주장처럼 알파벳과 같은 언어 체계는 현실 세계와 동떨어져 있는 반면에, 상형 문자는 그림처럼 나름대로 대상을 재현하고 있으며 현실 세계와 조응하고 있다. 그러므로 상형 문자라는 매체로 인식된 세계와 표음 문자라는 매체로 인식된 세계는 근본적으로 다를 수밖에 없다. 이런 점에서 매클루언은 매체가 달라지면 곧 우리 인식 체계도 달라진다고 판단하였다.

    매클루언은 자신의 저서에서 매체를 기술과 동의어처럼 사용하였다. 새로운 기술의 등장으로 새로운 의사소통 체계와 사회 구조가 나타난 것처럼 매체의 변화가 의사소통 체계와 사회 질서를 변화시킬 수 있다고 여겼기 때문이다. 전화라는 기술, 곧 매체가 등장함에 따라 일반 회사의 분위기가 이전과 달라졌다. 시간과 장소에 상관없이 전화가 걸려 오기 시작한 후, 하급 회사원들은 관리자들이 자리를 비우는 식사 시간에만 전화를 피할 수 있게 되었다. 심지어 퇴근 후 가정에서도 전화에 시달리게 되었다. 전화로 인해 사생활이 위협받게 되었고, 차츰 의사소통 체계와 사회 구조가 일방 전달식으로 변화하게 된 것이다. 이처럼 매클루언은 전화로 인해 사람들의 의사소통 체계와 사회 구조가 근본적으로 바뀌었다고 주장하였다. 전화라는 매체 자체가 사회적 의미를 갖는 내용이며, 새로운 사회 질서와 의사소통 체계를 의미하는 메시지라는 것이다.

01 윗글의 내용을 토대로 할 때, ㉠과 ㉡에 들어갈 단어를 찾아 쓰시오.

    표음 문자는 대상을 추상적으로 (㉠)하는 것으로 현실 세계와 분리되어 있으며, 상형 문자는 대상을 구체적으로 (㉡)하는 것으로 현실 세계와 조응하고 있다.

02 다음의 핵심어를 모두 사용하여 윗글의 (가)에 들어갈 하나의 문장을 20자 이내로 기술하시오.

핵심어: 매체, 콘텐츠

[03~04] 다음 글을 읽고 물음에 답하시오.

임 씨는 자신의 아들딸이 네 명이란 것, 큰놈은 국민학교 4학년인데 공부를 썩 잘하고 둘째딸년은 학교 대표 농구 선수인데 박찬숙 못지않을 재주꾼이라고 자랑했다.

"그놈들 곰국 한번 못 먹인 게 한이오, 형씨. 내 이번에 가리봉동에 가면 그 녀석 멱살을 휘어잡아야지."

임 씨가 이빨 사이로 침을 찍 뱉었다. 뭐 맛있는 거나 되는 줄 알고 김반장의 발발이 새끼가 쪼르르 달려왔다.

"가리봉동에 가면 곰국이 나와요?"

임 씨가 따라 주는 잔을 받으면서 그는 온몸을 휘감는 술기운에 문득 머리를 내둘렀다. 아까부터 비 오는 날에는 가리봉동에 간다는 임 씨의 말을 술기운과 더불어 떠올렸다.

"곰국만 나오나. 큰놈 자전거도 나오고 우리 농구 선수 운동화도 나오지요. 마누라 빠마값도 쑥 빠집니다요. 자그마치 팔십만원이오, 팔십만원. 제기랄. 쉐타 공장 하던 놈한테 일 년내 연탄을 대줬더니 이놈이 연탄값 떼어먹고 야반도주했어요. 공장이 망했다고 엄살을 까길래, 내 마음인들 좋았겠소. 근데 형씨. 아, 그놈이 가리봉동에 가서 더 크게 공장을 차렸다 뭡니까. 우리네 노가다들, 출신이 다양해서 그런 소식이야 제꺼덕 들어오지, 뭐."

"그럼 받아야지, 암. 받아야 하구말구."

그는 딸국질을 시작했다. 임 씨에게 술을 붓는 손도 정처 없이 흔들렸다. 그에 비하면 임 씨의 기세 좋은 입만큼은 아직 든든하다.

"누군 받기 싫어 못 받수. 줘야 받지. 형씨, 돈 있는 놈은 죄다 도둑놈이오. 쫓아가면 지가 먼저 울상이네. 여공들 노임도 밀렸다, 부도가 나서 그거 메우노라 마누라 목걸이까지 팔았다고 지가 먼저 성깔 내."

"죽일 놈."

그는 스웨터 공장 사장을 눈앞에 그려본다. 빤질빤질한 상판에 배는 툭 불거져 나왔겠지.

"그게 작년 일인데, 형씨 올여름에 비가 오죽 많았소. 비만 오면 가리봉동에 갔지요. 비만 오면 갔단 말이요."

"아따, 일년 삼백육십오일 비오는 날은 쌔김고 쌨는디 머시 그리 걱정이당가요?"

김반장이 맥주를 새로 가져오며 임 씨를 놀려먹었다.

"시끄러, 임마. 비가 와야 가리봉동에 가지, 비가 와야……."

"해 뜨는 날은 돈 벌어서 좋고, 비 오는 날은 돈 받아서 좋고, 조오타!"

김반장이 젓가락으로 장단까지 맞추자 임씨는 김반장 엉덩이를 찰싹 갈긴다.

"형씨, 형씨는 집이 있으니 걱정할 것 없소. 토끼띠면 어쩔 거여. 집이 있는데, 어디 집값이 내리겠소?"

"저런 것도 집 축에 끼나……."

이번엔 또 무슨 까탈을 일으킬 것인지, 시도 때도 없이 돈을 삼키는 허술한 집이라고 대꾸하려다가 임씨의 말에 가로채여서 그는 입을 다물었다.

"난 말요. 이 토끼띠 사내는 말요, 보증금 백오십만 원에 월세 삼만 원짜리 지하실 방에서 여섯 식구가 살고 있소. 가리봉동 그 새끼는 곧 죽어도 맨션아파트요, 맨션아파트!"

임 씨는 주먹을 흔들며 맨션아파트라고 외쳤는데 그의 귀에는 꼭 맨손아파트처럼 들렸다.

"돈 받으러 갈 시간도 없다구. 마누라는 마누라대로 벽돌 찍는 공장에 나 댕기지, 나는 나대로 이것 해서 벌어야지. 그래도 달걀후라이 한 개 마음 놓고 못 먹는 세상!"

임 씨의 목소리가 거칠어졌다. 술이 너무 과하지 않나 해서 그는 선뜻 임 씨에게 잔을 돌리지 못하고 있었다.

"돌고 돌아서 돈이라고? 돌고 도는 돈 본 놈 있음 나와 보라 그래! 우리 같은 신세는 평생 이 지랄로 끝장이야. 돈? 에이! 개수작 말라고 해."

임 씨가 갑자기 탁자를 내리쳤다. 그 바람에 기우뚱거리던 맥주병이 기어이 바닥으로 나뒹굴면서 요란한 소리를 내었다.

"참고 살다 보면 나중에는……."

"모두 다 소용없는 일이야."

임 씨의 기세에 눌려 그는 또 말을 맺지 못하고 입을 다물었다. 나중에는 임 씨 역시 맨션아파트에 살게 되고 달걀 프라이쯤은 역겨워서, 곰국은 물배만 채우니 싫어서 갖은 음식 타박에 비 오는 날에는 양주나 찔끔거리며 사는 인생이 될 것이다, 라고 말할 수는 없었다. 천 번 만 번 참는다고 해서 이 두터운 벽이, 오를 수 없는 저 꼭대기가 발밑으로 걸어와 주는 게 아님을 모르는 사람이 그 누구인가.

그는 임 씨의 핏발 선 눈을 마주 보지는 못하였다. 엉터리 견적으로 주인 속이는 일꾼이라고 종일토록 의심하며 손해 볼까 두려워 궁리를 거듭하던 꼴을 눈치채이지는 않았는지, 아무래도 술기운이 확 달아나 버리는 느낌이었다. 제아무리 탄탄해도 라면 가닥으로 유지되는 사내의 몸뚱이는 술 앞에서 이미 제 기운을 잃고 있음이 분명했다. 임 씨의 몸이 자꾸만 한쪽으로 쏠리는 것을 보면서 그는 점차 술이 깨고 있었다.

– 양귀자, 「비오는 날에는 가리봉동에 가야 한다.」

03 '반어(irony)'는 본래의 뜻과는 반대되는 말을 하여 문장의 의미를 강화하는 문학적 기법이다. 윗글 중 '임 씨'의 처지에 대해 김반장이 반어적으로 표현한 문장을 찾아 쓰시오.

04 윗글의 내용을 참조하여 다음의 유의 사항을 준수하여 ㉠에 들어갈 말을 쓰시오.

> 주인공 '그'는 일꾼인 '임 씨'에게 위로의 말을 전하려다가 그만둔다. 그것은 소시민인 자신과 노동자인 임 씨 사이에 (㉠)이(가) 존재하고 있음을 느끼고 있기 때문이었다.

〈유의사항〉

1. 윗글의 지문에 나온 단어를 사용할 것.

2. 두 개의 어절로 쓸 것.

수학

▶ 해답 p.158

05 공비가 양수인 등비수열 $\{a_n\}$에 대하여
$a_3 + a_4 + a_5 = 8$,
$a_5 + a_6 + a_7 = \dfrac{1}{2}(a_4 + a_5 + a_6) + 12$
일 때, $a_6 + a_7 + a_8$의 값을 구하고 그 과정을 서술하시오.

06 함수 $f(x) = x^2 - 6x + 11$과
함수 $g(x) = \log_3 x$가 있다.
구간 $\{x \mid 1 \le x \le 7\}$에서 합성함수
$(g \circ f)(x) = g(f(x))$의 최댓값과 최솟값의 차를 구하여 간단히 나타내고 그 과정을 서술하시오.

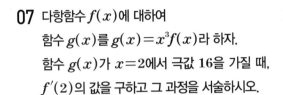
07 다항함수 $f(x)$에 대하여

함수 $g(x)$를 $g(x)=x^3 f(x)$라 하자.

함수 $g(x)$가 $x=2$에서 극값 16을 가질 때,

$f'(2)$의 값을 구하고 그 과정을 서술하시오.

08 두 곡선 $y=2x^2-4x+3$과

$y=-x^2+8x-6$으로 둘러싸인 부분의 넓

이를 구하고 그 과정을 서술하시오.

It is confidence in our bodies, minds and spirits that allows us
to keep looking for new adventures, new directions to grow in,
and new lessons to learn - which is what life is all about.
자신의 몸, 정신, 영혼에 대한 자신감이야말로 새로운 모험, 새로운 성장 방향,
새로운 교훈을 계속 찾아나서게 하는 원동력이며, 바로 이것이 인생이다.

– 오프라 윈프리 –

PART

2

실전모의고사

[자연계열] – 5회

[자연계열]
수원대
논술 실전모의고사

제1회 실전모의고사

[국어 영역]

▶ 해답 p.160

[01~02] 다음 글을 읽고 물음에 답하시오.

초음파는 사람이 들을 수 있는 주파수보다 높은 주파수를 가지는 음파이다. 이를 이용한 초음파 진단기는 신체에 탐촉자*를 대고 초음파를 발생시킨 뒤, 인체 조직을 통과하는 초음파 빔 중에서 되돌아오는 신호를 탐촉자가 수신하여 영상으로 변환해 화면에 나타내는 기기이다.

초음파는 소리의 파동이기 때문에 전파되기 위해서는 매개체, 즉 매질이 필요하다. 매질의 특성에 따라 초음파의 전파 속도에 차이가 나며, 동일한 매질 내에서는 동일한 전파 속도를 가진다. [자료 1]은 매질별 초음파의 전파 속도와 음향 저항을 나타낸 표이다. 인체는 대략 65%가 수분으로 구성되어 있어 평균적인 전파 속도가 1,540m/s와 유사한 값을 갖는다. 뼈조직에서의 전파속도는 4,080m/s로 가장 빠르고, 대부분이 공기로 채워진 폐에서의 전파 속도는 가장 느리다. 전파 속도는 통과하는 매질의 체적 탄성률*에 비례하고 매질의 밀도에 반비례한다.

매질	초음파의 전파 속도 (m/s)	음향 저항 (g/cm² · s)
공기	331	0.0004
지방	1,450	1.38
물	1,540	1.54
혈액	1,570	1.61
근육	1,585	1.70
뼈	4,080	7.80

[자료 1]

탐촉자에서 송신한 초음파 빔은 인체 조직을 통과하면서 조직의 경계면에서 반사되거나 조직 내에서 산란되어 되돌아오는데, 초음파 진단기는 이러한 반사파나 산란파를 이용한다. 음향 저항이 서로 다른 두 조직의 경계면에 초음파가 입사*되면, 일부는 반사되고 나머지는 투과된다. 음향 저항은 음파에 대한 매질의 저항을 의미하는 것으로, 매질의 밀도(g/cm³)와 매질 내 전파 속도(m/s)를 곱한 값으로 결정된다. 이때, 두 매질 사이에 음향 저항의 차이가 클수록 반사되는 초음파의 세기가 증가한다. 같은 매질 내에서는 같은 전파 속도를 가지므로, 음향 저항의 차이를 유발하는 것은 두 매질 간의 밀도 차이이다. 근육, 힘줄, 인대 등과 같은 연부 조직의 평균 음향 저항은 1.70g/cm² · s로 지방보다 공기와의 음향 저항의 차이가 더 크므로, 지방과 근육의 경계면보다 공기와 근육의 경계면에서 반사파의 세기가 더 크다. 초음파 검사 시에 탐촉자와 피부 표면 사이에 점성이 높은 액체형 젤(gel)을 바르는 것도 탐촉자와 피부 사이의 공기로 인한 음향 저항의 차이를 고려하는 것이다.

또한 음파의 반사는 입사각의 영향을 크게 받는다. 입사각은 입사되는 초음파와 법선*이 이루는 각도를 말한다. 표면이 평평한 두 매질의 경계면에 초음파 빔이 입사할 경우, 법선을 기준으로 입사각과 반사각은 같다. 초음파 빔이 조직의 경계면에 수직으로 입사하면, 탐촉자로 돌아오는 반사파가 많아져서 초음파 영상이 명료하게 나타난다. 하지만 입사각이 커질수록, 즉 입사파와 경계면 이루는 각도가 작아질수록 빔은 탐촉자의 반대 방향으로 반사되어 탐촉자로 돌아오는 빔이 적어져서 영상에 포함되지 않게 된다. [자료 2]는 초음파가 조직의 경계면에 수직으로 입사한 경우의 반사 계수를 나타낸 표이다. 반사 계수란 입사파 대비 반사파

경계면	반사 계수
지방-근육	0.10
혈액-근육	0.03
근육-뼈	0.64
신장-간	0.01
연부 조직-물	0.05
연부 조직-공기	0.99

[자료 2]

의 비율로, 이 값이 1에 가까울수록 입사파 대부분이 반사됨을 의미한다.

　한편, 산란은 초음파 빔이 표면이 균일하지 않은 반사면에 부딪히거나 초음파 파장보다 크기가 작은 산란체*를 만났을 때 여러 방향으로 흩어지는 것을 말한다. 반사가 두 조직의 경계면에서 발생하는 것과 달리, 산란은 조직 내 표면이 울퉁불퉁한 부분적인 부위에서 발생한다. 산란체의 크기가 초음파 파장의 길이보다 작을수록 산란의 강도가 증가한다. 또한 산란 강도는 주파수의 네제곱에 비례하기 때문에 주파수를 높일수록 산란 강도가 증가하여 더 좋은 초음파 영상을 얻을 수 있다. 초음파가 산란되는 강도는 조직마다 상이한데, 2.5MHz 초음파를 인체에 입사했을 때 혈액은 0.001로 가장 작은 반면에 지방은 1로 매우 큰 편이다.

　초음파 검사 시 주의 사항이 있다. 위장, 간, 담낭 등의 장기를 살펴볼 수 있는 상복부 초음파 검사를 할 경우, 물을 포함한 음식물의 섭취가 소화액과 장내 가스를 발생시켜 반사파가 증가한다. 즉 위장에서 분비하는 소화액과 장내 가스는 위장의 깊숙한 부위 혹은 팽창된 위장에 가려지는 췌장이나 간 등의 장기에 초음파가 도달하는 것을 방해할 수 있다. 따라서 상복부 초음파 검사 전에는 8~12시간 이상 물을 마시지 말고 금식해야 한다. 또한 껌을 씹거나 흡연하는 과정에서 삼킨 많은 공기가 위장으로 들어가 초음파의 전파를 방해하므로, 검사 전에 껌 씹기와 흡연을 하지 않아야 한다. 방광, 자궁, 전립선 등 골반 내 장기를 살펴볼 수 있는 하복부 초음파 검사의 경우, 방광 속 가스를 없애기 위해서 많은 양의 물을 마시되 가스를 생성하는 탄산음료는 마시지 말아야 하며 검사가 끝나기 전까지 소변을 참아야 한다. 이러한 번거로움이 있음에도 인체 진단용 초음파는 인체에 무해하고 별도의 상처를 내지 않고도 내부 장기를 검사할 수 있으며 실시간 영상을 제공하는 장점이 있어 의학적 응용 범위가 꾸준히 확대되고 있다.

*탐촉자: 초음파를 발생시켜 송신하고 되돌아오는 음파를 수신하는 장비.

*체적 탄성률: 물체의 모든 방향에서 균일한 압축력이 가해졌을 때, 압축되지 않으려고 저항하는 정도를 나타내는 값.

*입사: 소리나 빛의 파동이 매질 속을 지나 다른 매질의 경계면에 이르는 일.

*법선: 어떤 면에 수직으로 세운 가상의 선.

*산란체: 입자나 전자기파의 산란을 일으키는 물체.

01 제시문은 초음파 진단기를 소개하며 초음파 검사 과정에서 발생하는 반사와 산란 현상의 특징에 대해 설명하고 있다. 다음의 빈칸에 들어갈 말을 제시문에서 찾아 쓰시오.

반사	두 매질의 밀도 차이로 인해 (　ⓐ　)의 차이가 큰 두 조직의 경계면에서 발생한다.
산란	조직 내에서 표면이 균일하지 않은 부분적인 부위에서 발생하는데, 산란의 강도에 영향을 미치는 요인으로는 (　ⓑ　), (　ⓒ　), (　ⓓ　) 등이 있다.

〈유의 사항〉

ⓑ, ⓒ, ⓓ의 순서는 상관 없음.

02 다음은 제시문 읽고 추론한 내용이다. 빈칸에 들어갈 말을 왼쪽의 제시어에서 골라 쓰시오.

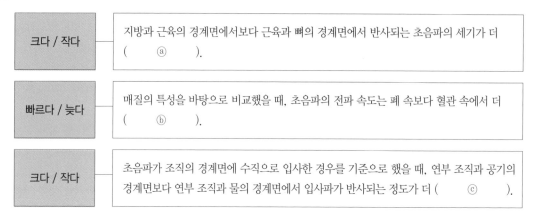

크다 / 작다	지방과 근육의 경계면에서보다 근육과 뼈의 경계면에서 반사되는 초음파의 세기가 더 (ⓐ).
빠르다 / 늦다	매질의 특성을 바탕으로 비교했을 때, 초음파의 전파 속도는 폐 속보다 혈관 속에서 더 (ⓑ).
크다 / 작다	초음파가 조직의 경계면에 수직으로 입사한 경우를 기준으로 했을 때, 연부 조직과 공기의 경계면보다 연부 조직과 물의 경계면에서 입사파가 반사되는 정도가 더 (ⓒ).

※ 다음 글을 읽고 물음에 답하시오.

인간은 언어를 사용하며, 언어로 표현된 개념을 통해 사고할 수 있다는 점에서 다른 존재와 구별된다. 이런 언어 개념은 여러 특징을 가지고 있다. 우선 언어 개념은 보편성을 갖는데, 이는 실제 현실의 대상에 비해 언어 개념이 추상적이라는 것을 의미한다. 또 다른 특징은 현실 대상은 늘 변화하는 데 반해 언어 개념은 고정적이라는 점이다. 즉 언어 개념과 실제 대상 사이에는 언제나 간극이 존재한다.

중국 춘추 전국 시대의 사상가들이 제시한 언어 개념에 대한 생각은 크게 두 가지로 구분할 수 있다. 하나는 사회 질서를 위한 언어 개념의 역할에 관심을 둔 공자와 순자의 사상이고, 또 다른 하나는 언어 개념과 실제 대상의 본질과의 관계를 탐구한 노자와 장자의 사상이다.

공자는 혼란한 사회 속에서 언어 개념을 명확히 하는 것이 사회 질서를 바로잡는 전제가 된다고 주장하였다. 공자는 모든 사람이 자기의 명분에 맞게 행동해야 하며, 그 명분은 분명한 언어로 표현되어야 한다고 생각했다. 그리고 이렇게 표현된 언어가 제대로 사용되어야 사회 질서가 잡히고 바람직한 공동체가 형성될 것이라 보았다. 이러한 공자의 사상을 정명 사상이라고 한다. 정명 사상은 순자에 이르러 체계적으로 정리되었다. 순자는 어떤 대상을 가리키는 언어적 명칭은 선천적으로 고정된 의미가 없으며, 사람들이 사회적으로 약속하여 해당 명칭을 일반적으로 사용하게 되면 그 대상의 이름, 즉 언어 개념이 되는 것이라 보았다. 순자는 사회 질서를 위해 사회적 규범이라 할 수 있는 예를 중시한 사상가인데, 예는 대상 간의 분별을 올바르게 함으로써 이루어진다고 보았다. 이러한 입장에서 순자는 귀천을 밝히고 대상을 서로 구별하기 위해서 언어 개념이 필요하다고 보았다. 즉 순자는 사회 질서 유지라는 실용적 관점에서 언어 개념의 필요성을 인식한 것이다.

한편 노자와 장자의 사상은 문명 비판적이고 반권위주의적인 특징을 갖는다. 공자, 순자와 같은 유가가 기존 질서의 전통과 권위를 존중하고 그것을 계승하며 유지하려 한 사상이라면, 노자, 장자와 같은 도가는 기존의 질서를 비판하고 그것에 대한 반성을 모색한 사상이다.

인위를 배제한 자연 상태인 무위자연을 추구하는 노자는 언어 개념을 인위적인 세계를 상징하는 것으로 생각하였다. 노자는 모든 것이 언어 개념을 가지고 있으며, 언어 개념을 통해 대상을 인식하는 현실 세계를 유명(有名)의 세계라 표현하였다. 그리고 이런 현실 세계에서 사용하는 언어 개념을 가짜 이름이라고 여겼다. 이는 언어 개념이 그것이 가리키는 대상의 본질과는 거리가 있다고 생각했기 때문이다. 대상의 본질은 언어 개념으로 표현되기 이전의 상태이

며, 노자는 이것을 무명(無名) 혹은 무(無)로 표현했다. 노자는 유명의 세계에서 사용하는 언어 개념을 통해서 무명의 진상을 파악할 수 있다고 보았으나, 무명의 세계가 유명의 세계보다 앞서고 본질적인 것이라 생각하였다. 이런 노자의 입장은 장자에 의해서 계승되었다. 장자에 의하면 언어 개념은 상대적이며 유한성을 가지고 있으므로, 대상의 본질을 전달하기 위한 하나의 수단에 불과한 것이었다.

03 제시문을 바탕으로 〈보기 1〉을 이해할 때, 〈보기 2〉의 빈칸에 들어갈 사상가를 제시문에서 찾아 차례대로 쓰시오.

─〈보기 1〉─

(가) 우리는 책상과 의자를 다른 이름으로 부르고 다른 대상으로 인식한다. 하지만 이들은 모두 나무를 잘라 우리가 바라는 대로 짜맞춘 것에 불과하므로, 이들의 이름은 그것이 가리키는 대상의 본질과는 차이가 있다.

(나) 통발의 목적은 물고기를 잡는 것이니, 물고기를 잡았다면 통발은 잊어야 한다. 언어는 그 목적이 뜻을 전달하는 데 있으니, 뜻을 전달했으면 언어는 잊어야 한다.

(다) 이름이 바르지 않으면 말이 이치에 맞지 않으며, 말이 이치에 맞지 않으면 일이 이루어지지 않으며, 일이 이루어지지 않으면 예악이 발전하지 못하며, 예악이 발전하지 못하면 형벌이 실정에 맞지 않게 되며, 형벌이 실정에 맞지 않으면 백성들의 삶이 어지럽게 된다.

─〈보기 2〉─

(가)는 현실 세계에 존재하는 대상들이 언어 개념을 가지고 있다는 (ⓐ)의 견해를 보여 준다.

(나)는 언어 개념이 대상의 뜻을 전달하기 위한 하나의 수단에 불과하다는 (ⓑ)의 견해를 보여 준다.

(다)는 언어 개념을 명확히 하는 것이 사회 질서를 바로잡는 전제가 된다는 (ⓒ)의 견해를 보여 준다.

ⓐ _____

ⓑ _____

ⓒ _____

[04~05] 다음 글을 읽고 물음에 답하시오.

(가)

덧셈은 끝났다
밥과 잠을 줄이고
뺄셈을 시작해야 한다
남은 것이라곤
때 묻은 문패와 해어진 옷가지
이것이 나의 모든 재산일까
돋보기안경을 코에 걸치고
아직도 옛날 서류를 뒤적거리고
낡은 사전을 들추어 보는 것은
품위 없는 짓
찾았다가 잃어버리고
만났다가 헤어지는 것 또한
부질없는 일
이제는 정물처럼 창가에 앉아
바깥의 저녁을 바라보면서
뺄셈을 한다
혹시 모자라지 않을까
그래도 무엇인가 남을까

– 김광규, 「뺄셈」

(나)

'언제나 나무 있는 뜰 안을 거닐며 살아 보나' 하던 소원이 이루어지매, 그때는 나무마다 벌레 먹은 잎사귀 하나 가지에 남지 않은 쓸쓸한 겨울이었다. 그래서 어서 봄이 되었으면 하고 조석(朝夕)으로 아쉽던 그 봄, 요즘은 그 봄이어서 아침마다 훤하면 일어나 뜰을 거닌다.

진달래나무 앞에 가서 한참, 개나리 나무 옆에 가서 한참, 살구나무 밑에 가서 한참, 그러다가 거리에 나올 시간이 닥쳐 밥상을 대하면 눈엔 아직 붉고 누른 꽃만 보이었다. 눈만 아니라 코에도 아직 꽃향기였다.

그러던 꽃이 다 졌다. 며칠 동안 그림 구경하듯 아침저녁으로 한참씩 돌아가며 바라보던 꽃이 간밤 비에 다 떨어져 흩어졌다. 살구꽃은 잎잎이 흩어졌고 진달래와 개나리는 송이째 떨어져 엎어도 지고 자빠도 졌다. 그중에도 엎어진 꽃이 더욱 마음을 찔렀다.

가만히 보면 엎어진 꽃만 아니라 모두가 쓸쓸한 모양이었다. 가지에 달려서는 소곤거리지 않는 송이가 없는 것 같더니, 떨어진 걸 보니 모두 침묵이요, 적막이요, 슬픔이다.

그러나 거기에는 조그만큼도 죽음은 느껴지지 않았다. 오직 삶도 아니요, 죽음도 아닌 마음에 사무칠 따름이었다.

낙화(落花)의 적막! 다른 봄에도 낙화를 보았겠지만 이번처럼 마음을 찔려 본 적은 없었다.

나는 낙화는 생각도 하지 못했었다. 그래서 꽃이 열릴 나뭇가지는 자주 손질을 하였으나 꽃이 떨어질 자리는 한 번도 보살펴 주지 못했다. 이제 그들의 놓일 자리가 거칠음을 볼 때 적지 않은 죄송함과 '나도 꽃을 사랑하는 사람인가?' 하고 스스로 부끄러움을 누를 수 없다.

　낙화는 꽃이 아니냐 하는 옛 말씀도 있거니와 낙화야말로 더욱 볼 만한 꽃인가 싶다. 그는 의지할 데 없는 몸이라 가지에 달려서 보다 더욱 박명(薄命)은 하리라. 그러나 떨어진 꽃의 그 적막함, 우리 동양인의 심기로 그 적멸의 경지에서처럼 위대한 예술감이 어디서 일어날 것인가. 낙화는 한번 보되 그 자리에서 천고(千古)를 보는 양, 우리 심경에 영원한 감촉을 남기는 것인가 한다.

　그런 낙화를 위해 나무 아래의 거칠음을 나는 한 번도 생각하지 못하였다. 다시금 부끄럽다.

– 이태준, 「낙화의 적막」

＊적멸: 세계를 영원히 벗어남. 또는 그런 경지.

04 다음의 〈보기〉를 참고하여 (가)를 감상할 때, '덧셈'과 '뺄셈'이 의미하는 바를 〈보기〉에서 각각 찾아 쓰시오.

〈보기〉

　김광규는 일상적 언어를 사용하여 구체적인 삶의 모습을 형상화하고, 이를 바탕으로 일상의 현실을 뒤덮고 있는 거짓된 가치를 버리고 진솔한 삶의 가치를 드러내고자 하였다. (가)에는 평이한 시어를 통해 일상에서 발견한 삶의 가치와 의미를 그려 내는 시인의 작품 세계가 잘 드러나 있다. 덧셈과 뺄셈이라는 단순한 셈법에 삶의 자세를 빗대어, 채우며 살아가는 욕심의 삶보다는 비우며 살아가는 진솔한 삶의 의미를 되새겨 보고 있다.

덧셈	ⓐ
뺄셈	ⓑ

〈유의 사항〉

ⓐ, ⓑ 모두 4어절로 기술할 것(공백 제외)

05 (나)에서 글쓴이가 이전에 생각하지 못했던 '낙화'의 아름다움을 부각하고 이를 새롭게 인식하는 문장을 찾아 첫 어절과 마지막 어절을 차례대로 쓰시오.

첫 어절: _____ , 마지막 어절: _____

PART 1
기출문제

PART 2
실전모의고사

PART 3
정답 및 해설

제1회 실전모의고사

[수학 영역]

▶ 해답 p.162

06 $\sum_{k=1}^{n} \dfrac{1}{(k+1)(k+2)} > \dfrac{1}{5}$ 를 만족시키는

자연수 n의 최솟값을 구하는 과정을 논술하시오.

07 모든 항이 양수인 등비수열 $\{a_n\}$에 대하여

$a_2 a_4 = 1$, $\dfrac{a_{10}}{a_5} = 1024$일 때, $\dfrac{1}{2}\log_2 a_1$의

값을 구하는 과정을 논술하시오.

08 두 다항함수 $f(x)=2x^3+5$, $g(x)=x^2+3x+1$에 대하여 함수 $h(x)$를 $h(x)=f(x)g(x)$라 할 때, $h'(-1)$의 값을 구하는 과정을 논술하시오.

09 $\dfrac{3}{2}\pi<\theta<2\pi$인 θ에 대하여 $\sin(\pi+\theta)\tan\left(\dfrac{\pi}{2}+\theta\right)=\dfrac{12}{13}$일 때, $\sin\theta$의 값을 구하는 과정을 논술하시오.

10 다항함수 $f(x)$와 함수

$$g(x)=\begin{cases} \dfrac{px+2}{x-2} & (x \neq 2) \\ 2 & (x=2) \end{cases}$$ 가 다음 조건을

만족시킨다.

(가) $\displaystyle\lim_{x \to \infty} \dfrac{f(x^2)+1}{x^2+1}=2$

(나) 함수 $f(x)g(x)$가 실수 전체의 집합에서 연속이다.

$f(5)+g(5)$의 값을 구하는 과정을 논술하시오. (단, p는 상수이다.)

11 최고차항의 계수가 3인 이차함수 $f(x)$가

$$\int_{-1}^{3} f(x)dx = \int_{2}^{3} f(x)dx = \int_{3}^{4} f(x)dx$$

를 만족시킬 때, $f(-1)$의 값을 구하는 과정을 논술하시오.

12 모든 항이 양수인 수열 $\{a_n\}$이 모든 자연수 n에 대하여 $\log_2 a_{n+1} - \log_2 a_n = -\frac{1}{2}$을 만족시킨다. 수열 $\{a_n\}$의 첫째항부터 제n항까지의 합을 S_n이라 할 때, $\dfrac{S_{2m}}{S_m} = \dfrac{5}{4}$이다. $m \times \dfrac{a_{2m}}{a_m}$의 값을 구하는 과정을 논술하시오.

13 함수 $f(x) = -\dfrac{1}{3}x^3 + x^2 + ax + 2$가 $x=3$에서 극대일 때, 함수 $f(x)$의 극솟값을 구하는 과정을 논술하시오. (단, a는 상수이다.)

PART 1 기출문제

PART 2 실전모의고사

PART 3 정답 및 해설

14 그림과 같이 자연수 n에 대하여 원 $C_n : x^2+y^2=n^2$이 원점 O를 지나고 x축의 양의 방향과 이루는 각의 크기가 $30°$인 직선 l과 만나는 제1사분면 위의 점을 P_n이라 하자. 원 C_n이 x축과 만나는 점 중 x좌표가 양수인 점을 H_n이라 하고, 점 H_n을 지나고 x축에 수직인 직선과 직선 l이 만나는 점을 Q_n이라 할 때, 삼각형 $P_nH_nQ_n$의 넓이를 S_n이라 하자. $\sum_{k=1}^{8} S_k=a+b\sqrt{3}$일 때, $a+b$의 값을 구하는 과정을 논술하시오. (단, a, b는 유리수이다.)

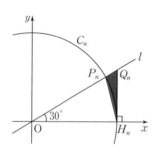

15 그림은 원점을 출발하여 수직선 위를 움직이는 점 P의 시각 $t(0 \le t \le c)$에서의 속도 $v(t)$의 그래프이다.

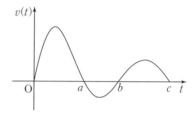

점 P가 다음 조건을 만족시킬 때, 점 P가 시각 $t=a$에서 $t=c$까지 움직인 거리를 구하는 과정을 논술하시오. (단, $0<a<b<c$이고 $v(a)=v(b)=v(c)=0$이다.)

(가) 점 P가 시각 $t=0$에서 $t=b$까지 움직인 거리는 15이다.

(나) $0 \le t \le c$에서 점 P가 출발할 때의 방향과 반대 방향으로 움직인 거리는 5이다.

(다) 점 P의 시각 $t=c$에서의 위치는 12이다.

제2회 실전모의고사

[국어 영역]

▶ 해답 p.166

PART 1
기출문제

PART 2
실전모의고사

PART 3
정답 및 해설

[01~02] 다음 글을 읽고 물음에 답하시오.

아리스토텔레스는 논증의 형식에 의해 논증의 타당성이 결정된다고 보았다. 그래서 타당한 논증과 부당한 논증을 가려 낼 수 있는 규칙을 제시했는데, 이를 이용하면 삼단 논법의 타당성 판단을 수월하게 할 수 있다. 이 규칙을 사용하기 위해서는 먼저 논증에 포함된 명제들을 구별하는 것이 필요하다. 삼단 논법에서 결론의 주어를 소명사, 술어를 대명사라 하며 두 전제에서 공통으로 사용하는 명사는 매개 명사라 한다. 전제는 두 가지로 구분되는데 대명사가 포함된 전제는 대전제이고, 소명사가 포함된 전제는 소전제이다. 또한 삼단 논법은 명제가 기본적으로 대전제, 소전제, 결론의 순서로 배열되지만 필요에 따라 순서는 달라질 수 있다.

[A]
다음은 명제에서 주어나 술어가 전체 대상을 지칭하는지 아니면 일부에 대해서만 지칭하는지를 가려 내야 한다. 이때 사용되는 용어가 주연이다. 명제 안에서 명사가 전체 대상을 지칭하는 데 사용되면 '주연된다'고 한다. 주어는 전칭 명제에서 주연되고 특칭 명제에서는 주연되지 않는다. 술어는 부정 명제에서 주연되고 긍정 명제에서는 주연되지 않는다. 가령 '모든 고양이는 색맹이다'에서 '고양이'는 이 세상, 모든 고양이를 지칭하고 있으므로 주연된다. 하지만 '색맹'은 이 세상 모든 색맹인 대상들 가운데에서도 고양이만을 지칭하고 있으므로 주연되지 않는다.

아리스토텔레스가 만든 규칙 중에 주연 개념에서 파생된 것은 두 개가 있는데, 한 개의 규칙이라도 위반한 삼단 논법은 부당한 논증이 된다. 첫 번째 규칙은 '매개 명사는 적어도 한 번은 주연되어야 한다.'는 것이고, 두 번째 규칙은 '전제에서 주연되지 않은 명사는 결론에서 주연될 수 없다.'는 것이다. 이때 두 번째 규칙을 위반하는 삼단 논법으로는 '대명사가 결론에서만 주연되고 전제에서는 주연되지 않는 경우'와, '소명사가 결론에서는 주연되나 전제에서는 주연되지 않는 경우'로 나눌 수 있다.

'어떤 과학자는 철학자이다. 모든 학생은 과학자이다. 따라서 어떤 학생은 철학자이다.'라는 논증에 대하여 위의 규칙을 이용해서 타당성을 파악해 보자. 매개 명사 '과학자'는 첫 번째 명제에서 '어떤 과학자'로 사용했으므로 전체 과학자의 일부만을 지칭한다. 두 번째 명제의 '과학자' 역시 '학생' 중에서의 '과학자'를 의미하므로 과학자의 일부만을 지칭하고 있다. 첫 번째 규칙과는 달리 매개 명사가 두 전제에서 모두 주연되지 않았다. 따라서 이 논증은 부당하다고 판단할 수 있다.

01 위의 제시문에서 아리스토텔레스가 삼단논법의 타당성을 판단하기 위해 제시한 개념을 2음절로 쓰시오.

〈유의사항〉

– 2음절의 한 단어로 쓸 것

02 제시문의 [A]를 바탕으로 다음에 열거된 명제들의 주어와 술어의 '주연' 여부를 판단하시오.

@ 어떤 철학자는 논리학자이다.	주어	술어
	( )	( )

ⓑ 어떤 수학자도 과학자가 아니다.	주어	술어
	( )	( )

ⓒ 어떤 심리학자는 요리사가 아니다.	주어	술어
	( )	( )

〈유의사항〉

− 해당 명제가 주연되면 ○, 주연되지 않으면 ×로 표기할 것

※ 다음 글을 읽고 물음에 답하시오.

양궁은 일정한 거리에 있는 과녁을 향해 화살을 쏘아 맞힌 결과로 승패를 가르는 운동이다. 양궁이 운동 경기로서 선을 보인 것은 1538년 영국 헨리 7세 때, 오락용으로 몇 차례 시합을 가진 것에서부터라고 한다. 그리고 1900년 파리 올림픽에서 처음 정식 종목으로 채택될 만큼 양궁은 역사가 오래된 운동 경기 중 하나이다.

양궁은 대중적으로 인기가 있는 종목은 아니지만, 우리나라 선수들이 세계 대회에서 좋은 성적을 내기 때문에 특별한 관심을 받고 있는 종목이다. 우리나라 양궁 선수들은 지금까지 다수의 올림픽에서 개인전을 포함하여 수많은 메달을 획득하며 세계 최고의 자리를 당당히 지키고 있다.

특히 한국 여자 양궁은 단체전이 올림픽 정식 종목으로 채택된 1988년 서울 올림픽부터 2016년 리우데자네이루 올림픽까지 금메달을 놓치지 않고 8연패에 성공하면서 그 실력을 인정받고 있다.

양궁 선수들이 화살을 쏠 때의 모습을 자세히 살펴보자. 화살을 약간 위로 조준하는 것을 볼 수 있는데, 이것은 활시위를 떠난 화살이 포물선 운동을 하는 것을 염두에 둔 행동이다. 유사한 예는 축구나 농구 경기에서도 흔히 볼 수 있다. 예를 들어 축구 경기에서 골키퍼가 상대 진영까지 공을 멀리 보내기 위해서는 공을 띄우듯이 차는데, 이때 축구공은 큰 포물선을 그리며 날아간다. 또한 농구 경기에서 선수들이 슛을 할 때도 위를 향해 적당한 각도로 공을 던져 슛을 성공하는 모습을 볼 수 있다.

그렇다면 화살, 축구공, 농구공 등이 포물선 운동을 하는 까닭은 무엇일까? 그것은 바로 중력 때문이다. 지구에서 질량을 가진 모든 물체는 지구 중심 쪽으로 향하는 중력의 영향을 받는다. 그런데 다행히 화살에 미치는 중력의 값은 우리가 느끼지 못할 정도로 미비하기 때문에 이는 선수들에게 큰 문제가 되지 않는다. 그렇다면 화살의 포물선 운동에 중력보다 더 직접적인 영향을 끼치는 요인에는 무엇이 있는지 알아보자.

첫 번째 요인으로 초기 발사 속도가 있다. 초기 발사 속도는 양궁 선수가 활시위를 당기는 힘에 따라 달라지는데, 활시위를 세게 당길수록 화살의 발사 속도가 빨라진다. 화살의 발사 속도가 빠를수록 화살이 과녁에 빨리 도달하게

되는데, 이때 화살은 속도가 느린 화살과 비교했을 때 중력의 영향을 적게 받으므로 상대적으로 낙하하는 시간이 줄어든다. 따라서 밑으로 떨어지는 거리도 줄게 되며, 양궁 선수는 이러한 과학적 원리를 고려하여 초기 발사 속도를 조절해야 한다.

두 번째 요인으로 발사 각도가 있다. 화살을 발사하는 각도에 따라 화살의 포물선 운동이 달라지기 때문에 선수들은 화살이 날아가는 거리를 조절할 수 있다.

그렇다면 발사 각도가 몇 도일 때 물체가 가장 멀리 날아갈까? 공기와의 마찰 등 중력 이외의 외력이 작용하지 않는다고 가정할 때, 지면과 45도의 각도를 이루도록 물체를 던지면 가장 멀리 날아간다는 사실이 수학적으로 증명되었다.

양궁 선수들은 오랜 훈련을 통해 다진 감각으로 활시위를 당기는 힘을 조절하여 초기 발사 속도를 정한다. 그리고 과녁까지의 거리를 감안하여 발사 각도를 조절해서 화살을 정확하게 과녁에 맞히는 것이다. 특히 양궁은 화살을 쏘는 곳에서 과녁까지의 거리에 따라 종목이 달라진다. 그렇기 때문에 각 종목마다 초기 발사 속도와 발사 각도를 정확하게 계산하여 화살을 쏘는 것이 중요하다.

이 외에도 양궁은 실외에서 하는 경기이므로 공기의 저항과 바람의 영향을 크게 받는다. 화살의 운동에 영향을 미치는 공기의 저항과 바람의 세기나 방향 등에 따라 선수들이 쏜 화살은 과녁의 중심에서 벗어나 전혀 의도하지 않은 곳에 꽂힐 수 있는 것이다.

그렇다면 공기의 저항은 어떻게 줄일 수 있을까? 이것은 화살의 뒷부분에 화살 깃을 만들어 줌으로써 해결할 수 있다. 화살을 공기를 가르며 날아갈 때 요동치며 흔들린다. 이때 화살 깃은 그 흔들림을 방지하는 역할을 하는 동시에 화살을 회전시키면서 비행의 안정성을 높인다.

03 위의 제시문에세 화살의 포물선 운동에 영향을 미치는 네 가지 요인을 찾아 쓰시오.

ⓐ _____

ⓑ _____

ⓒ _____

ⓓ _____

PART 1
기출문제

PART 2
실전모의고사

PART 3
정답 및 해설

[04～05] 다음 글을 읽고 물음에 답하시오.

(가)
무거운 쇠사슬 끄으는 소리 내 맘의 뒤를 따르고
여기 쓸쓸한 자유는 곁에 있으나
풋풋이 흰 눈은 흩날려 이정표 썩은 막대 고이 묻히고
드런 발자욱 함부로 찍혀
오즉 치미는 미움
낯선 집 울타리에 돌을 던지니 개가 짖는다.

어메야, 아즉도 차디찬 묘 속에 살고 있느냐.
정월 기울어 낙엽송에 쌓인 눈바람에 흐트러지고
산짐승의 우는 소리 더욱 처량히
개울물도 파랗게 얼어
진눈깨비는 금시에 나려 비애를 적시울 듯
도형수(徒刑囚)*의 발은 무겁다.

　　　　　　　　　　　　　　　　　－ 오장환, 「소야(小夜)의 노래」

*도형수: 도형을 받은 죄인. 도형은 조선 시대에, 오형(五刑) 가운데 죄인을 중노동에 종사시키던 형벌

(나)
전신이 검은 까마귀,
까마귀는 까치와 다르다.
마른 가지 끝에 높이 앉아
먼 설원을 굽어보는 저
형형한 눈.
고독한 이마 그리고 날카로운 부리.
얼어붙은 지상에는
그 어디에도 낟알 한 톨 보이지 않지만
그대 차라리 눈밭을 뒤지다 굶어 죽을지언정
결코 까치처럼
인가의 안마당을 넘보진 않는다.
검을 테면
철저하게 검어라. 단 한 개의 깃털도
남기지 말고……
겨울 되자 온 세상 수북이 눈은 내려
저마다 하얗게 하얗게 분장하지만
나는
빈 가지 끝에 홀로 앉아
말없이

먼 지평선을 응시하는 한 마리
검은 까마귀가 되리라.

– 오세영, 「자화상 2」

04 (가) 시에서 역설적 표현이 사용된 시구(詩句)를 모두 찾아 쓰시오.

05 (나) 시에서는 '까치'와 '까마귀'의 대비를 통해 작가가 추구하는 삶의 모습을 드러내고 있다. 각 대상이 상징하는 존재는 어떤 존재인지 다음의 빈칸에 기술하시오.

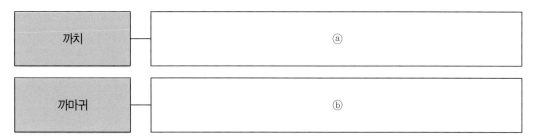

까치	ⓐ
까마귀	ⓑ

〈유의사항〉
– ⓐ, ⓑ 모두 2어절로 기술할 것(공백 제외)

PART 1
기출문제

PART 2
실전모의고사

PART 3
정답 및 해설

제2회 실전모의고사

[수학 영역]

▶ 해답 p.167

06 0이 아닌 두 실수 p, q에 대하여

$p^{-1} \times q^{-1} = \dfrac{1}{3}$, $p^{-1} + q^{-1} = 1$일 때,

$p^2 + q^2$의 값을 구하는 과정을 논술하시오.

07 (단답형 문제)실수 a와 정수 x에 대하여 다음의 조건을 만족시키는 순서쌍 (a, x)의 개수를 구하는 과정을 논술한 것입니다. 빈칸 ① , ② , ③ 을 채우시오.

> (가) $(a-3)\left(a-\dfrac{1}{3}\right) = 0$
>
> (나) $a^3 < a^{x-2} < a^{-x+4}$

> $(a-3)\left(a-\dfrac{1}{3}\right) = 0$에서 $a=3$ 또는 $a=\dfrac{1}{3}$ 이므로
>
> 경우를 나누어 생각한다.
>
> (ⅰ) $a=3$일 때,
>
> $a^3 < a^{x-2}$에서
>
> $3 < x-2$, $5 < x$ ⋯⋯ ㉠
>
> $a^{x-2} < a^{-x+4}$에서
>
> $x-2 < -x+4$, $2x < 6$, $x < 3$⋯⋯ ㉡
>
> ㉠과 ㉡을 동시에 만족시키는 정수 x는 ① 개다.
>
> (ⅱ) $a=\dfrac{1}{3}$일 때,
>
> $a^3 < a^{x-2}$에서
>
> $3 > x-2$, $x < 5$ ⋯⋯ ㉢
>
> $a^{x-2} < a^{-x+4}$에서
>
> $x-2 > -x+4$, $2x > 6$, $3 < x$⋯⋯ ㉣
>
> ㉢과 ㉣에서 x값의 범위는 ②
>
> (ⅰ), (ⅱ)로부터 조건을 만족시키는 순서쌍 (a, x)는 ③ 이고 그 개수는 1이다.

08 함수 $f(x) = \begin{cases} 2x+3 & (x \geq a) \\ x-1 & (x < a) \end{cases}$ 에 대하여 함수 $\{f(x)-1\}^2$이 실수 전체에서 연속이 되도록 하는 모든 실수 a의 값의 합을 M이라 할 때, $-M$의 값을 구하는 과정을 논술하시오.

09 다항식 $x^4 + x^3 + x^2 + 1$을 $(x+1)^2$으로 나누었을 때의 몫을 $Q(x)$, 나머지를 $h(x) = mx + n$(단, m, n은 상수)라고 할 때, $h(-3)$의 값을 구하는 과정을 논술하시오.

PART 1
기출문제

PART 2
실전모의고사

PART 3
정답 및 해설

10 그림과 같이 빗변의 길이가 6인 직각이등변 삼각형 ABC의 꼭짓점 A는 y축 위의 점이고, 두 꼭짓점 B, C는 각각 두 함수 $y=3^x$, $y=a^x$(단, $0<a<1$)의 그래프 위의 점이다. 선분 $\overline{BC}$가 y축과 만나는 점을 D라 하고, 점 B의 y좌표를 b라고 할 때, 두 상수 a, b에 대하여 $a \times b$의 값을 구하는 과정을 논술하시오. (단, 점 B의 y좌표는 점 C의 y좌표와 같다.)

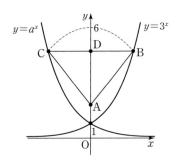

11 최고차항의 계수가 1인 사차함수
$$f(x)=x^4+ax^3+bx^2+cx+d \,(\text{단, } a,\ b,\ c,\ d\text{는 실수})$$가 모든 실수 x에 대하여 $f(x)=f(-x)$를 만족한다.
$\displaystyle\int_{-1}^{1}\{f(x)+f'(x)\}dx=\dfrac{16}{15}$이고 $f(1)=0$일 때, $f(2)$의 값을 구하는 과정을 논술하시오.

12 반지름의 길이가 r이고, 호의 길이가 l인 부채꼴의 넓이 $S=8$일 때, 부채꼴 둘레의 최솟값을 구하는 과정을 논술하시오.

13 첫째항이 a이고, 공비가 r인 등비수열 $\{a_n\}$이 다음 조건을 모두 만족한다.

(가) $a_2 \times a_3 = 3a_4$
(나) $\dfrac{a_7 + a_{12}}{a_2 + a_7} = 32$

이때, a_4의 값을 구하는 과정을 논술하시오.
(단, 등비수열의 공비 $r \neq -1$)

14 x값의 범위가 $-\dfrac{\pi}{2}\leq x\leq\dfrac{\pi}{2}$일 때, 방정식 $|\sin x|+\sin x=1$의 해를 구하는 과정을 논술하시오.

15 함수 $f(x)$가 $x=-1$에서 연속이고,

함수 $g(x)=\begin{cases}4+f(x) & (x<-1)\\(3x^2-4)f(x) & (x\geq-1)\end{cases}$

가 $\displaystyle\lim_{x\to-1-}g(x)+\lim_{x\to-1+}g(x)=-4$를

만족할 때, $f(-1)$의 값을 구하는 과정을 논술하시오.

제3회 실전모의고사

[국어 영역]

▶ 해답 p.173

PART 1
기출문제

PART 2
실전모의고사

PART 3
정답 및 해설

[01～02] 다음 글을 읽고 물음에 답하시오.

　　조선의 성리학자들은 음악의 예술성과 교화성(敎化性)에 주목하여, 치세(治世)의 수단으로서 음악의 의미와 가치를 강조하였다. 치세의 도구로서 음악이 올바른 역할을 하기 위해서는 음악과 관련된 제반 요소를 정비하는 것이 중요하였다. 특히 조선의 성리학자들은 악곡(樂曲) 작곡 및 악기 제작의 기본 척도이며 악기의 음질을 결정하는 데 핵심적 요소가 되는 율관(律管) 제작법에 많은 관심을 쏟았다. 율관은 전통 음악에 쓰이는 기본음을 낼 수 있는 죽관(竹管)으로서 음을 조율하는 도구이다. 조선의 성리학자들은 음(音)의 기본이 되는 소리를 황종(黃鐘)이라 부르고 황종의 음(音)을 낼 수 있는 황종 율관을 만들기 위하여 많은 관심과 노력을 기울였다. 황종 율관의 길이와 부피의 수치가 사회적 도량형(度量衡)의 기준도 되었기 때문에 황종 율관의 표준 규격을 정하는 것은 매우 중요하였다.

　　황종 율관의 규격을 정하는 방법은 다양하였는데, 그중 기장법이 널리 사용되었다. 기장법은 곡식인 기장의 길이로 율관의 규격을 정하는 방법인데, 기장을 세로로 쌓아 만든 것을 ⓐ종서척(縱黍尺), 기장을 가로로 쌓아 만든 것을 ⓑ횡서척(橫黍尺)이라고 한다. 종서척은 기장의 길이가 긴 세로 방향으로 늘어놓은 기장알 1개의 길이를 1분(分)으로, 9개로 늘어놓은 9분을 1촌(寸)으로, 9촌을 1척(尺)으로 삼았다. 횡서척은 기장의 길이가 짧은 가로 방향으로 늘어놓은 기장알 1개의 길이를 1분으로, 10개를 늘어놓은 10분을 1촌으로, 10촌을 1척으로 삼았다. 두 방법은 늘어놓는 방법에 따라 기장 낱알의 길이에서는 차이가 나지만 황종 율관의 전체 길이로 삼은 1척의 길이는 결과적으로 같았다. 한편 황종 율관에 기장 1,200알을 담으면 율관이 가득 찬다고 보아 그 부피로 정하였다.

　　조선의 성리학자들은 황종 율관의 수치를 정하기 위해 『한서(漢書)』「율력지(律曆志)」의 수치를 활용하였다. 이 책에서는 황종 율관의 길이를 9촌으로 제시하고 있다. 이때 황종 율관의 길이로 제시한 9촌은 기장알 90개를 늘어놓은 길이이다. 즉 90분을 9촌으로 삼아 황종 율관의 길이로 제시하였다. 이는 종서척과 횡서척에 근거한 단위 개념들이 혼재된 것으로 조선의 성리학자들은 수의 철학적 의미에 기반하여 『한서(漢書)』「율력지(律曆志)」에 제시된 황종 율관의 수치를 이해하고자 하였다. 성리학에서는 천지의 수가 1에서 시작하여 10에서 끝난다고 보았다. 이중 1, 3, 5, 7, 9는 양(陽)의 수, 2, 4, 6, 8, 10은 음(陰)의 수라 하였으며, '9'를 양수(陽數)의 완성으로 보았고 '10'을 음수(陰數)의 완성으로 보았다. 조선의 성리학자들은 황종이 음악의 시작점이 되는 소리임과 동시에 음악의 기준이 되는 소리이기 때문에 황종을 양의 기를 가진 완성된 소리라 생각하였다. 이 점에 주목하여 그들은 9라는 숫자가 가진 철학적 의미를 토대로 이와 같은 황종 율관의 수치가 결정된 것이라 보았다.

[A]　　조선 시대의 음악은 한 옥타브* 내의 음이 12음으로 구성되었으며 각 음 사이는 반음 정도의 차이가 있었다. 이 음들은 황종 율관과 그것을 기준으로 만들어진 11개의 율관에서 산출된다. 11개의 율관은 삼분손익법(三分損益法)을 사용해 황종 율관의 길이를 짧게 해 만들었는데, 율관의 길이가 짧을수록 음은 높아진다. 삼분손익법은 삼분손일법(三分損一法)과 삼분익일법(三分益一法)을 교대로 사용하여 율관의 길이를 산정한다. 우선 삼분손일법은 한 율관의 길이를 3등분 한 뒤, 그 1/3을 제거하고 남은 2/3만으로 다음의 율관의 길이를 산정하는 것이다. 그리고 삼분익일법은 3등분 한 율관의 1/3을 본래의 율관에 더하여 다음 율관의 길이를 구하는 것이다. 가령, 황종 율관에서 1/3을 뺀 관의 길이로 임종 율관을 구하고, 임종 율관에서 1/3을 더한 관의 길이로 태주 율관

을 구한다. 삼분손익법으로 율관을 만들면 임종·태주·남려·고선·응종·유빈·대려·이칙·협종·무역·중려 율관 순이 된다. 그런데 대려·협종·중려 율관의 길이가 너무 짧아 이들 율관에서 나오는 소리는 황종보다 한 옥타브 위에 있는 음이 된다. 그래서 이 세 율관의 길이만 본래 길이보다 두 배로 늘려서 만들어 황종 음과 같은 옥타브 내의 음이 되도록 율관의 길이를 조절하였다. 이에 따라 율관의 길이가 긴 것에서 짧은 순으로 12음을 배열하면, 황종·대려·태주·협종·고선·중려·유빈·임종·이칙·남려·무역·응종의 순이 된다. 이 음들은 양의 소리인 '율(律)'과 음의 소리인 '려(呂)'가 번갈아 구성되어 12율려(律呂)라고 불렸다.

*옥타브: 어떤 음에서 완전 8도의 거리에 있는 음. 또는 그 거리.

01 위의 제시문의 내용을 바탕으로 ⓐ에 따라 1척의 길이를 만들기 위해 필요한 기장알의 수와 ⓑ에 따라 1척의 길이를 만들기 위해 필요한 기장알의 수를 각각 구하시오.

ⓐ 종서척: _____ 개

ⓑ 횡서척: _____ 개

02 다음의 〈보기〉는 [A]의 내용을 바탕으로 율관의 길이를 구하는 방법을 도식화한 것이다. '삼분익일법'을 사용하여 만든 율관들과 '삼분손일법'을 사용하여 만든 율관들을 〈보기〉에서 찾아 각각 쓰시오.

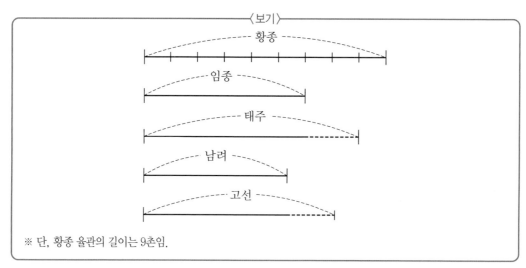

ⓐ 삼분익일법 ⇒ _____

ⓑ 삼분손일법 ⇒ _____

※ 다음 글을 읽고 물음에 답하시오.

다윈이 획일성보다는 다양성에 더욱 주목했음은 '다윈 핀치'라는 별명으로 잘 알려진 갈라파고스 핀치에 관한 연구에서 뚜렷이 드러난다. 1835년 9월, 남아메리카 에콰도르의 서쪽 해안에서 1,000킬로미터 떨어진 곳에 있는 갈라파고스 제도에 도착한 다윈은 이 섬에 서식하는 핀치를 통해 흥미로운 사실을 발견했다. 갈라파고스 제도에는 모두 13종의 핀치가 서식하는데, 이들은 크기나 습성 등은 비슷하지만 부리의 모양은 천차만별이었다. 이들 핀치는 저마다 독특한 부리 모양을 가지고 있는데, 그 모양은 그들이 주로 먹는 먹이와 관련이 있었다. 예를 들어, 나무껍질 안쪽에 숨어 있는 벌레를 잡아먹는 핀치는 단단한 나무껍질 속에 부리를 밀어 넣고 벌레를 찍어 올리기에 유리한 긴 주삿바늘처럼 생긴 부리를 가지고 있고, 견과류나 씨앗을 주식으로 삼는 핀치는 단단한 껍질을 부술 수 있는 튼튼하고 강한 지렛대 모양의 부리를 가지고 있었다. 갈라파고스 제도에 사는 13종의 핀치는 모두 부리의 모양이 달랐고, 그 부리들만큼이나 그들의 먹잇감도 달랐다.

다윈은 다양한 핀치의 부리 모양과 먹이의 관계를 관찰한 결과, 13종의 핀치는 원래 하나의 종이었으나 오랜 세월 저마다 처한 환경에서 가장 능률적으로 구할 수 있는 먹잇감을 찾는 동안 다양하게 변화해 왔을 것이라고 생각했다. 여기서 흥미로운 것은 시간의 흐름에 따라 핀치들이 하나의 우수한 종으로 통합되는 쪽이 아니라, 여러 개의 다양한 종으로 쪼개졌다는 것이다. 또한, 이들의 먹잇감이 구하기 쉽고 찾기 쉬운 한 종류로 모이지 않고, 다양하게 세분되었다는 점 역시 주목할 만하다. 만약 13종의 핀치가 모두 한 가지 먹잇감에만 집착했다면 어땠을까? 아마 먹잇감이 부족해져 갈라파고스 제도에 사는 핀치의 수는 훨씬 적었을 것이다. 그러나 13종의 핀치는 각자 처한 환경에 따라 작은 곤충, 큰 곤충, 날아다니는 곤충, 나무껍질 안쪽에 숨어 있는 곤충, 딱딱한 씨앗과 부드러운 열매 등 종마다 다양한 먹잇감을 택하는 전략을 취했다. 그래서 같은 먹이 사슬 안에서 종끼리 경쟁할 필요 없이 제한된 서식지 안에서 더 많은 수의 핀치가 살아갈 수 있었다. 이처럼 진화의 가장 큰 무기는 다양성의 증가다.

자연계에서 이러한 예는 무궁무진하다. 심지어 누군가에게는 쓰레기일지라도 이를 활용할 줄 아는 다른 누군가에게는 귀중한 자원이 될 수 있다. 소의 배설물이 쇠똥구리에게 더없이 훌륭한 먹잇감이 되고, 악어의 이빨에 끼인 찌꺼기조차 악어새에게 일용할 양식이 되는 동물의 모습을 보면, 오로지 타인을 짓밟아야만 살 수 있다는 잔혹한 약육강식과 적자생존의 논리는 생태계에 대한 모독으로 느껴질 정도다. 이처럼 생물체는 다양성의 증가라는 방식을 통해 저마다 자신에게 적합한 자원을 쓰고 자리를 차지하면서 무리 없이 살아간다.

다양한 생물 종이 아무리 제각각 다양한 자원을 나누며 살아간다고 해도, 생물의 가짓수에 비해 자원의 가짓수는 적을 수밖에 없다. 따라서 같은 자원을 놓고 여러 생물 종이 경쟁해야 하는 일은 피할 수 없다. 그러나 이런 상황에서도 서로 다른 종을 없애고 모든 자원을 차지하기 위해 욕심을 부리지 않는다. 아니, 실제로 많은 생물 종은 서로를 내쫓기 위해 싸움을 벌이기보다는 서로 공존하는 방식을 찾고는 한다. 이러한 다양한 예를 들며 실제로 경쟁보다는 공생이 진화의 원동력이라고 주장하는 학자도 많다.

여성 생물학자 린 마굴리스는 공생 진화론을 주장하는 학자의 한 사람이다. 공생 진화론에 따르면, 생명체는 한정된 자원을 놓고 서로 경쟁하기보다는 한발 물러서서 상부상조 전략을 추구한다. 지의류는 잘 알려진 공생 생물이다. 얼핏 보기에는 이끼처럼 보이는 지의류는 사실 곰팡이나 버섯 같은 균류와 파래나 청각 같은 조류가 한데 어우러진 생물체다. 보통 조류는 광합성을 통해 포도당을 합성한 뒤, 이를 독식하지 않고 균류에게도 나눠 주어 균류의 생존을 돕는다. 한편, 조류로부터 포도당을 넘겨받은 균류는 공기 중의 수증기를 흡수하여 조류에게 공급해 조류가 생존할 수 있도록 하며, 조류의 포자 방출을 돕기도 한다. 지의류의 공생 관계는 너무도 밀접하여 이 둘을 분리하면 단독 생활을 할 수 없을 정도로 서로에 대한 의존도가 강하다. 지의류는 균류와 조류가 합쳐서 진화한 새로운 생물 종이라고 생각될 정도이다.

PART 1
기출문제

PART 2
실전모의고사

PART 3
정답 및 해설

03 다음의 〈보기〉는 다윈의 진화론과 마굴리스의 공생 진화론의 차이점을 비교하여 설명한 것이다. 빈칸에 들어갈 말을 차례대로 쓰시오.

〈보기〉

　다윈의 진화론은 하나의 생물 종이 (　　ⓐ　　)을/를 통해 공존에 이르는 과정을 설명했다면, 마굴리스의 공생 진화론은 여러 생물이 서로 필요한 자원을 주고받으면서 (　　ⓑ　　)하는 방식을 설명하였다.

[04~05] 다음 글을 읽고 물음에 답하시오.

　명절날 나는 엄매 아배 따라 우리 집 개는 나를 따라 진할머니 진할아버지가 있는 큰집으로 가면

　얼굴에 별 자국이 솜솜 난 말수와 같이 눈도 껌벅거리는 하루에 베 한 필을 짠다는 벌 하나 건넛집엔 복숭아나무가 많은 신리(新里) 고무 고무의 딸 이녀(李女) 작은 이녀(李女)

　열여섯에 사십(四十)이 넘은 홀아비의 후처가 된 포족족하니 성이 잘 나는 살빛이 매감탕 같은 입술과 젖꼭지는 더 까만 예수쟁이 마을 가까이 사는 토산(土山) 고무 고무의 딸 승녀(承女) 아들 승(承)동이

　육십 리(六十里)라고 해서 파랗게 뵈이는 산을 넘어 있다는 해변에서 과부가 된 코끝이 빨간 언제나 흰옷이 정하던 말끝에 설게 눈물을 짤 때가 많은 큰골 고무 고무의 딸 홍녀(洪女) 아들 홍(洪)동이 작은 홍(洪)동이

　배나무 접을 잘하는 주정을 하면 토방돌을 뽑는 오리치를 잘 놓는 먼 섬에 반디젓 담그려 가기를 좋아하는 삼춘 삼춘 엄매 사춘 누이 사춘 동생들이 그득히들 할머니 할아버지가 있는 안간에들 모여서 방 안에서는 새 옷의 내음새가 나고

　또 인절미 송구떡 콩가루차떡의 내음새도 나고 끼때의 두부와 콩나물과 뽁운 잔디와 고사리와 도야지비계는 모두 선득선득하니 찬 것들이다

　저녁술을 놓은 아이들은 외양간 섶 밭마당에 달린 배나무 동산에서 쥐잡이를 하고 숨굴막질을 하고 꼬리잡이를 하고 가마 타고 시집가는 놀음 말 타고 장가가는 놀음을 하고 이렇게 밤이 어둡도록 북적하니 논다

　밤이 깊어 가는 집 안엔 엄매는 엄매들끼리 아르간에서들 웃고 이야기하고 아이들은 아이들끼리 웃간 한 방을 잡고 조아질 하고 쌈방이 굴리고 바리깨돌림하고 호박떼기하고 제비손이구 손이하고 이렇게 화디의 사기방등에 심지를 몇 번이나 돋구고 홍계닭이 몇 번이나 울어서 졸음이 오면 아릇목싸움 자리싸움을 하며 히드득거리다 잠이 든다 그래서는 문창에 텅납새의 그림자가 치는 아침 시누이 동세들이 욱적하니 흥성거리는 부엌으론 샛문 틈으로 장지문 틈으로 무이징게국을 끓이는 맛있는 내음새가 올라오도록 잔다

－ 백석, 「여우난골족」

04 위 작품은 시간의 흐름과 장소의 이동에 따라 시상이 전개되고 있다. 시간의 흐름상 '밤'에 해당되는 문장을 찾아 첫 어절과 마지막 어절을 쓰시오.

첫 어절: _____ , 마지막 어절: _____

05 다음의 〈보기〉는 위 작품을 지은 시인과의 가상 인터뷰 내용이다. 밑줄 친 곳에 들어갈 내용을 쓰시오.

〈보기〉

기자: 이 작품의 창작 동기를 말씀해 주시겠습니까?

시인: 1930년대는 일제의 수탈로 전통적인 가족 공동체가 파괴되던 시기였습니다. 이 시기에 우리 민족은 힘든 삶을 살았고, 정든 고향을 떠날 수밖에 없었지요. 저는 일제의 횡포에 대한 반작용으로 고향이라는 원초적 공간을 그리워했고, 어린 날의 평화로운 장면을 회상의 형식으로 그려 냈지요. 저는 이 시를 통해 _____을/를 회복하고 싶은 소망을 표현하고 싶었습니다.

〈유의사항〉

– 2어절로 기술할 것(공백 제외)

PART 1 기출문제

PART 2 실전모의고사

PART 3 정답 및 해설

제3회 실전모의고사

[수학 영역]

▶ 해답 p.174

06 함수 $f(x)=a\sin(x+\pi)+b$의 최솟값이 -4이고, $f(0)=2$일 때, 함수 $f(x)$의 최댓값을 구하는 과정을 논술하시오. (단, $a>0$)

07 다음 그림과 같이 $\angle ABC=60°$인 마름모 $ABCD$가 있다. 이 마름모의 한 변의 길이가 $\overline{AB}=a$이고, 넓이가 $18\sqrt{3}$일 때, $\overline{BD}^2$의 값을 구하는 과정을 논술하시오.

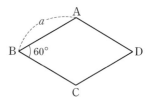

08 함수 $y=f(x)$의 그래프가 다음 그림과 같다.

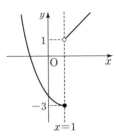

함수 $\{f(x)+a\}^2$가 $x=1$에서 연속일 때, 상수 a의 값을 구하는 과정을 논술하시오.

09 $a_1=1$인 수열 $\{a_n\}$의 첫째항부터 제 n항까지의 합을 S_n이라 할 때,

모든 자연수 n에 대하여 $\dfrac{S_{n+1}}{S_n}=\dfrac{1}{9}$이다.

이때, $-\dfrac{a_{10}}{S_{10}}$의 값을 구하는 과정을 논술하시오.

10 함수 $f(x)=x^3-3x^2+kx+1$가 역함수를 가질 때, $f(1)$의 최솟값을 구하는 과정을 논술하시오.

11 (단답형 문제) 좌표평면에서의 두 함수 $y=9^x+4$, $y=\left(\dfrac{1}{2}\right)^{x-3}-3$의 그래프와 직선 $y=13$과의 교점을 각각 P, Q라고 할 때, 삼각형 OPQ의 넓이를 구하는 과정을 논술한 것입니다. 빈칸 $\boxed{①}$, $\boxed{②}$, $\boxed{③}$ 을 채우시오.

함수 $y=9^x+4$와 직선 $y=13$과의 교점 P의 좌표를 구하면,

P의 좌표는 $\boxed{①}$

함수 $y=\left(\dfrac{1}{2}\right)^{x-3}-3$과 직선 $y=13$과의 교점 Q의 좌표를 구하면,

Q의 좌표는 $\boxed{②}$

따라서 삼각형 OPQ의 넓이는

$\triangle OPQ=\boxed{③}$

12 $\triangle ABC$는 반지름의 길이 R이 3인 원에 내접한다. $a+b+c=12$일 때, $\sin A + \sin B + \sin C$의 값을 구하는 과정을 논술하시오.

13 연속함수 $f(x)$가 모든 실수 x에 대하여 $f(x)=f(x+4)$를 만족한다. 구간 $[0, 4)$에서

$$f(x)=\begin{cases} ax+b & (0\leq x<2) \\ (x-2)^2+1 & (2\leq x<4) \end{cases}$$

일 때, $f(5)$의 값을 구하는 과정을 논술하시오.

14 다항함수 $f(x)$가 다음 두 조건을 만족한다.

> (가) $f'(x) = 3x^2 + a$
> (나) $\lim_{x \to 0} \dfrac{f(x)}{x} = 1$

이때, $a + f(1)$의 값을 구하는 과정을 논술하시오.

15 닫힌구간 $[0, 3]$에서 $f(x) = 2x^3 - 6x^2 + k$의 최댓값과 최솟값의 곱이 -12일 때, 모든 k값의 합을 구하는 과정을 논술하시오.

제4회 실전모의고사

[국어 영역]

▶ 해답 p.179

[01~02] 다음 글을 읽고 물음에 답하시오.

전류가 흐른다는 것은 전하가 이동한다는 것을 의미한다. 전하란 전기적 성질의 근원이 되는 물리량으로, 원자핵의 양성자는 양(+)의 전하를, 원자핵 주변의 전자는 음(−)의 전하를 갖고 있다. 고체의 경우 좁은 영역 안에 존재하는 수많은 원자들의 상호 작용에 의해 전자가 가질 수 있는 에너지가 거의 연속적으로 분포하는 영역이 생기게 되는데, 이러한 에너지 영역을 에너지띠라고 한다. 에너지띠는 원자가띠와 전도띠로 구분할 수 있는데, 원자가띠에 있는 전자는 에너지를 흡수하면 에너지 상태가 더 높은 전도띠로 이동하여 자유 전자가 된다. 자유 전자는 특정한 원자핵에 붙들려 있지 않아 원자핵 사이를 자유롭게 돌아다닐 수 있다. 이때 원자가띠에서 전자들이 빠져나간 자리에 양전하를 띤 정공이라는 구멍이 생기게 된다. 정공 자체는 입자는 아니지만 주변 전자들의 위치가 바뀌면 정공도 이리저리 위치가 바뀌게 된다. 따라서 정공 또한 전자와 마찬가지로 전하를 운반하여 전류를 흐르게 할 수 있다.

금속 같은 도체는 원자가띠와 전도띠가 겹쳐 있어 약간의 에너지만 흡수해도 원자가띠의 전자들이 쉽게 전도띠로 올라가 자유 전자가 될 수 있다. 따라서 도체에 전압을 걸어 주면 전자들이 한 방향으로 움직이면서 전류가 흐르게 된다. 부도체는 원자가띠와 전도띠 사이의 간격, 즉 띠 간격이 비교적 커서 원자가띠의 전자들이 전자띠로 쉽게 올라갈 수 없으므로 전류가 거의 흐르지 않는다. 한편 띠 간격이 작은 반도체의 경우, 원자핵 주변의 전자들이 원자가띠를 가득 채우고 있어 전류가 흐르지 못하지만, 어떤 조작을 통하여 전도띠에 전자가 존재하도록 하거나 원자가띠의 전자를 일부 부족하게 하면 전류가 흐를 수 있다.

순도가 높은 반도체인 진성 반도체에 소량의 불순물을 첨가한 반도체를 외인성 반도체라고 한다. 외인성 반도체는 첨가된 불순물의 종류에 따라 n형 반도체와 p형 반도체로 구분된다. n형 반도체의 경우 일부 전자가 전도띠에 존재하기 때문에 음전하를 띤 자유 전자가 전하를 옮길 수 있게 되는데, 이렇게 반도체에 전자를 추가 공급하는 불순물을 공여체라고 한다. 반면 p형 반도체에 첨가되는 불순물을 수용체라고 한다. 진성 반도체에 수용체를 첨가하면 원자가띠의 전자가 일부 부족하게 된다. 그 결과 p형 반도체의 원자가띠에는 정공이 생기게 되어 양전하를 옮길 수 있게 된다.

트랜지스터는 3개의 반도체가 접합된 전자 부품으로, 반도체의 접합 순서에 따라 n형−p형−n형 순서로 접합된 npn형 트랜지스터와 p형−n형−p형 순서로 접합된 pnp형 트랜지스터로 나뉜다. npn형 트랜지스터의 경우 가운데 p형 반도체는 양쪽에 접합된 n형 반도체에 비해 폭이 좁다. 그리고 트랜지스터의 세 전극은 각각 2개의 n형과 1개의 p형 반도체에 접속되어 있다. 이때 가운데 p형 반도체를 베이스(B), 양쪽의 n형 반도체를 각각 이미터(E), 콜렉터(C)라고 한다.

PART 1
기출문제

PART 2
실전모의고사

PART 3
정답 및 해설

01 제시문의 내용을 바탕으로 물체 안에 존재하는 자유 전자가 전하를 옮길 수 있는 이유에 대해 기술하시오.

〈유의사항〉

− 40자 이내의 한 문장으로 기술할 것(공백 제외)

02 외인성 반도체는 첨가되는 불순물의 종류에 따라 n형 반도체와 p형 반도체로 구분한다. 빈칸을 채워 각 불순물의 역할을 완성하시오.

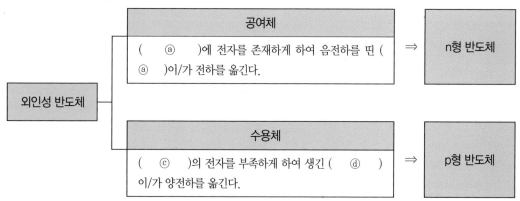

외인성 반도체

공여체

(ⓐ)에 전자를 존재하게 하여 음전하를 띤 (ⓐ)이/가 전하를 옮긴다. ⇒ n형 반도체

수용체

(ⓒ)의 전자를 부족하게 하여 생긴 (ⓓ)이/가 양전하를 옮긴다. ⇒ p형 반도체

※ 다음 글을 읽고 물음에 답하시오.

식구들은 둘러앉아
삶은 감자를 말없이 먹었다
신발의 진흙도 털지 않은 채
흐린 불빛 속에서
늘 저녁을 그렇게 때웠다
저녁 식탁이
누구의 손 하나가 잘못 놓여도
삐걱거렸다
다만 셋째 형만이
언제고 떠날 기회를 노리고 있었다
아무 말도 하지 않았다
고된 나날이었다

잠만은 편하게 잤다
잘 삶아진 굵은 감자알들처럼
마디 굵은 우리 식구들의 손처럼
서걱서걱 흙을 파고 나가는
삽질 소리들을 꿈속에서도 들었다
누구나 삽질을 잘하는 것은 아니다
우리는 타고난 사람들이었다
맛있는 잠! 잠에는
막힘이 없었다

새벽에는
빗줄기가 조금 창문을 두드렸다
제일 부드러웠다
새싹들이 돋고 있으리라 믿었다
오늘은 하루쯤 쉬어도 되리라
식구들은
목욕탕에 가고 싶었다

— 정진규, 「추억 – '감자 먹는 사람들', 빈세트 반 고흐」

PART 1
기출문제

PART 2
실전모의고사

PART 3
정답 및 해설

115

03 다음의 〈보기〉는 위 작품에 사용된 소재들의 의미를 설명한 것이다. 빈칸에 들어갈 알맞은 소재를 쓰시오.

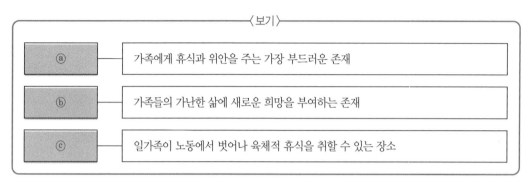

〈보기〉

ⓐ	가족에게 휴식과 위안을 주는 가장 부드러운 존재
ⓑ	가족들의 가난한 삶에 새로운 희망을 부여하는 존재
ⓒ	일가족이 노동에서 벗어나 육체적 휴식을 취할 수 있는 장소

[04~05] 다음 글을 읽고 물음에 답하시오.

선희궁께서 13일 내게 편지하시되

"어젯밤 소문은 더욱 무서우니, 일이 이왕 이리된 바에는 내가 죽어 모르거나, 살면 종사를 붙들어야 옳고, 세손을 구하는 일이 옳으니, 내 살아 빈궁을 다시 볼 줄 모르겠노라."

라고만 하시니, 내 그 편지를 붙들고 눈물을 흘리니라. 하지만 그날 큰 변이 날 줄 어이 알았으리오.

그날 아침에 영조께서 무슨 일로 자리에 좌정하려 하시며 경희궁에 있는 경현당 관광청(觀光廳)에 계시니, 선희궁께서 가서 울며 고하시되

"동궁의 병이 점점 깊어 바랄 것이 없으니, 소인이 차마 이 말씀을 드리는 것이 정리에 못 할 일이나, 옥체를 보호하고 세손을 건져 종사를 평안히 하는 일이 옳사오니, 대처분을 하소서."

하시니라. 또

"설사 그리하신다 해도 부자의 정이 있고 병으로 그리된 것이니 병을 어찌 꾸짖으리이까. 처분은 하시나 은혜를 끼치시고 세손 모자를 평안하게 하소서."

하시니, 내 차마 그 아내로 이 일을 옳다고는 못 하나 어쩔 수 없는 일이라. 그저 나도 경모궁을 따라 죽어 모르는 것이 옳되, 세손 때문에 차마 결단치 못하니라. 내 겪은 일이 기구하고 흉독함을 서러워할 뿐이라.

영조께서 선희궁의 말을 들으시고, 조금도 주저하며 지체하심이 없이 창덕궁 거동령을 급히 내신지라. 선희궁께서는 모자의 인정을 어려이 끊고 대의를 잡아 말씀을 아뢰시고 바로 가슴을 치며 혼절하시니라. 그리고 당신 계신 양덕당에 오셔서 식음을 끊고 눈물 흘리며 누워 계시니, 만고에 이런 일이 어디 있으리오.

〈중략〉

경모궁께서는 나가신 후 즉시 영조의 엄노하신 음성이 들리니라. 휘령전이 덕성합과 멀지 않으니, 담 밑으로 사람을 보내니라. 경모궁께서는 벌써 곤룡포를 벗고 엎드려 계시더라하니라. 대처분이신 줄 알고, 천지 망극하고 가슴이 찢어지니라.

거기 있어 부질없으니 세손 계신 데로 와서, 서로 붙들고 어찌할 줄을 모르더라. 오후 세 시 즈음에 내관이 들어와 밧소주방의 쌀 담는 뒤주를 내라 하시다 하니, 이 어찌 된 말인고. 황황하여 궤를 내지는 못하고, 세손이 망극한 일이 벌어질 줄 알고 휘령전으로 들어가

"아비를 살려 주소서."

하니, 영조께서

"나가라."

명하시니라. 세손께서 나와서 휘령전에 딸린 왕자의 재실(齋室)에 앉아 계시니, 그 정경이야 고금 천지간에 다시 없더라. 세손을 내보낸 후 하늘이 무너지고 해와 달이 빛을 잃으니, 내 어찌 한때나마 세상에 머물 마음이 있으리오.

칼을 들어 목숨을 끊으려 하나, 곁에 있는 사람이 앗음으로써 뜻을 이루지 못하고, 다시 죽고자 하되 한 토막 쇳조각이 없으니 하지 못하니라. 숭문당에서 휘령전으로 나가는 건복문 밑으로 가니, 아무것도 보이지 않고, 다만 영조께서 칼 두드리시는 소리와 경모궁께서

"아버님, 아버님, 잘못하였으니, 이제는 하라 하시는 대로 하고, 글도 읽고 말씀도 들을 것이니, 이리 마소서."

애원하시는 소리가 들리더라. 그 소리를 들으니 간장이 마디마디 끊어지고 눈앞이 막막하니, 가슴을 두드려 아무리 한들 어찌하리오.

당신 용력(勇力)과 장한 기운으로 뒤주에 들라 하신들 아무쪼록 아니 드시지, 어찌 마침내 들어가시던고. 처음은 뛰어나가려 하시다가 이기지 못하여 그 지경이 되시니, 하늘이 어찌 이토록 하신고. 만고에 없는 설움뿐이라. 내 문 밑에서 울부짖되 경모궁께서는 응하심이 없더라.

세자가 벌써 폐위되었으니 그 처자가 편안히 대궐에 있지 못할 것이요, 세손을 그냥 밖에 두었으니 어찌 될까 두렵고 조마조마하여, 그 문에 앉아 영조께서 글을 올리니라.

"처분이 이러하시니 죄인의 처자가 편안히 대궐에 있기도 황송하옵고, 세손을 오래 밖에 두기는 귀중한 몸이 어찌 될지 두렵사오니, 이제 본집으로 나가게 하여 주소서."

그 끝에

"천은(天恩)으로 세손을 보전하여 주시길 바라나이다."

하고 써 가까스로 내관을 찾아 드리라 하였더라. 오래지 아니하여 오빠가 들어오셔서

"동궁을 폐위하여 서인으로 만드셨다 하니, 빈궁도 더 이상 대궐에 있지 못할 것이라. 위에서 본집으로 나가라 하시니 가마가 들어오면 나가시고, 세손은 남여(藍輿)를 들여오라 하였으니 그것을 타고 나가시리이다."

하시니, 서로 붙들고 망극 통곡하니라. 나는 업혀서 청휘문에서 저승전 앞문으로 가 거기서 가마를 타니, 윤 상궁이란 내인이 가마 안에 함께 타니라. 별감들이 가마를 메고, 허다한 상하 내인이 다 뒤를 따르며 통곡하니, 만고 천지간에 이런 경상(景狀)이 어디 있으리오. 나는 가마에 들 제 기운이 막혀 인사를 모르니, 윤 상궁이 주물러 겨우 명(命)은 붙었으나 오죽하리오.

– 혜경궁 홍씨, 「한중록」

04 위의 작품에서는 거처하는 궁의 이름을 빌려 각 인물들을 지칭하는데 사용하고 있다. 세자(사도 세자)를 지칭하는 궁을 모두 찾아 쓰시오.

05 다음의 〈보기〉는 윗글의 내용을 순서 없이 열거한 것이다. 사건이 일어난 순서대로 그 기호를 쓰시오.

〈보기〉

ⓐ 영조가 뒤주를 내라 명한다.

ⓑ 경모궁이 뒤주 안으로 들어간다.

ⓒ 경모궁이 곤룡포를 벗고 엎드려 있다.

ⓓ 세손이 영조에게 아비를 살려달라고 애원한다.

ⓔ '나'가 세손과 함께 대궐을 나와 본집으로 간다.

제4회 실전모의고사

[수학 영역]

▶ 해답 p.180

06 두 함수 $f(x), g(x)$가

$$\lim_{x \to 2}(2x+2)f(x)=12,$$

$$\lim_{x \to 2}\frac{f(x)}{f(x)+g(x)}=\frac{1}{2}$$를 만족한다.

이때, $\lim_{x \to 2}\dfrac{3f(x)}{2x-g(x)}$의 값을 구하는 과정을 논술하시오.

07 $a_1=1$인 수열 $\{a_n\}$이 모든 자연수 n에 대하여 $a_{n+1}=2-\dfrac{1}{a_n}$를 만족한다. 이때, $\displaystyle\sum_{k=1}^{50} a_k$의 값을 구하는 과정을 논술하시오.

08 (단답형 문제)실수 전체의 집합에서 연속인 함수 $f(x)$가 모든 실수 x에 대하여 $f(1)=4$이고,

$(x-1)f(x)=(x^2-1)(x-k)$를 만족할 때, 상수 k의 값을 구하는 과정을 논술한 것입니다. 빈칸 ① , ② , ③ 을 채우시오.

$x\neq 1$일 때,

$$f(x)=\frac{(x^2-1)(x-k)}{x-1}=\boxed{①}$$

이때 함수 $f(x)$는 실수 전체의 집합에서 연속이므로

$$\lim_{x\to 1}f(x)=f(1)$$

따라서 $\boxed{②}=4$이므로

$$\therefore 2(1-k)=2-2k=4,\ 2k=-2$$

$$k=\boxed{③}$$

09 함수 $y=6\sin\dfrac{\pi}{2}x$의 그래프와 직선 $y=x$의 교점의 개수를 구하는 과정을 논술하시오.

10 수직선 위를 움직이는 점 P의 시각 $t(t \geq 0)$에서의 위치 x가 $x=2t^3+at^2+bt+2$이다. 점 P의 시각 $t=1$에서의 속도가 10이고, 시각 $t=2$에서의 가속도가 30일 때, $a-b$의 값을 구하는 과정을 논술하시오.

11 정의역이 $\left[-\dfrac{5}{2}, \infty\right)$인 함수 $f(x)=x^2+5x+4$의 역함수를 $g(x)$라고 할 때, 함수 $y=f(x)$와 y축이 만나는 점을 A, 함수 $y=g(x)$와 x축이 만나는 점을 B라 하자. 두 함수 $y=f(x)$와 $y=g(x)$ 및 직선 AB로 둘러싸인 부분의 넓이를 S라고 할 때, $3S$의 값을 구하는 과정을 논술하시오.

12 함수 $f(x)=a^x-a^{-x}(a>0,\ a\neq1)$가 실수 t에 대하여 $f(t)=3$일 때, $f(4t)$의 값을 구하는 과정을 논술하시오.

13 함수 $F(x)=4x^3+ax$는 함수 $f(x)$의 한 부정적분이고, 함수 $G(x)$는 함수 $xf(x)$의 한 부정적분일 때, $f(1)=8$이고 $G(0)=2$이다. 이때, $G(3)$의 값을 구하는 과정을 논술하시오.

14 $\sum\limits_{k=2}^{97}\left(\dfrac{1}{\sqrt{k+3}+\sqrt{k+2}}\right)$의 값을 구하는 과정을 논술하시오.

15 y절편이 1보다 크고 기울기가 양수인 직선 l이 두 함수 $y=4^x$, $y=3^x$의 그래프와 제1사분면에서 만나는 점을 각각 P, Q라고 하자. 점 P, Q의 x좌표가 각각 1, 2이고 직선 l의 x절편이 a일 때, $20a$의 값을 구하는 과정을 논술하시오.

제5회 실전모의고사

[국어 영역]

▶ 해답 p.185

[01~02] 다음 글을 읽고 물음에 답하시오.

　인간의 뇌는 그 무게가 평균 1,300~1,500그램으로 몸무게의 약 2.5퍼센트밖에 되지 않는다. 그렇지만 우리 몸의 산소 소모량과 혈류량의 20퍼센트를 차지한다. 즉, 뇌의 산소 소모량과 혈류량은 우리 몸의 다른 부분에 비해 무게 대비 열 배를 차지하는 것이다. 이 정도로 뇌는 우리 몸에서 가장 중요한 곳이다. 주름 잡힌 뇌를 펼치면 표면적이 2,300제곱센티미터로 신문지 반 장 정도의 작은 면적에 지나지 않는다. 그러나 뇌의 단 몇 밀리미터 정도라도 손상된다면 인생이 바뀌어 버릴 수도 있다. 뇌의 기능이 심하게 손상된 사람은 사고와 운동을 할 수 없는 식물과 같아진다. 이렇게 인간이 삶을 영위하는 데 중요한 역할을 하는 뇌는 어떻게 수많은 정보를 교신하고 있을까? 우리가 아무리 복잡한 정보 체계를 상상한다 해도 수백 억에서 수천 억 개에 이르는 신경 세포가 거미줄처럼 연결되어 있는 뇌의 복잡성에는 따라가지 못할 것이다.

　한 개의 신경 세포는 수천, 수만 개의 신경 세포와 정보를 주고받고 있다. 이러한 정보 교신을 담당하고 있는 주역이 바로 화학 물질인 신경 전달 물질이다. 이 신경 전달 물질의 발견은 20세기의 가장 획기적인 발견 중 하나이다. 20세기 초까지만 하더라도 신경 세포와 신경 세포 사이에는 세포질이 서로 전깃줄처럼 연결되어 정보가 전달되는 것으로 생각하였다. 그러나 현미경으로 자세히 관찰한 결과, 신경 세포 사이에는 항상 일정한 틈이 존재한다는 사실이 밝혀졌다. 이에 따라 틈을 뛰어넘어 정보가 전달되기 위해서는 어떤 매개 물질의 존재가 필요하다는 추론이 자연스럽게 나오게 되었고, 이는 사실로 증명되었다.

　1921년 오토 뢰비 박사는 미주 신경이 붙어 있는 개구리 심장과 미주 신경을 제거한 개구리 심장을 준비하여 각각 링거액에 담그고 링거액이 서로 통하게 연결했다. 첫 번째 개구리의 심장에 붙어 있는 미주 신경을 자극하자 심장의 박동이 느려졌다. 그런데 놀랍게도 미주 신경이 없는 두 번째 개구리의 심장 박동도 느려졌다. 이를 통해 오토뢰비 박사는 첫 번째 개구리의 심장에 붙어 있는 미주 신경을 자극하면 이 신경의 말단에서 어떤 물질이 방출되어 나와 링거액을 통해 신경이 없는 두 번째 개구리의 심장에 직접 영향을 미친다는 사실을 밝혀냈다. 신경 전달 물질의 존재를 처음으로 증명한 셈이다. 이 공적으로 그는 1936년에 노벨 생리·의학상을 받았다. 미주 신경 말단에서 나온다는 의미로 이 신경 전달 물질을 '미주 신경 물질'이라 명명하였다. 이후 이 물질은 아세틸콜린임이 밝혀졌고, 현재까지 뇌에서는 마흔 종류가 넘는 신경 전달 물질이 발견되었다.

　신경 전달 물질은 보통 때는 신경 섬유 말단부의 조그마한 주머니인 소포체에 저장되어 있다. 신경 정보가 전기적 신호로 신경 섬유막을 통해 말단부로 전파되어 오면, 이 주머니가 신경 세포막과 결합한 후 터져서 신경 전달 물질이 연접(시냅스) 틈으로 방출된다. 방출된 신경 전달 물질은 2만분의 1밀리미터 정도의 짧은 간격을 흘러서 다음 신경 세포막에 다다른다. 세포막에 있는 특수한 구조와 결합함으로써 정보가 전달되는 것이다. 이 특수한 구조는 정보를 받아들이는 물질이라는 의미에서 '수용체'라고 한다. 이 수용체는 단백질로 구성되어 있다.

　비유하자면 신경 전달 물질은 일종의 열쇠이며 이를 받아들이는 수용체는 열쇠 구멍에 해당한다. 신경 전달 물질이라고 하는 열쇠가 수용체라고 하는 열쇠 구멍에 맞게 결합함으로서 다음 신경 세포막에 있는 대문이 열려 정보가 전달될 수 있는 것이다. 각각의 신경 전달 물질들은 각자 특유의 수용체 분자하고만 결합하여 특정 정보를 전달한다.

정리하자면 신경 정보를 가지고 있는 신경 전달 물질이라고 하는 화학 분자와 그 정보를 받아들이는 수용체라고 하는 특수 단백질 분자의 상호 결합으로 고도의 정신 기능에서부터 행동·감정에 이르기까지 모든 것이 결정되는 것이다.

01 다음의 〈보기〉는 시기별로 신경 세포가 정보를 주고받는 방법의 차이를 설명한 것이다. 빈칸에 들어갈 말을 기술하시오.

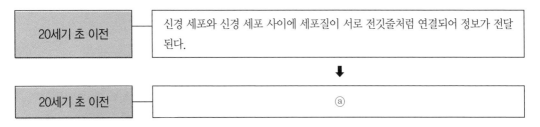

| 20세기 초 이전 | 신경 세포와 신경 세포 사이에 세포질이 서로 전깃줄처럼 연결되어 정보가 전달된다. |

↓

| 20세기 초 이전 | ⓐ |

〈유의사항〉
– 40자(±5자) 이내의 한 문장으로 기술할 것(공백 제외)

02 다음의 〈보기〉는 신경 전달 물질이 신경 세포 사이에서 정보를 전달하는 과정을 나타낸 것이다. 빈칸에 들어갈 기관의 이름을 쓰시오.

〈보기〉

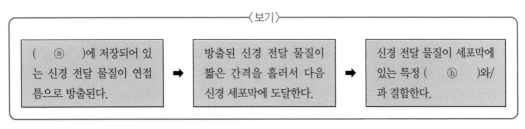

(ⓐ)에 저장되어 있는 신경 전달 물질이 연접 틈으로 방출된다. ➡ 방출된 신경 전달 물질이 짧은 간격을 흘러서 다음 신경 세포막에 도달한다. ➡ 신경 전달 물질이 세포막에 있는 특정 (ⓑ)와/과 결합한다.

PART 1
기출문제

PART 2
실전모의고사

PART 3
정답 및 해설

※ 다음 글을 읽고 물음에 답하시오.

　　세력 균형 이론에 따르면 국제 체제는 완전한 무정부 상태와 같아서, 어떤 국가가 지나치게 힘의 우위를 점하려는 시도가 일어날 수 있고 그 결과 다른 국가들의 안보가 위협받을 수 있다고 본다. 이러한 압도적인 국력과 군사력을 가진 국가를 패권국이라고 하는데, 패권국은 같은 시기에 여러 국가가 존재할 수도 있다. 세력 균형 이론에서는 적대 세력과 우호 세력의 분포가 균형을 이루면 전쟁의 가능성이 높아진다고 본다. 그래서 패권국이 아닌 국가들은 패권국에 맞서기 위해 다른 국가들과 동맹을 형성해서 우호 세력을 키우는 방법을 사용하여, 특정 국가의 패권 추구를 좌절시키고 자국의 존립을 유지해 왔다. 그런데 세력 균형 이론의 설명과 배치되는 양상들이 국제 사회에 나타나면서, 이 이론이 가진 한계도 지적되어 왔다.

　　오르간스키는 세력 균형 이론이 산업화 이전에 이러한 전쟁의 원인을 설명하는 데는 충분한 이론이라고 보았다. 하지만 산업 혁명 이후부터는 국력의 변동에 가장 많은 영향을 주는 것을 바로 경제력이라고 보고, 이를 근거로 세력 전이 이론을 주장하였다. 산업화 이전에는 대부분의 국가들이 기후나 국토의 영향이 큰 농업 경제를 바탕으로 성장했기 때문에, 국가 간 국력의 순위는 거의 변동이 일어나지 않았다. 하지만 산업화 이후부터는 국가별로 경제적 성장의 결과가 매년 누적되었고, 몇 해가 지나면서 국력의 순위도 산업화 이전과는 달라졌다. 이 과정에서 산업화 이전 시기에 국제 체제를 주도해 왔던 세력은 힘이 쇠퇴하고 도전 세력의 힘이 강해질 때 세력 전이가 발생할 수 있다고 오르간스키는 주장했다. 또한 그는 경제적인 바탕이 있어야 지속적 투자를 통한 군사력 증강이 가능하다고 보았고, 산업화로 인해 국가 간 무역이 중요해짐에 따라 경제적 이익에 근거한 동맹 관계가 강조된다고 설명했다.

　　오르간스키는 국제 체제가 무정부 상태는 아니며, 국제 체제의 정점에 오른 지배국은 자신의 이념이나 성향이 담긴 위계질서를 설계하게 되고 다른 국가들은 이를 수용한다고 주장했다. 그는 위계질서를 피라미드 구조로 설명했는데 가장 위에서부터 지배국, 강대국, 중급국, 약소국, 종속국으로 구성된다. 피라미드의 폭과 국가의 수는 비례하지만, 지배국의 국력은 아래의 모든 국가들의 국력을 합친 것보다 강하다. 지배국은 자국이 만든 국제 질서를 제공하고 자국과 일부 소수 강대국의 이익을 부합시켜 국제 질서를 유지한다. 이렇게 국제 질서를 유지하려면 지배국이 강대국의 지지를 많이 확보하는 것이 중요하다. 국제 질서에 대해 지배국이 아닌 나라들은 불만족이 발생하는데, 피라미드 아래로 갈수록 현재 국제 질서에 불만족하는 국가의 비율은 증가한다.

　　강대국이 현 질서에 만족하는 것은 상대적으로 지배국의 혜택을 많이 받기 때문이다. 반면 다른 국가들에 비해 약소국과 종속국이 대부분 불만족의 상태인 것은 지배국이 주는 혜택을 받기 위해 자국의 이익을 희생해야 하기 때문이다. 그래서 이들은 강대국 중 어느 한 국가가 지배국에 도전하게 되면 그 강대국을 지지하게 된다. 만약 강대국이 지배국 주도의 국제 질서에 만족하지 못하면서 동시에 도전할 수 있는 국력을 충분히 가지는 경우 세력 전이를 목적으로 전쟁이 발생한다.

　　강대국의 국력은 산업화를 통한 경제 성장을 통해 길러지는데 오르간스키는 한 국가의 국력이 성장하는 과정을 세 단계로 구분했다. 첫 번째는 잠재적 국력의 단계로 산업화 이전에 국력이 낮은 국가로 평가받는 시기이다. 이러한 나라들 중에 인구가 많거나 영토가 큰 나라의 경우, 앞으로 산업화 추진을 통해 거대한 국력을 보유할 수 있는 국가가 될 수 있다. 두 번째는 국력의 전환적 성장 단계로 한 국가가 산업화 이전 단계에서 산업화 단계로 전환하는 시기이다. 이때는 한 국가의 국민 총생산이 상당한 폭으로 증가하게 되고 대외 영향력도 높아지면서, 해당 국가는 세력 전이를 일으킬 수 있는 만큼의 국력을 보유하게 된다. 마지막 단계는 힘의 성숙 단계이다. 이 단계는 한 국가의 산업화가 완성되는 단계로서 국민 총생산의 증가율은 이전 단계보다 감소하는 모습을 보인다. 힘의 성숙 단계에 있는 국가는 국력의 전환적 성장 단계에 있는 국가보다 더 강한 국력을 가지고는 있지만, 경제 성장의 속도 면에서는 후자가 전

자보다 월등히 앞서기 때문에 두 국가 간 국력의 차이는 점차 줄어든다. 그래서 오르간스키는 전환적 성장 단계를 통해 급격한 국력 증대를 이루어낸 강대국이 힘의 성숙 단계의 지배국에 대한 불만을 가진 상태라면, 세력 전이가 발생할 수 있으며 이로 인하여 국제 체제가 불안해질 수 있다고 설명했다.

03 다음의 〈보기〉는 오르간스키가 제시한 국가들 간의 위계질서를 나타낸 '피라미드 구조' 모형이다. 빈칸에 들어갈 국가 단계를 차례대로 쓰시오.

─〈보기〉─

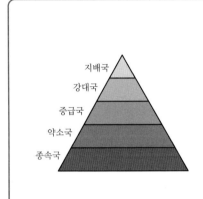

- 국가의 수는 (ⓐ)이/가 가정 적다.
- 강대국부터 종속국의 국력의 합보다 (ⓑ)의 국력이 더 강하다.
- 지배국의 지도하에 일부 (ⓒ)의 이익과도 일치하는 국제 질서가 만들어진다.
- 지배국에서 (ⓓ)으로 갈수록 현재의 국제 질서에 만족하는 국가의 비율은 감소한다.
- 강대국의 국가 중 한 국가가 지배국에 도전하게 되면 약소국은 자국의 이익을 위해 (ⓔ)을/를 지지하는 경향이 있다.

[04~05] 다음 글을 읽고 물음에 답하시오.

> **[앞부분의 줄거리]** 예쁜 여자와 결혼을 하고 싶은 빈털터리 남자는 부자처럼 보이기 위해 옷과 모자, 구두, 넥타이 심지어 하인과 집까지 빌린다. 그러나 이 물건들에는 '시간'이라는 제약이 붙어 있다. 각 물건별로 일정한 대여 시간이 정해져 있어서 시간이 지나면 주인에게 돌려주어야 하는 것이다. 남자는 여성 잡지의 사교란에 주소를 낸 여자에게 전보를 치고, 얼마 후 맞선을 볼 여자가 도착한다. 남자는 자신이 가진 것들을 과시하며 여자에게 거짓말을 한다. 여자는 남자가 부자라는 사실에 기쁨을 감추지 못한다. 그리고 상대방이 부자이면 꼭 붙들어야 한다는 어머니의 당부를 떠올린다. 두 사람이 대화를 나누는 도중에도 물건들의 대여 시간이 지나면 하인은 남자에게서 물건들을 빼앗는다.

여자 : 갑자기 이런 말을 하면 놀라시겠지만요…….

남자 : 말해 봐요. 뭐든지.

여자 : 저는 이 세상에 태어났어요.

남자 : 놀랐습니다, 갑자기.

여자 : 네. 태어난다는 건 언제나 갑자기죠. 그래서요, 저는 태어날 때 제 기분이 어떠했는지 모르겠어요. 아무튼 그 냥 그렇게 이 세상에 나온 거죠. 그리구 어렸을 때 제 별명이 뭔지 아시겠어요? 덤이에요, 덤.

남자 : 덤?

여자 : 네. 왜 조금 더 주는 것 있잖아요. 그거래요, 제가. 아버진 어머니에게 사랑을 주고, 그리고 또 덤으로 저를 주 었죠. 그러니까 덤 아니겠어요? 덤, 이 말 속엔 뭔가 그리운 게 있어요. 덤, 덤, 덤……. 아버진 덤이 태어나자 달아나셨대요. 말하자면 뺑소닐 치신 거죠. 나중에 알고 보니 사기꾼이었구 어머니에게 보여 줬던 그 많은 재 산은 모두 다 잠시 빌렸던 거래요.

남자 : 덤, 덤, 덤…….

여자 : 하지만요, 저는 아버질 미워 안 해요. 덤, 혹시 그 분도 그렇게 이 세상에 태어나셨던 건 아닐지……. 안 그래 요?

남자 : 덤, 덤, 덤…….

여자 : 어머니에겐 안됐지만요, 덤이라는 그 점이 저에겐 좋아요. 이런 말을 하면 어머닌 화를 내시곤 합니다. 하긴 그렇죠. 고생 많으셨어요. 홀로 덤을 낳아 키운다는 건…… 그만둘까요, 제 이야기?

남자 : 덤, 더 해 주세요.

여자 : 그래서 어머니는요, 단단히 벼르시는 거예요. 이 덤을 키워서는 결코 사기꾼에겐 주지 않겠다고요. 전 어머니 말을 이해해요.

남자 : 나두 알 만합니다.

여자 : 고마워요.

남자 : 뭘요, 고맙기는요.

여자 : 사실 이런 덤 이야기는 처음인걸요. 아무에게도 말하지 않았답니다. 그냥 가슴속에 덮어 두었죠. 그리고 보면 당신은 참 이해심 많고 친절한 분이에요.

남자 : 덤.

여자 : 네?

남자 : 아, 아뇨. 그저 불러 본 겁니다.

여자 : 그 목소린 그저 불러 본 건 아닌데요?

남자 : 저어, 아닙니다.

(남자는 일어나 넥타이를 풀어 그것을 빌렸던 남성 관객에게 가서 되돌려 준다.)

남자 : 빌린 걸 되돌려 드립니다. 시간은 정확하게 지켰습니다. 그런데 왠지 모르게 슬퍼지는 건 무슨 까닭일까요? (관객석을 거닐며 그는 나지막하게 중얼거린다.) ⓐ덤, 덤, 덤, 난 당신을 사랑해. 덤, 덤, 난 당신을 사랑해…….

여자 : 거기서 뭘 하시죠?

남자 : (계속 혼잣말처럼) 덤, 난 당신을 사랑해…….

(여자, 남자에게 다가온다.)

여자 : 뭘 하구 계세요?

남자 : 덤……. 저어, 내 재산이 얼마쯤 될까, 그걸 생각하고 있었습니다.

여자 : 하필 이럴 때 그런 걸 생각하세요?

남자 : 부자의 인색한 버릇입니다. 그런데 난 재산이 너무 많아서 차라리 생각지도 말자, 그렇게 마음먹었습니다. 이젠 됐습니까?

(여자, 남자의 어깨에 기댄다. 사이. 하인, 위압적으로 한 걸음씩 남자에게 다가온다. 두려워지는 남자, 그 꼴을 여자에겐 보이고 싶지 않다.)

남자 : 눈을 감아요.

여자 : 감고 있는걸요, 이미.

남자 : 난 지금 행복합니다.

여자 : 저두 행복해요.

(하인, 남자에게 덤벼든다. 호주머니를 뒤져서 소지품들을 몽땅 털어 간다.)

남자 : ⓑ이번엔 자질구레한 여러 가지 것들이 떠나가고 있습니다. 그런데 난 자꾸만 행복해집니다.

여자 : (눈을 감은 채 미소를 짓고 있다.)

남자 : 그렇습니다, 덤. 여러 가지 것들, 헤아릴 수 없이 많은 것들이 떠나갔습니다. 뭐, 놀랄 건 못 되지요, 그저 시간이 지난 것뿐이니까요. 어떤 나무는요, 가을이 되자 수천 개의 이파리들을 몽땅 되돌려 주고도 아무 소리 없습니다. 덤, 나는 고양이 한 마리를 길러 봤습니다. 고양이는 차츰 늙고 그래서 시간이 다 지나가자 그 생명을 돌려 주고도 태연했습니다. 덤, 덤, 덤……. 난 뭔가 진실한 걸 안 것 같습니다. 덤, 덤. 그래요, 난 이제 자랑거리 하나가 생겼습니다. 그런 진실을 알았다는 것, 나에게는 그게 유일한 자랑이 될 겁니다.

여자 : 너무 겸손하신 자랑이에요.

남자 : 뭘요. 그런데 덤, 당신에겐 뭐 자랑거리가 없으십니까?

여자 : 있구 말구요, 보시겠어요?

남자 : 봅시다, 어디.

— 이강백, 「결혼」

04 '대사'는 '해설', '지문'과 함께 희곡의 3요소 중의 하나이다. 위의 작품에서 @에 사용된 '대사'의 종류를 쓰시오.

05 극 중 등장인물인 '남자'가 ⓑ와 같이 말한 이유를 다음의 핵심어를 사용하여 기술하시오.

핵심어: 소유, 사랑

〈유의사항〉

– 25자 이내로 기술할 것(공백 제외)

제5회 실전모의고사

[수학 영역]　　　　　　　　　　　　　　　　　　　▶ 해답 p.186

---

06 최고차항의 계수가 1인 이차함수
$f(x)=(x-a)^2+b$(단, a, b는 상수)에
대하여 함수 $g(x)$를
$g(x)=\begin{cases} 2x+4 & (x<2) \\ f(x) & (x\geq2) \end{cases}$ 라 할 때,
함수 $g(x)$가 실수 전체의 집합에서 연속이
고, 역함수가 존재한다. 이때 $f(4)$의 최솟값
을 구하는 과정을 논술하시오.

07 다항함수 $f(x)$가
$$\lim_{x\to\infty}\frac{f(x)-x^3}{x}=1, f(1)=0$$을 만족한다.
이때, $\lim_{x\to2}\dfrac{f(x)-f(2)}{x-2}$의 값을 구하는
과정을 논술하시오.

PART 1 기출문제

PART 2 실전모의고사

PART 3 정답 및 해설

08 곡선 $y=x^3-x^2$와 곡선 $y=2x^2-a$가 서로 다른 두 점에서 만나도록 하는 모든 실수 a값의 합을 구하는 과정을 논술하시오.

09 (단답형 문제) 세 수 a, b, 8은 이 순서대로 등차수열을 이루고, 세 수 8, a, b은 이 순서대로 등비수열을 이룰 때, (a, b)의 값을 구하는 과정을 논술한 것입니다. 빈칸 ① , ② , ③ 을 채우시오. (단, $a \neq b$)

> 세 수 a, b, 8가 이 순서대로 등차수열을 이루므로 등차중항을 이용하여 식을 세우면
>
> ①   ⋯⋯ ㉠
>
> 또한,
>
> 세 수 8, a, b가 이 순서대로 등비수열을 이루므로 등비중항을 이용하여 식을 세우면
>
> ②   ⋯⋯ ㉡
>
> ㉠과 ㉡을 연립하면 $a=8$ 또는 $a=-4$이다.
> 이때, $a \neq b$의 조건에 의해
>
> $(a, b)=$ ③

10 a, b, c가 1보다 큰 실수이고

$\log_a c : \log_b c = 4:3$일 때, $\log_a b + \log_b a$의 값을 구하는 과정을 논술하시오.

11 그림과 같이 좌표평면에 두 점 $A(3, -15)$, $B(4, 0)$과 함수 $f(x) = \dfrac{1}{4}x^4 - 2x^2 + \dfrac{19}{4}$ 위를 움직이는 점 $P(t, f(t))$가 있다. 이때, 삼각형 ABP의 넓이의 최솟값을 구하는 과정을 논술하시오.

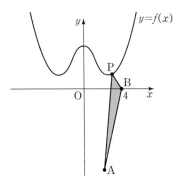

PART 1
기출문제

PART 2
실전모의고사

PART 3
정답 및 해설

12 다항함수 $f(x)$에 대하여 $f(x)$의 최댓값은 3이고, $f'(x) = -2x + 6$일 때, $f(2)$의 값을 구하는 과정을 논술하시오.

13 모든 항이 양수인 등비수열 $\{a_n\}$이 $a_2 \times a_3 = 27$, $a_3 \times a_4 = 243$을 만족시킨다. 이때, $\log_3(a_1 \times a_2 \times \cdots \times a_9)$의 값을 구하는 과정을 논술하시오.

14 $0 \leq x < 2\pi$에서 정의된 부등식 $2\sin x - \sqrt{3} \geq 0$을 만족시키는 모든 x값의 범위가 $\alpha \leq x \leq \beta$이다.

이때 $2\cos\alpha - \sqrt{3}\tan\beta$의 값을 구하는 과정을 논술하시오.

15 실수 전체의 집합에서 연속인 함수 $f(x)$가 다음 조건을 만족한다.

> (가) $f(x)$는 원점대칭인 함수이다.
>
> (나) $\displaystyle\int_{-2}^{3} f(x)\,dx = 4$
>
> (다) $\displaystyle\int_{-7}^{-3} f(x)\,dx = -6$

이때, $\displaystyle\int_{2}^{7} f(x)\,dx$의 값을 구하는 과정을 논술하시오.

Money can't buy happiness, but
neither can poverty.
행복은 돈으로 살 수 없지만
가난으로도 살 수 없다.

− 레오 로스텐 −

3개년 기출문제

2024학년도 기출문제

국어

01 [모범답안]

답안	배점	예상 소요 시간
㉠ 우라늄 농축 (과정) ㉠ 핵연료봉의 우라늄 농축 〈가능답〉 ㉡ 중성자를 충돌 (시킴) / 중성자와 반응 (시킴)	10점	5분 / 전체 80분

[바른해설]

㉠ 원자력 발전의 주연료는 우라늄인데, 천연 우라늄의 99% 이상은 핵분열이 일어나지 않는 우라늄-238이고, 핵분열이 가능한 우라늄-235는 천연 우라늄 속에 0.7% 정도만 포함되어 있다. 이 상태로는 우라늄-235의 비율이 낮아 핵분열을 유도할 수 없기 때문에, 우라늄-235의 비율을 3% 이상으로 높여야 하고, 이 과정을 우라늄 농축이라고 한다.

㉡ 우라늄-235의 비율을 3~5%로 높여 원기둥 모양의 연료봉으로 만든 후 이를 다발로 묶어서 핵연료봉을 만든다. 이렇게 만들어진 핵연료를 원자로에 넣고 중성자를 충돌시켜 핵분열을 유도하는 것이다.

[채점기준]

㉠ '농축'은 3점

㉡ '중성자를 충돌시켜 핵분열 유도'는 3점

02 [모범답안]

답안	배점	예상 소요 시간
㉠ 파이로프로세싱 ㉡ 질산/TBP (용)액 ㉢ 핵무기	10점	5분 / 전체 80분

[바른해설]

㉠ 파이로프로세싱 공법은 핵분열 물질을 추출하기 위해 용액이 아닌 전기를 활용한다.

㉡ 퓨렉스 공법은 사용 후 핵연료를 해체한 후 연료봉을 작게 절단한다. 절단한 연료봉을 90℃ 정도의 질산 용액에 담가 녹인다. 이후 질산에 녹인 핵연료를 유기 용매인 TBP 용액과 접촉시키면 우라늄-235와 플루토늄-239는 TBP 용액에 달라붙고 나머지 핵물질들은 질산 용액에 남는다.

㉢ 플루토늄-239는 핵무기의 원료로 사용되기 때문에 국제적으로도 민감한 문제가 될 수 있다.

[채점기준]

㉡ 질산 : 2점 / TBP : 2점

03 [모범답안]

답안	배점	예상 소요 시간
㉠ 직권 취소 ㉡ 하자	10점	5분 / 전체 80분

[바른해설]

'직권 취소'는 행정청이 자신이 내린 처분에 대해 스스로 취소하는 것을 말한다. [사례 1]에서 자영업자는 사실을 은폐했기 때문에 행정 기관이 하자 있는 처분을 내린 경우에 해당하므로, 행정청은 위법한 처분으로 얻는 상대방의 이익을 고려하지 않고 직권 취소할 수 있다.

'하자'는 처분이 적합한 요건을 갖추지 못하여 흠이 있는 상태를 말한다. [사례 2]에서 행정청이 처분을 이행하지 않은 음식점주 B에게 영업 정지 처분을 내렸지만, 이에 대해 B는 영업 정지 처분에 대한 청문 절차를 거치지 않았으므로 영업 정지 처분에 하자가 있다고 판단하여 법원에 소송을 제기한 것이다.

[채점기준]

㉠ '행정청이 자신이 내린 처분에 대해 스스로 취소하는 것'은 3점

㉡ '처분이 적합한 요건을 갖추지 못하여 흠이 있는 상태'/취소의 사유'는 3점

- '중대한 하자'는 0점

04 [모범답안]

답안	배점	예상 소요 시간
우리는 저 탑을 적이 옮겨가지 못하도록 무사히 보존했다가 정부군에게 물려주는 거지.	10점	5분 / 전체 80분

[바른해설]

'나'를 비롯한 대원들이 받은 작전 명령은 월남인들의 감정에 큰 영향을 주는 탑을 잘 지키고 있다가 정부군에게 넘겨주는 것이다. 유의사항에 하나의 완전한 문장으로 쓰라고 제시되어 있으므로 이러한 내용이 윗글에서 정확하게 드러나는 것은 '우리는 저 탑을 적이 옮겨가지 못하도록 무사히 보존했다가 정부군에게 물려주는 거지.'이다.

[채점기준]

– 축약이나 재진술/유의 사항 위배는 7점
– '탑의 보존'의 내용만 있으면 5점
– '탑의 인계'의 내용만 있으면 5점
　예 '아군은 월남군에게 탑을 인계하기로 되어 있었습니다.' 는 5점

05 [모범답안]

답안	배점	예상 소요 시간
㉠ (지방민의) 사랑과 애착의 대상 ㉡ (한 무더기의) 작은 돌덩이	10점	5분 / 전체 80분

[바른해설]

'나'는 우리가 지켜야 하는 탑이 '처음에는 보잘것없는 돌덩이'로 인식했지만, 탑의 모습을 찬찬히 살펴 보고나서는 신비감을 느끼게 된다. 그래서 이 탑이 '지방민의 사랑과 애착의 대상'임을 알게 된다. 그런데 자신이 목숨을 바쳐 지킨 탑을 미군들은 불도저로 밀어버리려고 한다. '나'는 이 탑이 미군들에게는 '한 무더기의 작은 돌덩이'에 지나지 않는다는 것을 알고 좌절하게 된다.

[채점기준]

㉡ '골치 아픈 것'은 2점
– '돌덩이'는 2점

수학

06 [모범답안]

$$\frac{1}{a}=\log_3 8 \text{이므로 } 3^{\frac{1}{a}}=8 \text{ 또한 } 3^{\frac{1}{3a}}=2$$

$$\frac{1}{b}=\log_3\frac{1}{5}=-\log_3 5 \text{이므로 } 3^{-\frac{1}{b}}=5$$

$$3^{\frac{1}{a}-\frac{3}{b}}=3^{\frac{1}{a}}\left(3^{-\frac{1}{b}}\right)^3=8\cdot 5^3=1000$$

$$\sqrt[3a]{3^{10}}\left(3^{\frac{1}{3a}}\right)^{10}=2^{10}=1024$$

$$3^{\frac{1}{a}-\frac{3}{b}}+\sqrt[3a]{3^{10}}=1000+1024=2024$$

[채점기준]

예시답안	배점
$\frac{1}{a}=\log_3 8$이므로 $3^{\frac{1}{a}}=8$ 또한 $3^{\frac{1}{3a}}=2$	2점
$\frac{1}{b}=\log_3\frac{1}{5}=-\log_3 5$이므로 $3^{-\frac{1}{b}}=5$	2점
$3^{\frac{1}{a}-\frac{3}{b}}=3^{\frac{1}{a}}\left(3^{-\frac{1}{b}}\right)^3=8\cdot 5^3=1000$	2점
$\sqrt[3a]{3^{10}}\left(3^{\frac{1}{3a}}\right)^{10}=2^{10}=1024$	2점
$3^{\frac{1}{a}-\frac{3}{b}}+\sqrt[3a]{3^{10}}=1000+1024=2024$	2점

07 [모범답안]

점 A는 함수 $y=\log_2 x$의 그래프 위의 점이므로
$2=\log_2 x$에서 $x=4$, 그러므로 $A(4, 2)$
선분 OA의 기울기는 $\frac{1}{2}$,
그러므로 선분 OB의 기울기는 -2
따라서 $B(b, \log_2 b)$의 좌표는 $(b, -2b)$
$\log_2 b=-2b$에서 $b=\frac{1}{2}$ 그러므로 $B\left(\frac{1}{2}, -1\right)$

$$\triangle AOB=\frac{1}{2}\times\overline{OA}\times\overline{OB}$$

$$=\frac{1}{2}\sqrt{4^2+2^2}\sqrt{\left(\frac{1}{2}\right)^2+(-1)^2}$$

$$=\frac{1}{2}\sqrt{4\cdot 5}\sqrt{\frac{5}{4}}=\frac{5}{2}$$

[채점기준]

예시답안	배점
점 A는 함수 $y=\log_2 x$의 그래프 위의 점이므로 $2=\log_2 x$에서 $x=4$, 그러므로 $A(4,2)$	2점
선분 OA의 기울기는 $\dfrac{1}{2}$. 그러므로 선분 OB의 기울기는 -2	2점
따라서 $B(b,\log_2 b)$의 좌표는 $(b,-2b)$ $\log_2 b=-2b$에서 $b=\dfrac{1}{2}$ 그러므로 $B\left(\dfrac{1}{2},-1\right)$	2점
$\triangle AOB=\dfrac{1}{2}\times\overline{OA}\times\overline{OB}$ $\qquad=\dfrac{1}{2}\sqrt{4^2+2^2}\sqrt{\left(\dfrac{1}{2}\right)^2+(-1)^2}$ $\qquad=\dfrac{1}{2}\sqrt{4\cdot5}\sqrt{\dfrac{5}{4}}=\dfrac{5}{2}$	2점

08 [모범답안]

준식 $\Rightarrow \dfrac{\sqrt{2}}{2}(-\sin x)+1-\sin^2 x-2\sin x=1+\sqrt{2}$

$\sin^2 x+\left(2+\dfrac{\sqrt{2}}{2}\right)\sin x\sqrt{2}=0$

또는 $(\sin x+2)\left(\sin x+\dfrac{\sqrt{2}}{2}\right)=0$

$\sin x+2>0$이므로 $\sin x=-\dfrac{\sqrt{2}}{2}$

즉, $x=\dfrac{5}{4}\pi,\ \dfrac{7}{4}\pi$

[채점기준]

예시답안	배점
준식 $\Rightarrow \dfrac{\sqrt{2}}{2}(-\sin x)+1-\sin^2 x-2\sin x$ $\qquad\qquad=1+\sqrt{2}$	2점
$\sin^2 x+\left(2+\dfrac{\sqrt{2}}{2}\right)\sin x\sqrt{2}=0$ 또는 $(\sin x+2)\left(\sin x+\dfrac{\sqrt{2}}{2}\right)=0$	3점
$\sin x+2>0$이므로 $\sin x=-\dfrac{\sqrt{2}}{2}$	2점
즉, $x=\dfrac{5}{4}\pi,\ \dfrac{7}{4}\pi$	3점

09 [모범답안]

$a_3=14 \Rightarrow a_2+2d=14$

$S_7-S_5=a_6+a_7=2a_1+11d=0$

두 식을 연립하여 풀면 $d=-4,\ a_1=22$

$a_6+a_7=0,\ d=-4$이므로 $a_6>0>a_7$이므로

S_6가 S_n의 최댓값이다.

$S_n=\dfrac{n\{2a_1+(n-1)d\}}{2}$

$\Rightarrow$ 최댓값 $S_6=\dfrac{6\{2\cdot22+5\cdot(-4)\}}{2}=72$

[채점기준]

예시답안	배점
$a_3=14 \Rightarrow a_2+2d=14$	2점
$S_7-S_5=a_6+a_7=2a_1+11d=0$	3점
두 식을 연립하여 풀면 $d=-4,\ a_1=22$	2점
$a_6+a_7=0,\ d=-4$이므로 $a_6>0>a_7$이므로 S_6가 S_n의 최댓값이다. $S_n=\dfrac{n\{2a_1+(n-1)d\}}{2}$ $\Rightarrow$ 최댓값 $S_6=\dfrac{6\{2\cdot22+5\cdot(-4)\}}{2}=72$	3점

10 [모범답안]

$\displaystyle\lim_{x\to\infty}\dfrac{f(x)-x^2}{x-1}=2$를 만족시키는 다항함수 $f(x)-x^2$은

최고차항의 계수가 2인 일차함수이므로

$f(x)=x^2+2x+b$ (단, b는 상수) $\qquad\qquad\cdots\cdots$ ①

또한 $\displaystyle\lim_{x\to1}\dfrac{f(x)-2}{x-1}=a$에서 $x\to1$일 때,

분모 $\to0$이고 극한값이 존재하므로 분자 $\to0$이다.

$\displaystyle\lim_{x\to1}f(x)-2=f(1)-2=0$, 즉 $f(1)=2$

①에서 $f(1)=1+2+b=2$, 따라서 $b=-1$

$a=\displaystyle\lim_{x\to1}\dfrac{f(x)-2}{x-1}=\lim_{x\to1}\dfrac{(x^2+2x-1)-2}{x-1}$

$\quad=\displaystyle\lim_{x\to1}\dfrac{(x+3)(x-1)}{x-1}=\lim_{x\to1}(x+3)=4$

[채점기준]

예시답안	배점
$\lim_{x\to\infty}\dfrac{f(x)-x^2}{x-1}=2$를 만족시키는 다항함수 $f(x)-x^2$은 최고차항의 계수가 2인 일차함수이므로 $f(x)=x^2+2x+b$ (단, b는 상수) ...... ①	3점
또한 $\lim_{x\to 1}\dfrac{f(x)-2}{x-1}=a$에서 $x\to 1$일 때, 분모 $\to 0$이고 극한값이 존재하므로 분자 $\to 0$이다. $\lim_{x\to 1}f(x)-2=f(1)-2=0$, 즉 $f(1)=2$	3점
①에서 $f(1)=1+2+b=2$, 따라서 $b=-1$ $a=\lim_{x\to 1}\dfrac{f(x)-2}{x-1}=\lim_{x\to 1}\dfrac{(x^2+2x-1)-2}{x-1}$ $=\lim_{x\to 1}\dfrac{(x+3)(x-1)}{x-1}=\lim_{x\to 1}(x+3)=4$	4점

11 [모범답안]

$f(1)=3\times 1-1=2$이고 $f'(1)=3$이다.

$y=\{f(x)\}^2-2f(x)$를 미분하면

$y'=2f(x)f'(x)-2f'(x)$이다.

$x=1$을 대입하면 $y'(1)=2\times 2\times 3-2\times 3=6$이다.

$y=\{f(x)\}^2-2f(x)$의 $x=1$에서의 값은

$2^2-2\times 2=0$이다.

접선의 방정식은 $y-0=6(x-1)$, 즉 $y=6x-6$이다.

[채점기준]

예시답안	배점
$f(1)=3\times 1-1=2$이고 $f'(1)=3$이다.	3점
$y=\{f(x)\}^2-2f(x)$를 미분하면 $y'=2f(x)f'(x)-2f'(x)$이다.	3점
$x=1$을 대입하면 $y'(1)=2\times 2\times 3-2\times 3=6$ 이다.	1점
$y=\{f(x)\}^2-2f(x)$의 $x=1$에서의 값은 $2^2-2\times 2=0$이다.	1점
접선의 방정식은 $y-0=6(x-1)$, 즉 $y=6x-6$ 이다.	2점

12 [모범답안]

피타고라스의 정리 $9=r^2+(h-3)^2$으로부터

$r^2=6h-h^2$이다.

원뿔 부피공식에 대입하면,

$V=\dfrac{1}{3}\pi r^2h=\dfrac{1}{3}\pi(6h-h^2)h=\dfrac{1}{3}\pi(6h^2-h^3)$이다.

미분하면 $\dfrac{dV}{dh}=\dfrac{1}{3}\pi(12h-3h^2)=\pi(4-h)h$이다.

높이 $h=4$일 때 원뿔의 부피가 최대이다.

[채점기준]

예시답안	배점
피타고라스의 정리 $9=r^2+(h-3)^2$으로부터 $r^2=6h-h^2$이다.	2점
원뿔 부피공식에 대입하면, $V=\dfrac{1}{3}\pi r^2h=\dfrac{1}{3}\pi(6h-h^2)$ $h=\dfrac{1}{3}\pi(6h^2-h^3)$이다.	3점
미분하면 $\dfrac{dV}{dh}=\dfrac{1}{3}\pi(12h-3h^2)=\pi(4-h)h$ 이다.	3점
높이 $h=4$일 때 원뿔의 부피가 최대이다.	2점

13 [모범답안]

(가)에서 $f'(x)=x^2-kx$이므로

$f(x)=\dfrac{1}{3}x^3-\dfrac{k}{2}x^2+C$

(나)에서 $|f(0)-f(k)|=\dfrac{4}{3}$이므로 $\dfrac{k^3}{6}=\dfrac{4}{3}$

그러므로 $k=2$

$\displaystyle\int_{-k}^{k}(x^2-kx)dx=\int_{-2}^{2}f'(x)dx=f(2)-f(-2)=\dfrac{16}{3}$

(또는 $\displaystyle\int_{-k}^{k}(x^2-kx)dx=2\int_{0}^{2}x^2dx=\dfrac{16}{3}$)

[채점기준]

예시답안	배점
(1) 접선의 기울기로부터 함수를 구한다: $f'(x)=x^2-kx$이므로 $f(x)=\dfrac{1}{3}x^3-\dfrac{k}{2}x^2+C$	2점
(2) 접선의 기울기로부터 함수의 극대, 극소를 안다: $|f(0)-f(k)|=\dfrac{4}{3}$	3점
$\dfrac{k^3}{6}=\dfrac{4}{3}$ 그러므로 $k=2$	2점

PART 1 기출문제
PART 2 실전모의고사
PART 3 정답 및 해설

	배점
$\int_{-k}^{k}(x^2-kx)dx=\int_{-2}^{2}f'(x)dx$ $=f(2)-f(-2)=\dfrac{16}{3}$ (또는 $\int_{-k}^{k}(x^2-kx)dx=2\int_{0}^{2}x^2dx=\dfrac{16}{3}$)	3점

14 [모범답안]

준식을 미분하면, $2xf(x)+(x^2+1)f'(x)$
$=2(x^2+1)(2x)+2xf(x)$
그러므로 $f'(x)4x$이고, $f(x)=2x^2+C$
(단, C는 적분상수이다.
다시 준식에 $x=0$를 대입하면 $f(0)=1$
그러므로 $f(x)=2x^2+1$

[채점기준]

예시답안	배점
준식을 미분하면, $2xf(x)+(x^2+1)f'(x)$ $=2(x^2+1)(2x)+2xf(x)$	5점
그러므로 $f'(x)4x$	1점
$f(x)=2x^2+C$ (단, C는 적분상수)	1점
준식에 $x=0$를 대입하면, $f(0)=1$	2점
그러므로 $f(x)=2x^2+1$	1점

15 [모범답안]

그래프를 그리면 다음과 같은 형태이다.

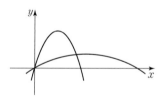

$y=x-x^2=\dfrac{x}{n}-\left(\dfrac{x}{n}\right)^2$에서

교점의 x좌표는 $x=0,\ \dfrac{n}{n+1}$

$S_n=\int_{0}^{\frac{n}{n+1}}\left(x-x^2-\dfrac{1}{n}x+\dfrac{1}{n^2}x^2\right)dx$

$=\int_{0}^{\frac{n}{n+1}}\left(\dfrac{n-1}{n}x-\dfrac{n^2-1}{n^2}x^2\right)dx$

$=\int_{0}^{\frac{n}{n+1}}\left[\dfrac{n-1}{2n}x^2-\dfrac{n^2-1}{3n^2}x^3\right]_{0}^{\frac{n}{n+1}}$

$=\dfrac{n(n-1)}{2(n+1)^2}-\dfrac{n(n^2-1)}{3(n+1)^3}=\dfrac{1}{6}\dfrac{n(n-1)}{(n+1)^2}$

$S_n=\dfrac{5}{54}$이려면 $\dfrac{n(n-1)}{(n+1)^2}=\dfrac{5}{9}$

즉, $4n^2-19n-5=(4n+1)(n-5)=0$이어야 한다.
그래서 $n=5$

[채점기준]

예시답안	배점
$y=x-x^2=\dfrac{x}{n}-\left(\dfrac{x}{n}\right)^2$에서 교점의 x좌표는 $x=0,\ \dfrac{n}{n+1}$	2점
$S_n=\int_{0}^{\frac{n}{n+1}}\left(x-x^2-\dfrac{1}{n}x+\dfrac{1}{n^2}x^2\right)dx$	2점
$=\int_{0}^{\frac{n}{n+1}}\left[\dfrac{n-1}{2n}x^2-\dfrac{n^2-1}{3n^2}x^3\right]_{0}^{\frac{n}{n+1}}$ $=\dfrac{n(n-1)}{2(n+1)^2}-\dfrac{n(n^2-1)}{3(n+1)^3}=\dfrac{1}{6}\dfrac{n(n-1)}{(n+1)^2}$	2점
$S_n=\dfrac{5}{54}$이려면 $\dfrac{n(n-1)}{(n+1)^2}=\dfrac{5}{9}$ 즉, $4n^2-19n-5=(4n+1)(n-5)=0$	2점
$n=5$	2점

2024학년도 모의고사

국어

01 [모범답안]

답안	배점	예상 소요 시간
⊙ 받침점 ⓒ 무게 측정 소자 ⓒ 압전 효과	10점	5분 / 전체 80분

[바른해설]

⊙ 양팔저울은 지렛대의 중앙을 '받침점'으로 하여 지렛대가 평형을 이루었을 때 추의 무게를 통해 물체의 무게를 측정한다.

ⓒ 대저울은 지렛대가 평형을 이루는 지점을 찾는 방법으로 물체의 무게를 측정한다. 전자저울은 스트레인 게이지가 부착된 '무게 측정 소자'를 이용하여 무게를 측정한다.

ⓒ 초정밀 미량저울은 '압전 효과'를 활용하여 무게를 측정하도록 설계되어 있는데, 일반적으로 수정 진동자 센서를 사용한다. 초정밀 미량 저울의 수정 진동 자 표면 위에 물질의 흡착과 탈착에 의한 공진 주파수 변화량은 흡착 혹은 탈착한 물질의 무게 변화에 비례한다.

[채점기준]
– 각 문항당 3점, 기본 점수 1점
– 순서가 바뀌면 0점

02 [모범답안]

답안	배점	예상 소요 시간
⊙ 지나치게 무겁거나 부피가 크다. ⓒ 스트레인이 생겨나지 않을 정도로 작다.	10점	5분 / 전체 80분

[바른해설]

⊙ 양팔 저울은 지나치게 무겁거나 부피가 큰 물체의 무게를 측정하기에는 한계가 있었다. 이런 점을 보완한 저울이 바로 대저울이다. 대저울은 받침점에 가까운 곳에 측정하고자 하는 물체를 걸고 반대쪽에는 작은 추를 걸어 움직여서 지렛대가 평형을 이루는 지점을 찾는 방법으로 물체의 무게를 측정한다.

ⓒ 전자 저울로는 스트레인이 생겨나지 않을 정도로 작은 물질은 측정하기가 곤란하다. 이때 과학 분야에서는 세포막이나 DNA 등의 무게를 측정하기 위해 초정밀 미량저울을 사용한다.

[채점기준]
– 각 문항당 5점
– 15자(±3자)를 위배하면 2글자당 1점 감점
– 순서가 바뀌면 0점

03 [모범답안]

답안	배점	예상 소요 시간
⊙ 가지취의 내음새가 났다. ⓒ 도라지 꽃이 좋아 돌무덤으로 갔다. ⓒ 산(山) 꿩도 섧게 울은	10점	5분 / 전체 80분

[바른해설]

⊙ 화자가 만난 '여승'에게 '가지취의 내음새가 났다.'고 한 것은 산속에서 자라는 나물의 향기라는 후각적 심상을 통해 '여승'이 속세와 단절된 채 살아가는 인물임을 드러내는 것이다.

ⓒ '도라지 꽃이 좋아 돌무덤으로 갔다'라는 표현은 '여인'의 '딸'이 죽은 것을 일컫는 것으로, 감정의 직접적 표출을 절제하는 표현을 통해 비극적 상황을 그린 것이라고 할 수 있다.

ⓒ '여인'은 어린 딸을 잃고 속세와의 인연을 끊기 위해서 출가를 결심한다. 이 때 느꼈을 심리적 고통을 '산 꿩'이라는 자연물에 투영하여 드러내고 있다.

[채점기준]
– 문항당 3점, 기본 점수 1점
– 시구를 잘못 쓰거나 일부분만 쓰면 각 1점 감점

04 [모범답안]

답안	배점	예상 소요 시간
⊙ 2(연) → 3(연) → 4(연) → 1(연) ⓒ 옛날같이, 불경(佛經)처럼, 섶벌같이, 가을밤같이, 눈물방울과 같이	10점	5분 / 전체 80분

[바른해설]

⊙ 화자는 예전에 평안도 어느 금점판에서 옥수수를 파는 '여인'을 만난 것이 있다. 그때 그녀는 '딸아이'를 때리면서 서럽게 울었다.(2연) 그 후 세월이 흘렀고 '지아비'는 돌아오지 않았으며 '딸아이'는 죽고 말았다.(3연) 그토록 모진 시련을 겪은 '여인'은 '산절의 마당귀'에서 머리를 깎고 '여승'

이 되었다.(4연) 시간이 흐른 뒤 화자는 '여승'이 된 그때 그 '여인'을 다시 만나 '쓸쓸한 낯이 옛날같이' 늙은 것을 보고 서러움을 느낀다.(1연) 따라서 이 시에 담겨 있는 사간들이 일어난 순서대로 연을 재배열한다면 2연 → 3연 → 4연 → 1연의 차례가 될 것이다.

ⓒ 시에서 연결어를 사용하여 서로 다른 두 대상을 비교하는 비유적 표현은 직유법(直喩法)이다. 직유법은 비슷한 성질이나 모양을 가진 두 대상을 ~같이, ~듯이, ~처럼 ~ 인 양 등의 연결어와 결합하여 직접 비유하는 방법을 말한다. 〈여승〉에서는 '쓸쓸한 낯이 옛날같이 늙었다', '나는 불경(佛經)처럼 서러워졌다', '가을밤같이 차게 울었다', '섶벌같이 나아간 지아비', '눈물방울과 같이 떨어진 날이 있었다' 등에서 보이는 것처럼 모두 5개의 직유 표현이 사용되고 있다.

[채점기준]
– 각 문항당 5점
ⓒ 순서가 모두 맞아야 5점
ⓒ 다섯 개 중에서 두 개 쓰면 3점, 한 개 쓰면 1점 / 연결어를 쓰지 않으면 각 1점씩 감점

수학

05 [모범답안]

우선 $\log_2(x+2)$에서 $x+2>0$,

마찬가지로 $2x+5>0$ 그러므로 $x>-2$이다.

주어진 식을 $\log_2(x+2)-\frac{1}{2}\log_2(2x+5)<\frac{1}{2}$로 쓰고,

2를 곱하고 간단히 하면,

$$\log_2(x+2)^2-\log_2(2x+5)=\log_2\frac{(x+2)^2}{2x+5}<1$$

즉, $\frac{(x+2)^2}{2x+5}<2$이다.

정리하면 $x^2+4x+4<4x+10$, 즉 $x^2<6$을 얻는다.

이 식을 만족시키는 정수 x는 $x=0, 1, -1, 2, -2$

그런데 $x+2>0$이므로 $x=-2$는 제외되고 조건을 만족시키는 정수는 4개이다.

[채점기준]

예시답안	배점
우선 $\log_2(x+2)$에서 $x+2>0$, 마찬가지로 $2x+5>0$ 그러므로 $x>-2$이다.	2점
주어진 식을 $\log_2(x+2)-\frac{1}{2}\log_2(2x+5)<\frac{1}{2}$로 쓰고, 2를 곱하고 간단히 하면, $\log_2(x+2)^2-\log_2(2x+5)$ $=\log_2\frac{(x+2)^2}{2x+5}<1$ 즉, $\frac{(x+2)^2}{2x+5}<2$이다.	4점

예시답안	배점
정리하면 $x^2+4x+4<4x+10$, 즉 $x^2<6$ 이 식을 만족시키는 정수 x는 $x=0, 1, -1, 2, -2$	2점
$x+2>0$이므로 $x=-2$는 제외하고 조건을 만족시키는 정수는 4개이다.	2점

06 [모범답안]

①	$=\sqrt{2}(a_n+n)$
②	$=\sqrt{2}$
③	$=(\sqrt{2})^n$
④	$=256\ (또는\ 2^8)$

[채점기준]

예시답안	배점
① $=\sqrt{2}(a_n+n)$	3점
② $=\sqrt{2}$	2점
③ $=(\sqrt{2})^n$	3점
④ $=256\ (또는\ 2^8)$	2점

07 [모범답안]

극한 $\lim\limits_{x\to -2}\dfrac{\sqrt{a-2x}-3}{x^2-(a-2)x-2a}$이 존재하는데,

$\lim\limits_{x\to -2} x^2-(a-2)x-2a$

$=\lim\limits_{x\to -2}(x+2)(x-a)=0$이므로

$\lim\limits_{x\to -2}\sqrt{a-2x}-3=0$이어야 해서

$\sqrt{a+4}-3=0$, 즉 $a=5$

그러므로 $\lim\limits_{x\to -2}\dfrac{\sqrt{a-2x}-3}{x^2-(a-2)x-2a}$

$=\lim\limits_{x\to -2}\dfrac{\sqrt{5-2x}-3}{(x+2)(x-5)}$

$=\lim\limits_{x\to -2}\dfrac{\sqrt{5-2x}-3}{(x+2)(x-5)}\cdot\dfrac{\sqrt{5-2x}+3}{\sqrt{5-2x}+3}$

$=\lim\limits_{x\to -2}\dfrac{-2(x+2)}{(x+2)(x-5)(\sqrt{5-2x}+3)}=\dfrac{1}{21}$

[채점기준]

예시답안	배점
극한 $\lim\limits_{x\to -2}\dfrac{\sqrt{a-2x}-3}{x^2-(a-2)x-2a}$이 존재하는데, $\lim\limits_{x\to -2} x^2-(a-2)x-2a$ $=\lim\limits_{x\to -2}(x+2)(x-a)=0$이므로 $\lim\limits_{x\to -2}\sqrt{a-2x}-3=0$이어야 해서 $\sqrt{a+4}-3=0$, 즉 $a=5$	5점

예시답안	배점
그러므로 $\lim\limits_{x \to -2}\dfrac{\sqrt{a-2x}-3}{x^2-(a-2)x-2a}$ $=\lim\limits_{x \to -2}\dfrac{\sqrt{5-2x}-3}{(x+2)(x-5)}$ $=\lim\limits_{x \to -2}\dfrac{\sqrt{5-2x}-3}{(x+2)(x-5)}\cdot\dfrac{\sqrt{5-2x}+3}{\sqrt{5-2x}+3}$ $=\lim\limits_{x \to -2}\dfrac{-2(x+2)}{(x+2)(x-5)(\sqrt{5-2x}+3)}=\dfrac{1}{21}$	5점

08 [모범답안]

$f'(x)=3x^2-12x$이므로 $f(x)=x^3-6x^2+C$ (단, C는 적분 상수)

$f(0)=0$이므로 $C=0$

$f(x)=x^3-6x^2=x^2(x-6)$이므로

$f(x)=0$에서 $x=0$ 또는 $x=6$

$0<x<6$에서 $f(x)=x^2(x-6)<0$이므로

$y=f(x)$와 x축으로 둘러싸인 부분의 넓이는

$\displaystyle\int_0^6|f(x)|\,dx=\int_0^6|x^2(x-6)|\,dx$

$=-\displaystyle\int_0^6 x^2(x-6)\,dx$

$=-\left[\dfrac{1}{4}x^4-2x^3\right]_0^6=\dfrac{1}{2}\times6^3=108$

[채점기준]

예시답안	배점
$f'(x)=3x^2-12x$이므로 $f(x)=x^3-6x^2+C$ (단, C는 적분 상수) $f(0)=0$이므로 $C=0$	3점
$f(x)=x^3-6x^2=x^2(x-6)$이므로 $f(x)=0$에서 $x=0$ 또는 $x=6$	3점
$0<x<6$에서 $f(x)=x^2(x-6)<0$이므로 $y=f(x)$와 x축으로 둘러싸인 부분의 넓이는 $\displaystyle\int_0^6|f(x)|\,dx=\int_0^6|x^2(x-6)|\,dx$ $=-\displaystyle\int_0^6 x^2(x-6)\,dx$ $=-\left[\dfrac{1}{4}x^4-2x^3\right]_0^6=\dfrac{1}{2}\times6^3=108$	4점

2023학년도 기출문제

국어

01

[모범답안]

답안	배점	예상 소요 시간
㉠ 정신과 물질이 조화를 이룸 ㉡ (물질성이) 거의 없음	10점	5분 / 전체 80분

[바른해설]

본 지문은 개념 미술의 특성과 형식을 설명하고 그 의의를 기술하고 있다. 본 문항은 예술의 물질성에 대한 헤겔의 견해를 토대로 시대별로 정신과 물질의 상관관계를 고찰하고 있다.

[채점기준]

㉠ – '한쪽으로 치우치지 않음' : 3점
　　– '조화를 이룸' : 3점
㉡ '(물질성이) 없음', '(물질성이) 약간 있음' 등 : 3점

02

[모범답안]

답안	배점	예상 소요 시간
㉠ 언어 ㉡ 생각이나 관념 ㉢ 글쓰기	10점	5분 / 전체 80분

[바른해설]

개념 미술에 대한 다양한 화가들의 관점을 읽고, 각 화가가 기술한 관점의 핵심 개념을 기술할 수 있다.

[채점기준]

㉡ '생각', '관념' 하나만 쓰는 경우: 1점
㉢ '글쓰기라는 관념' : 1점

03

[모범답안]

답안	배점	예상 소요 시간
㉠ 내구성 ㉡ 정밀 부품	10점	5분 / 전체 80분

[바른해설]

자기 치유 기술의 적용은 사용 목적과 환경에 따라 달라지며, 마이크로 캡슐 사용법이나 혈관 모사법의 방법, 그리고 각 장단점은 본문에 설명이 되어 있으므로, 본문의 내용을 정확하게 이해하고 있으면 해당 모범답안을 제시할 수 있다.

[채점기준]

㉠~㉡ 모두 [모범답안]만 인정

04

[모범답안]

답안	배점	예상 소요 시간
㉠ 젖산 칼슘 ㉡ 탄산 칼슘	10점	5분 / 전체 80분

[바른해설]

세균이나 곰팡이를 자기 치유 기술에 활용하는 경우의 과정이 마지막 단락에 세부적으로 기술되어 있는데, 이 내용에 근거하면 젖산 칼슘과 탄산 칼슘이 각각 ㉠과 ㉡에 들어감을 파악할 수 있다.

[채점기준]

㉠ '젓산 칼슘', '젖산 칼륨' 등 용어 오기: 2점 감점
㉡ 주어진 정답 이외에 별도의 용어를 추가적으로 제시한 경우(단, 본문의 내용과 부합하는 경우): 2점 감점

05

[모범답안]

답안	배점	예상 소요 시간
ⓐ 마음의 갓 / 마음의 끝을 ⓑ 이에 저에 떨어질 잎처럼 / 　여기 저기 떨어지는 잎(같이)	10점	5분 / 전체 80분

[바른해설]

ⓐ 향가의 한글 형태 표기인 해당 부분은 현대어로 '마음의 갓을'으로 표기하며, 이는 기파랑이 지니던 것으로 화자가 도달하고자 하는 지향점에 해당한다.
ⓑ 향가의 한글 형태 표기인 해당 부분은 현대어로 '이에 저에 떨어질 잎처럼'으로 표기하며, 이는 화자가 추모하는 대상과 이별하게 된 상황을 비유적으로 나타내는 것이다.

[채점기준]

ⓐ '마음', '갓': 각 3점
ⓑ '이에 저에', '떨어질' '잎처럼' : 각 2점

06

[모범답안]

답안	배점	예상 소요 시간
㉠ 잣나무 가지 ㉡ (어느 가을) 이른 바람	10점	5분 / 전체 80분

[바른해설]

㉠에서 기파랑의 고결한 이미지를 나타내는 자연물은 '잣나무 가지'이며, ㉡에서 마음의 준비를 하지 못한 누이의 갑작스러운 죽음을 나타내는 자연물은 여기저기에 잎을 떨어뜨리는 '어느 가을 이른 바람'이다.

[채점기준]
㉠ – '잣나무' : 5점
  – '가지': 3점
㉡ '바람': 3점

수학

07 [모범답안]

$\log_a bc = 2$, $2\log_a b - \log_a c = \log_a \dfrac{b^2}{c} = 0$에서

$bc = a^2$, $\dfrac{b^2}{c} = 1$을 얻는다.

그래서 $c = b^2$, $b^3 = a^2$, $c^3 = a^4$이다.

$\log_b a + \log_c a = \log_b b^{\frac{3}{2}} + \log_c c^{\frac{3}{4}} = \dfrac{3}{2} + \dfrac{3}{4} = \dfrac{9}{4}$

[별해]

$\log_a bc = 2 = \log_a b + \log_a c$와 $2\log_a b - \log_a c = 0$을 비교하여 계산하면,

$\log_a b = \dfrac{2}{3}$, $\log_a c = \dfrac{4}{3}$을 얻는다. [5점]

그래서 $\log_b a + \log_c a = \dfrac{1}{\log_a b} + \dfrac{1}{\log_a c} = \dfrac{3}{2} + \dfrac{3}{4} = \dfrac{9}{4}$

[5점]

[채점기준]

답안	배점
(1) 문제의 조건은 $bc = a^2$, $\dfrac{b^2}{c} = 1$을 의미한다. 그래서 $c = b^2$, $b^3 = a^2$, $c^3 = a^4$이다.	5점
(2) $\log_b a + \log_c a = \log_b b^{\frac{3}{2}} + \log_c c^{\frac{3}{4}}$ $= \dfrac{3}{2} + \dfrac{3}{4} = \dfrac{9}{4}$	5점

08 [모범답안]

코사인법칙 $\overline{BC}^2 = \overline{AB}^2 + \overline{AC}^2 - 2\overline{AB}\ \overline{AC}\cos\dfrac{\pi}{3}$를 이용하면, $\overline{BC}^2 = 25 + 64 - 40 = 49$

사인법칙 $\dfrac{\overline{BC}}{\sin\dfrac{\pi}{3}} = 2R$을 이용하면 외접원의 반지름의 길이는 $R = \dfrac{7}{\sqrt{3}} = \dfrac{7}{3}\sqrt{3}$이다.

[채점기준]

답안	배점
(1) 코사인법칙 $\overline{BC}^2 = \overline{AB}^2 + \overline{AC}^2 - 2\overline{AB}\ \overline{AC}\cos\dfrac{\pi}{3}$를 이용하면, $\overline{BC}^2 = 25 + 64 - 40 = 49$	5점
(2) 사인법칙 $\dfrac{\overline{BC}}{\sin\dfrac{\pi}{3}} = 2R$을 이용하여 외접원의 반지름의 길이를 구하면, $R = \dfrac{7}{\sqrt{3}} = \dfrac{7}{3}\sqrt{3}$	5점

09 [모범답안]

$\{a_n\}$이 등차수열이므로, $\{a_9, a_{19}, a_{29}, a_{39}, a_{49}\}$도 등차수열

즉, 등차중항 $a_{19} = \dfrac{a_9 + a_{29}}{2}$ 즉,

$a_9 + a_{19} + a_{29} = 3a_{19} = 12$

그러므로 $a_{19} = 4$

마찬가지로 $a_{29} + a_{39} + a_{49} = 3a_{29} = 21 \cdot a_{39} = 7$

그러므로 $a_{29} = \dfrac{a_{19} + a_{39}}{2} = \dfrac{4 + 7}{2} = \dfrac{11}{2}$

[채점기준]

	답안	배점
방법 1	$\{a_n\}$이 등차수열이므로, $\{a_9, a_{19}, a_{29}, a_{39}, a_{49}\}$도 등차수열	4점
	즉, 등차중항 $a_{19} = \dfrac{a_9 + a_{29}}{2}$ 즉, $a_9 + a_{19} + a_{29} = 3a_{19} = 12$ 그러므로 $a_{19} = 4$ 마찬가지로 $a_{29} + a_{39} + a_{49} = 3a_{29} = 21 \cdot a_{39} = 7$	3점
	그러므로 $a_{29} = \dfrac{a_{19} + a_{39}}{2} = \dfrac{4 + 7}{2} = \dfrac{11}{2}$	3점
방법 2	$\{a_n\}$이 등차수열이므로, $\{a_9, a_{19}, a_{29}, a_{39}, a_{49}\}$도 등차수열	4점
	등차중항을 이용하여 $a_9 + a_{19} + a_{29} + a_{39} + a_{49} = 5a_{29}$ 그러므로 $(a_9 + a_{19} + a_{29}) + (a_{29} + a_{39} + a_{49}) = 6a_{29}$	3점
	그러므로 $a_{29} = \dfrac{12 + 21}{6} = \dfrac{11}{2}$	3점
방법 3	$a_9 + a_{19} + a_{29}$ $= (a+8d) + (a+18d) + (a+28d)$ $= 3a + 54d = 12$ $a_{29} + a_{39} + a_{49}$ $= (a+28d) + (a+38d) + (a+48d)$ $= 3a + 114d = 21$	4점
	연립하면 $d = \dfrac{3}{20}$. 그래서 $a = \dfrac{13}{10}$	3점
	$a_{29} = \dfrac{13}{10} + 28 \times \dfrac{3}{20} = \dfrac{110}{20} = \dfrac{11}{2}$	3점

PART 1 기출문제

PART 2 실전모의고사

PART 3 정답 및 해설

10 [모범답안]

① : 3차식 (또는 삼차식, 삼차함수, 3차함수, 3차 다항식, 3차 다항함수)로 답을 쓰면 1점 감점

② : 2차식 (또는 이차식, 이차함수, 2차함수, 2차 다항식, 2차 다항함수)

③ : -3

④ : 3

[채점기준]

답안	배점
① : 3차식 (또는 삼차식, 삼차함수, 3차함수, 3차 다항식, 3차 다항함수) $(c+x)(c-x^2+2x)$로 답을 쓰면 1점 감점	2점
② : 2차식 (또는 이차식, 이차함수, 2차함수, 2차 다항식, 2차 다항함수)	2점
③ : -3	3점
④ : 3	3점

11 [모범답안]

$h=\dfrac{1}{t}$라 놓자.

$\displaystyle\lim_{t\to\infty}t\left(f\left(1+\dfrac{1}{t}\right)-f\left(1-\dfrac{1}{t}\right)\right)$

$=\displaystyle\lim_{h\to 0}\dfrac{f(1+h)-f(1-h)}{h}$

$=\displaystyle\lim_{h\to 0}\dfrac{f(1+h)-f(1)-f(1-h)+f(1)}{h}$

$=\displaystyle\lim_{h\to 0}\dfrac{f(1+h)-f(1)}{h}+\lim_{h\to 0}\dfrac{f(1-h)-f(1)}{-h}$

$=2f'(1)$

미분하면 $f'(x)=3x^2-4x+30$이다.

$2f'(1)=2\times(3-4+3)=4$

[채점기준]

답안	배점
(1) $h=\dfrac{1}{t}$라 놓자. $\displaystyle\lim_{t\to\infty}t\left(f\left(1+\dfrac{1}{t}\right)-f\left(1-\dfrac{1}{t}\right)\right)$ $=\displaystyle\lim_{h\to 0}\dfrac{f(1+h)-f(1-h)}{h}$	3점
(2) $=\displaystyle\lim_{h\to 0}\dfrac{f(1+h)-f(1)-f(1-h)+f(1)}{h}$ $=\displaystyle\lim_{h\to 0}\dfrac{f(1+h)-f(1)}{h}$ $+\displaystyle\lim_{h\to 0}\dfrac{f(1+h)-f(1)}{-h}=2f'(1)$	3점

답안	배점
(3) 미분하면 $f'(x)=3x^2-4x+30$이다.	3점
(4) $2f'(1)=2\times(3-4+3)=4$	1점

12 [모범답안]

접선의 방정식은 $y-(a^2-2a+1)=(2a-2)(x-a)$ 이다.

$x=0$을 대입해서 $y=a^2-2a+1-2a^2+2a=-a^2+1$을 얻고

$y=0$을 대입해서 $x=a-\dfrac{a-1}{2}=\dfrac{a+1}{2}$을 얻는다.

삼각형 OPQ의 넓이는

$s=\dfrac{1}{2}(-a^2+1)\left(\dfrac{a+1}{2}\right)=\dfrac{1}{4}(-a^3-a^2+a+1)$이다.

미분하면 $s'=\dfrac{1}{4}(-3a^2-2a+1)$이다.

인수분해하면 $\dfrac{1}{4}(-3a+1)(a+1)$이므로 $a=\dfrac{1}{3}$에서 넓이가 최대가 된다.

[채점기준]

답안	배점
(1) 접선의 방정식은 $y-(a^2-2a+1)=(2a-2)(x-a)$이다.	4점
(2) $x=0$을 대입해서 $y=a^2-2a+1-2a^2+2a=-a^2+1$을 얻고	1점
(3) $y=0$을 대입해서 $x=a-\dfrac{a-1}{2}=\dfrac{a+1}{2}$을 얻는다.	1점
(4) 삼각형 OPQ의 넓이는 $s=\dfrac{1}{2}(-a^2+1)\left(\dfrac{a+1}{2}\right)$ $=\dfrac{1}{4}(-a^3-a^2+a+1)$이다.	1점
(5) 미분하면 $s'=\dfrac{1}{4}(-3a^2-2a+1)$이다.	1점
(6) 인수분해하면 $\dfrac{1}{4}(-3a+1)(a+1)$이므로 $a=\dfrac{1}{3}$에서 넓이가 최대가 된다.	2점

13 [모범답안]

미분하면 $x'=3t^2-6t-90$이다.

인수분해하면 $3(t^2-2t-3)=3(t+1)(t-3)$이므로 $t=3$일 때 이동방향을 바꾼다.

한 번 더 미분하면 $x''=6t-60$이다.

$t=3$을 대입하면 가속도 $6\times 3-6=12$를 얻는다.

[채점기준]

답안	배점
(1) 미분하면 $x'=3t^2-6t-9$이다.	3점
(2) 인수분해하면 $3(t^2-2t-3)=3(t+1)(t-3)$이므로 $t=3$일 때 이동방향을 바꾼다.	4점
(3) 한 번 더 미분하면 $x''=6t-6$이다.	2점
(4) $t=3$을 대입하면 가속도 $6 \times 3-6=12$를 얻는다.	1점

14 [모범답안]

$$xf(x)=\int_1^x f(t)dt+2x^3-3x^2 \cdots\cdots ①$$

①의 양변을 미분하면 $f(x)+xf'(x)=f(x)+6x^2-6x$

$xf'(x)=x(6x-6)$

$f(x)$가 다항함수이므로 $f'(x)=6x-6$

$$f(x)=\int(6x-6)dx=3x^2-6x+C$$
$$\text{(단, } C\text{는 적분상수)} \cdots\cdots ②$$

①의 양변에 $x=1$을 대입하면

$1 \times f(1)=2 \times 1^3-3 \times 1^2=-1$

②에서 $f(1)=3-6+C=-1$로부터 $C=2$

따라서 $f(x)=3x^2-6x+2$

[채점기준]

답안	배점
(1) $xf(x)=\int_1^x f(t)dt+2x^3-3x^2 \cdots\cdots ①$ ①의 양변을 미분하면 $f(x)+xf'(x)=f(x)+6x^2-6x$ $xf'(x)=x(6x-6)$ $f(x)$가 다항함수이므로 $f'(x)=6x-6$	5점
(2) $f(x)=\int(6x-6)dx=3x^2-6x+C$ (단, C는 적분상수) $\cdots\cdots ②$ ①의 양변에 $x=1$을 대입하면 $1 \times f(1)=2 \times 1^3-3 \times 1^2=-1$ ②에서 $f(1)=3-6+C=-1$로부터 $C=2$ 따라서 $f(x)=3x^2-6x+2$	5점

15 [모범답안]

$y=x^4-(6+k)x^3+6kx^2=x^2(x-6)(x-k)$

곡선 $y=x^2(x-6)(x-k)$의 그래프는 다음과 같다.

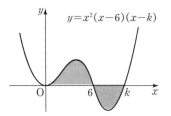

$k>6$이고 주어진 곡선과 x축으로 둘러싸인 두 부분의 넓이가 서로 같으므로

$$\int_0^k \{x^4-(6+k)x^3+6kx^2\}dx=0$$

$$\int_0^k \{x^4-(6+k)x^3+6kx^2\}dx$$

$$=\left[\frac{1}{5}x^5-\left(\frac{6+k}{4}\right)x^4+2kx^3\right]_0^k$$

$$=\frac{1}{5}k^5-\frac{3}{2}k^4-\frac{1}{4}k^5+2k^4=-\frac{1}{20}k^5+\frac{1}{2}k^4$$

$$=\frac{1}{2}k^4\left(-\frac{1}{10}k+1\right)=0$$

$k>6$이므로 $k=10$

[채점기준]

답안	배점
(1) $y=x^4-(6+k)x^3+6kx^2$ $=x^2(x-6)(x-k)$	2점
(2) 곡선 $y=x^2(x-6)(x-k)$의 그래프는 다음과 같다. $y=x^2(x-6)(x-k)$ $k>6$이고 주어진 곡선과 x축으로 둘러싸인 두 부분의 넓이가 서로 같으므로 $\int_0^k \{x^4-(6+k)x^3+6k^2\}dx=0$	4점
(3) $\int_0^k \{x^4-(6+k)x^3+6kx^2\}dx$ $=\left[\frac{1}{5}x^5-\left(\frac{6+k}{4}\right)x^4+2kx^3\right]_0^k$ $=\frac{1}{5}k^5-\frac{3}{2}k^4-\frac{1}{4}k^5+2k^4$ $=-\frac{1}{20}k^5+\frac{1}{2}k^4=\frac{1}{2}k^4\left(-\frac{1}{10}k+1\right)=0$ $k>6$이므로 $k=10$	4점

2023학년도 모의고사

국어

01 **[모범답안]**

㉠ 격자 도안 ㉡ 정면법

[바른해설]

고대 이집트의 조각가들은 〈그림〉과 같은 격자 도안을 고안하여 사용함으로써 비례 규준에 따라 조각상을 만들었다. 또한 회화나 부조에서는 원근법을 사용하지 않고 정면법이라고 부르는 독특한 방법을 사용하여 대상의 본질적인 부분을 분명하고 완전하게 드러내기를 원했다. 이러한 점들을 볼 때, 고대 이집트인들은 만들어낸 미술품이 실제 인물을 대체한다고 생각하였음을 알 수 있다. "그들이 본 것을 그린 게 아니라, 머릿속으로 알고 있던 것을 그렸다"는 말도 이와 같은 의미로 해석할 수 있다.

[채점기준]

예시답안	배점
㉠ 격자 도안	5점
㉡ 정면법	5점

02 **[모범답안]**

(만들어 낸 또는 만든) 미술품이 실제 인물을 대체한다.

[바른해설]

고대 이집트인들은 조각상, 회화, 부조 등의 미술품에서 공통적으로 인간이 만들어낸 미술품이 실제 인물을 있는 그대로 드러내는 것이 아니라 대상의 본질을 드러내어 실제 인물을 대체한다고 보았다. 이러한 생각은 고대 이집트 미술 전반에 깔려 있다.

[채점기준]

예시답안	배점
(만들어 낸) 미술품이 실제 인물을 대체한다. **해설** : 핵심어 조건인 '미술품', '실제 인물'을 포함하고 본문의 내용에 맞게 '대체한다'는 의미를 표현해야 함. 즉 인간이 만든 미술품이 실제 인물을 사실적으로 표현하지 않고 인간이 머릿속으로 알고 있던 대로 표현하여 실제 인물을 대체하였음을 의미해야 함.	10점

예시답안	배점
미술품은 실제 인간의 본질을 드러내야 한다. **해설** : 핵심어 조건인 '미술품'과 '실제 인물'을 포함하고 '대체'라는 용어를 사용하지는 않았으나 실제 인물과 다르게 생각하는 대로 표현하였다는 의미를 기술함.	7점
실제 인물을 대체한다. **해설** : 핵심어 조건의 하나인 '실제 인물'만 포함하여 기술함.	3점
미술품이 실제 인간을 나타낸다. **해설** : 핵심어 조건인 '미술품'과 '실제 인물'을 포함하였으나 '대체'의 의미가 아닌 뜻으로 기술함.	0점

03 **[모범답안]**

㉠ 달의 숨소리

㉡ 방울 소리

㉢ 이야기 소리

[바른해설]

[A]는 허생원과 조선달 그리고 동이가 대화장으로 가기 위해서 밤새 걷는 길의 풍경을 그리고 있는 대목이다. 이 대목은 자연물을 소재로 하여 시각적 이미지와 청각적 이미지를 절묘하게 결합하여 표현하고 있다. 특히 달빛과 짐승의 울음소리를 공감각적으로 결합하여 숨소리라고 표현한 것이나, 길을 걸어가는 나귀의 목에 달린 방울 소리, 그리고 허생원의 이야기 소리를 청각적으로 드러낸 감각적 문체가 두드러진다.

[채점기준]

예시답안	배점
순서에 관계없이 셋을 모두 쓰면	10점
셋 중 둘만 맞으면	7점
셋 중 하나만 맞으면	4점

04 **[모범답안]**

난 거꾸러질 때까지 이 길 걷고 저 달 볼 테야.

[바른해설]

작가는 주인공 허생원을 통해 자연과 하나되는 삶을 형상화하고자 하였다. 조선달은 가을까지만 장돌뱅이 생활을 하겠다고 말한다. 이에 대해 허생원은 '옛 처녀가 만나면 같이나 살까'라고 하면서 '거꾸러질 때까지 이 길 걷고 저 달 볼테야.'하고 말한다. 이는 작가가 허생원의 삶을 통해 자연과 하나되는 삶을 드러내고 있다고 볼 수 있다.

[채점기준]

예시답안	배점
난 거꾸러질 때까지 이 길 걷고 저 달 볼 테야. **해설** : 허생원의 대화 중에서 '난 거꾸러질 때까지 이 길 걷고 저 달 볼 테야.'가 자연과 하나되는 삶을 드러내는 표현임.	10점
제시된 문장 중 일부분만 쓰면 감점	−3점
맞춤법, 띄어쓰기 등이 어긋나면 각각 감점	−1점

수학

05 [모범답안]

$1=\log_2 2$이므로 $\log_2(3x+2)=\log_2 2+\log_2(x-1)^2$
$=\log_2 2(x-1)^2$
$3x+2=2(x-1)^2$이므로 $2x^2-4x+2=3x+2$,
즉 $2x^2-7x=0$이다.
그러므로 $x=0$, $x=\dfrac{7}{2}$

진수 $3x+2>0$, $x-1>0$이어야 하므로 $x>1$이어야 한다.
따라서 $x=\dfrac{7}{2}$이다.

[채점기준]

예시답안	배점
$1=\log_2 2$이므로 $\log_2(3x+2)=\log_2 2+\log_2(x-1)^2$ $=\log_2 2(x-1)^2$ (또는 $\log_2(3x+2)-\log_2(x-1)^2=1$)	4점
$3x+2=2(x-1)^2$ (또는 $\dfrac{3x+2}{(x-1)^2}=2$)이므로 $2x^2-4x+2=3x+2$, 즉 $2x^2-7x=0$이다. 그러므로 $x=0$, $x=\dfrac{7}{2}$이다.	4점
진수 $3x+2>0$, $x-1>0$이어야 하므로 $x>1$이어야 한다. 따라서 $x=\dfrac{7}{2}$이다.	2점

06 [모범답안]

①	$=2a+b$
②	$=4a$
③	$=\dfrac{3}{2}$

[채점기준]

예시답안	배점
① $=2a+b$	4점
② $=4a$	3점
③ $=\dfrac{3}{2}$	3점

07 [모범답안]

함수 $g(x)=(2x^2-3x)f(x)$를 미분하면
$g'(x)=(4x-3)f(x)+(2x^2-3x)f'(x)$이 된다.
$x=2$를 대입하면 $g'(2)=5f(2)+2f'(2)$,
즉 $4=5\cdot 3+2f'(2)$이 된다.
그러므로 $f'(2)=-\dfrac{11}{2}$이다.

[채점기준]

예시답안	배점
(1) 도함수 구하기 $g'(x)=(4x-3)f(x)+(2x^2-3x)f'(x)$	6점
(2) 주어진 값을 대입하여 미분계수 구하기 $x=2$를 대입하면 $g'(2)=5f(2)+2f'(2)$, 즉 $4=5\cdot 3+2f'(2)$이 된다. 그러므로 $f'(2)=-\dfrac{11}{2}$이다.	4점

08 [모범답안]

$0=x^2-ax=x(x-a)$
$\dfrac{4}{3}=\displaystyle\int_0^a(-x^2+ax)dx$
$=\left[-\dfrac{1}{3}x^3+\dfrac{a}{2}x^2\right]_0^a=-\dfrac{a^3}{3}+\dfrac{a^3}{2}=\dfrac{a^3}{6}$
$8=a^3$으로부터 $a=2$

[채점기준]

예시답안	배점
$0=x^2-ax=x(x-a)$ $\dfrac{4}{3}=\displaystyle\int_0^a(-x^2+ax)dx$	4점
$=\left[-\dfrac{1}{3}x^3+\dfrac{a}{2}x^2\right]_0^a=-\dfrac{a^3}{3}+\dfrac{a^3}{2}=\dfrac{a^3}{6}$	4점
$8=a^3$으로부터 $a=2$	2점

2022학년도 기출문제

국어

01 [모범답안]

답안	배점	예상 소요 시간
주식 보유 비율이 낮아지고 주가 하락으로 손해를 입을 수 있기 때문	10점	5분 / 전체 80분

[바른해설]

불특정 다수의 투자자들을 대상으로 새로운 주식을 발행하는 일반 공모 방식을 시행하면 기존 주주들은 주식보유 비율이 낮아지고 주가의 하락으로 손해를 볼 수 있다고 설명하고 있다.

[채점기준]

- 25~35자는 10점, 20~24자와 36~40자는 2점 감점, 그 외에는 4점 감점
- 주식 보유 비율이 '낮아지고', 주가 하락으로 '손해를 입었다'는 의미를 모두 포함해야 10점
- '주식 보유 비율이 낮아짐', '주가 하락으로 손해를 입음' 각각 5점
- '주식 보유 비율', '주가'의 키워드만 포함되면 각각 2점
- '손해 본다'의 문구가 없으면 2점 감점

02 [모범답안]

답안	배점	예상 소요 시간
잉여금은 줄어들고 자본금은 늘어난다. / 잉여금이 자본금으로 이동한다.	10점	5분 / 전체 80분

[바른해설]

무상증자는 잉여금 중 일부에 해당하는 금액만큼의 주식을 발행한 후, 기존의 주주들이 보유한 주식의 비율에 따라 주식을 나누어 주기 때문에 무상증자를 하면 잉여금은 줄어들고 자본금은 줄어들게 된다.

[채점기준]

- 21~30자는 2점 감점, 그 외에는 4점 감점
- '잉여금의 감소' 7점 (핵심어 제시)
- '자본금의 증가' 5점 (핵심어 미제시)
- '잉여금과 자본금이 변화 한다' 5점
- '총액'에 대해 기술할 경우, 자본금이 명시되지 않으면 2점 감점

- '잉여금을 통해'와 같이 불명확한 표현은 정답으로 인정하지 않음

03 [모범답안]

답안	배점	예상 소요 시간
㉠ (거리, 위치, 형태의) 3차원 정보의 수집 ㉡ 정밀 측정 (가능) / 측정 오차가 작음 / 높은 정밀도	10점	5분 / 전체 80분

[바른해설]

라이다는 높은 출력을 지닌 레이저를 물체에 방사하고, 이 레이저가 물체에 반사되어 돌아오는 데 걸리는 시간을 측정하여 3차원 거리 정보를 획득할 수 있으며, 약 150m 이내에 있는 물체의 위치, 거리, 형태와 같은 3차원 정보를 1~2cm 이내의 오차로 정밀하게 측정할 수 있는 장점이 있다.

[채점기준]

- ㉠, ㉡ 각 5점, 순서와 무관하게 채점
- ㉠ '수집' 대신 '탐지', '획득' 허용
- ㉠ '3차원 정보' 대신 '거리', '위치', '형태' 중 하나만 쓴 경우 1점, 두 개 쓴 경우 3점
  예) '거리, 위치의 정보 수집' 3점, '거리 정보의 수집' 1점
- ㉠과 ㉡의 세부항목과 무관하게 전체적으로 파악하여 채점
  예) ㉠ '거리, 위치 정보 수집 가능', ㉡ '형태 파악 가능' 인 경우 5점
- ㉡ '측정 오차' 3점
- '3D 플래시 라이다'의 장점인 '3D 레이저 스캐너가 수행하는 회전과 순차적인 레이저 스캐닝 과정을 생략 가능', '정보처리 시간 단축'과 '소형화 유리', '수평 시야각이 360도가 된다' 등처럼 3D 레이저 스캐너와 비교한 장점은 정답 불인정

04 [모범답안]

답안	배점	예상 소요 시간
각도 고정형 3D 레이저 스캐너 (를 설치함.)	10점	5분 / 전체 80분

[바른해설]

3D 플래시 라이다의 높은 가격으로 3D 레이저 스캐너가 주로 사용되는데 3D 레이저 스캐너는 여러 가지 단점을 가지고 있다. 이에 대한 보완으로 360도의 모든 방향을 세밀하게 탐지하는 방식보다는 제한된 수평 시야각만을 탐색할 수 있는 각도 고정형 3D 레이저 스캐너를 설치하려는 경향을 보이고 있다.

[채점기준]

- 21~30자는 2점 감점, 그 외에는 4점 감점
- '고정형 3D 레이저 스캐너', '각도 고정형 3D 레이저', '각도 고정형 스캐너'는 7점
- '각도 고정형', '3D 레이저 스캐너', '개선된 3D 레이저 스캐너' 5점
- '제한된 수평 시야각만을 탐색하는 방식'처럼 장치의 성능만을 제시하면 5점

05 [모범답안]

답안	배점	예상 소요 시간
㉠ 자신이 미움. / 내가 미웠어. ㉡ 부침개를 해봄.	10점	5분 / 전체 80분

[바른해설]

[A]에서 '김양'은 자신이 집을 나온 행동에 대해 '내가 미웠어.'라는 정서를 드러내고 있으며, [B]에서 '김양'은 비오는 날에는 '부침개를 해 봤지만 엄마가 해 주던 것처럼 맛있게 안 된다고 하면서 엄마가 보고 싶다고 한다.

[채점기준]

- ㉠, ㉡ 각각 5점
- ㉠ '엄마가 안 미움.', '엄마가 밉지 않음.'은 3점
- ㉡ '부침개'만 적으면 3점,
- ㉡ '부침게', '부침개 만듬'에서와 같이 오타는 1점 감점
- ㉡ '요리를 해보다'는 3점

06 [모범답안]

답안	배점	예상 소요 시간
(김추자의) '빗속의 여인' / 김추자의 노래	10점	5분 / 전체 80분

[바른해설]

S#39에서 흘러나오는 김추자의 '빗속의 여인'이라는 노래는 S#40에도 이어지면서 두 장면의 내적 필연성을 갖게 하는 효과음이 되고 있다.

[채점기준]

- '노래', '음악'은 5점
- '빗소리', '오토바이 소리', '라디오 소리'는 각 5점

수학

07 [모범답안]

$4^{x+2}=16\times4^x$, $\left(\frac{1}{4}\right)^{-x}=(4^{-1})^{-x}=4^x$이므로 준식은

$16\times4^x=4^x+300$이다.

즉, $(16-1)\times4^x=300$이므로 $15\times4^x=300$이다.

$4^x=20$이므로 $2^{2x}=20$이다. 그러므로 $x=\frac{1}{2}$이다.

[채점기준]

답안	배점
$4x+2=16\times4^x$, $\left(\frac{1}{4}\right)^{-x}=(4^{-1})^{-x}=4^x$이므로 준식은 $16\times4^x=4^x+300$이다. 즉, $(16-1)\times4^x=300$이므로 $15\times4^x=300$이다.	6점
$4^x=20$이므로 $2^{2x}=2$ (또는 $x\log4=\log2$)이다. 그러므로 $x=\frac{1}{2}$ (또는 $x=\log_42$)이다.	4점

08 [모범답안]

① $=\sqrt{\frac{2}{3}}$

② $=2\sqrt{3}$

③ $=2\sqrt{2}$

[채점기준]

답안	배점
삼각형의 내각의 합 $A+B+C=\pi$이므로 $3\sin(A+B)\sin C=3\sin(\pi-C)\sin C$ $\qquad=3\sin^2C$이다. 그러므로 주어진 식으로부터 $3\sin^2C=2$이므로 $\sin^2C=\frac{2}{3}$이다. $0<C<\pi$이므로 $\sin C=\sqrt{\frac{2}{3}}$이다. 그러므로 ① $=\sqrt{\frac{2}{3}}$ (또는 $\frac{\sqrt{2}}{\sqrt{3}}$, 또는 $\frac{\sqrt{6}}{3}$)	4점
외접원의 반지름의 길이가 $\sqrt{3}$이므로 사인법칙에 의하여 $\frac{\overline{AB}}{\sin C}=2\sqrt{3}$이다. 그러므로 ② $=2\sqrt{3}$	3점

답안	배점
따라서 $\overline{\mathrm{AB}}=2\sqrt{3}\times\sin C$ $\qquad=2\sqrt{3}\times\sqrt{\dfrac{2}{3}}=2\sqrt{2}$이다. 그러므로 ③$=2\sqrt{2}$	3점

09 [모범답안]

첫째항이 3이고 공차가 4인 등차수열의 일반항은
$a_n=4n-1$이다.

$$\frac{1}{(a_n-1)(a_{n+1}-1)}=\frac{1}{(4n-2)(4n+2)}$$
$$=\frac{1}{4}\left(\frac{1}{4n-2}-\frac{1}{4n+2}\right)$$
$$\sum_{n=1}^{32}\frac{1}{(a_n-1)(a_{n+1}-1)}=\sum_{n=1}^{32}\frac{1}{4}\left(\frac{1}{4n-2}-\frac{1}{4n+2}\right)$$
$$=\frac{1}{4}\left(\frac{1}{2}-\frac{1}{6}+\frac{1}{6}-\frac{1}{10}+\cdots\right.$$
$$\left.-\frac{1}{130}\right)$$
$$=\frac{1}{8}\left(1-\frac{1}{65}\right)=\frac{8}{65}$$

[다른풀이]

a_n은 공차가 4인 등차수열이므로
$$\sum_{n=1}^{32}\frac{1}{(a_n-1)(a_{n+1}-1)}=\sum_{n=1}^{32}\frac{1}{4}\left(\frac{1}{a_n-1}-\frac{1}{a_{n+1}-1}\right)$$
$$=\frac{1}{4}\left(\frac{1}{a_1-1}-\frac{1}{a_{33}-1}\right)$$
$$=\frac{1}{4}\left(\frac{1}{2}-\frac{1}{130}\right)=\frac{8}{65}$$

$(a_{33}=131$ 이용$)$

[채점기준]

답안	배점
첫째항이 3이고 공차가 4인 등차수열의 일반항은 $a_n=4n-1$이다.	2점
$\dfrac{1}{(a_n-1)(a_{n+1}-1)}=\dfrac{1}{(4n-2)(4n+2)}$ $\qquad=\dfrac{1}{4}\left(\dfrac{1}{4n-2}-\dfrac{1}{4n+2}\right)$	4점
$\sum_{n=1}^{32}\dfrac{1}{(a_n-1)(a_{n+1}-1)}$ $=\sum_{n=1}^{32}\dfrac{1}{4}\left(\dfrac{1}{4n-2}-\dfrac{1}{4n+2}\right)$ $=\dfrac{1}{4}\left(\dfrac{1}{2}-\dfrac{1}{6}+\dfrac{1}{6}-\dfrac{1}{10}+\cdots+-\dfrac{1}{130}\right)$ $=\dfrac{1}{8}\left(1-\dfrac{1}{65}\right)=\dfrac{8}{65}$	4점

10 [모범답안]

$$\lim_{x\to1-}\frac{g(x)}{f(x)}=\lim_{x\to1-}\frac{x^3-x}{x-1}=\lim_{x\to1-}x(x+1)=2$$
$$\lim_{x\to1+}\frac{g(x)}{f(x)}=\lim_{x\to1+}\frac{2x^2+6}{x+a}=\frac{8}{1+a}$$
$$\left(\text{또는, }\frac{g(1)}{f(1)}=\frac{8}{1+a}\right)$$

$\dfrac{g(x)}{f(x)}$가 $x=1$에서 연속이므로,

$$\lim_{x\to1-}\frac{g(x)}{f(x)}=\frac{g(1)}{f(1)}\left(=\lim_{x\to1+}\frac{g(x)}{f(x)}\right)$$이어야 한다.

그래서 $2=\dfrac{8}{1+a}$에서 $a=3$

[채점기준]

답안	배점
<좌극한 계산> $\lim_{x\to1-}=\dfrac{g(x)}{f(x)}=\lim_{x\to1-}\dfrac{x^3-x}{x-1}$ $\qquad=\lim_{x\to1-}x(x+1)=2$	3점
<우극한 또는 함수값 계산> $\lim_{x\to1+}=\dfrac{g(x)}{f(x)}=\lim_{x\to1+}\dfrac{2x^2+6}{x+a}$ $\qquad=\dfrac{8}{1+a}\left(\text{또는, }\dfrac{g(1)}{f(1)}=\dfrac{8}{1+a}\right)$	3점
<구한 두 값이 같음에서 a값> $\dfrac{g(x)}{f(x)}$가 $x=1$에서 연속이므로, $\lim_{x\to1-}=\dfrac{g(x)}{f(x)}=\dfrac{g(1)}{f(1)}\left(=\lim_{x\to1+}\dfrac{g(x)}{f(x)}\right)$ 이어야 한다. 그래서 $2=\dfrac{8}{1+a}$에서 $a=3$	4점

11 [모범답안]

$y=f(1)=1^3-2\cdot1^2-3\cdot1+1=-3$이므로 접점은 $(1,-3)$이다.

곡선의 점 $(1,-3)$에서의 접선의 식은 $y+3=f'(1)(x-1)$인데, $f'(x)=3x^2-4x-3$이므로, 접선의 기울기가 $f'(1)=3-4-3=-4$이고, 접선의 방정식은
$y=-4(x-1)-3=-4x+1$이다.

[채점기준]

답안	배점
<접점구하기또는$f(1)$구하기> $f(1)=-3$, 접점은 $(1,-3)$	3점
<기울기 구하기> $f'(x)=3x^2-4x-3$이므로, 접선의 기울기가 $f'(1)=-4$	3점
<접선의 식 구하기> 접선의 식은 $y-f(1)=f'(1)(x-1)$, 또는 $y=f'(1)(x-1)+f(1)$ 접선의 방정식은 $y=-4x+1$	4점

12 **[모범답안]**

함수 $f(x)$의 도함수 $f'(x)=x^2+2ax+2-a$이고

$$f'(x)=x^2+2ax+2-a$$
$$=x^2+2ax+a^2+(2-a-a^2)$$
$$=(x+a)^2+(2-a-a^2)$$

이므로 모든 x에 대하여 $f'(x)\geq0$이기 위해서는

$2-a-a^2\geq0$여야 한다.

즉, $a^2+a-2=(a-1)(a+2)\leq0$이고,

그래서 함수 $f(x)$가 일대일대응이기 위한 a의 범위는

$-2\leq a\leq1$가 된다.

[채점기준]

답안	배점
<문제 의미 분석> f가 일대일함수이기 위해 f는 증가함수 또는 $f'(x)\geq0$	2점
<도함수 구하기> $f'(x)=x^2+2ax+2-a$	2점
<a에 관한 조건 찾기> $f'(x)\geq0$으로부터 완전제곱 활용: $f'(x)=(x+a)^2+(2-a-a^2)$ 에서 $2-a-a^2\geq0$ $\left(\text{또는 판별식 사용: }\dfrac{D}{4}=a^2-(2-a)\leq0\right)$	3점
<위조건에서a의범위구하기> $a^2+a-2=(a-1)(a+2)\leq0$ 으로부터 $-2\leq a\leq1$	3점

13 **[모범답안]**

$f'(x)=ax(x-2)=ax^2-2ax$라 두자.

$$f(x)=\frac{ax^3}{3}-ax^2+C$$

미분계수의 부호가 $+$에서 $-$로 바뀌는 $x=0$이 극대점이고
$-$에서 $+$로 바뀌는 $x=2$가 극소점이므로,

$$2=f(0)=C, \quad -2=f(2)=\frac{8a}{3}-4a+2$$

따라서 $a=3$이고 $f(x)=x^3-3x^2+2$

[채점기준]

답안	배점
$f'(x)=ax(x-2)=ax^2-2ax$라 두자.	2점
$f(x)=\dfrac{ax^3}{3}-ax^2+C$	3점
미분계수의 부호가 $+$에서 $-$로 바뀌는 $x=0$이 극대점이고 $-$에서 $+$로 바뀌는 $x=2$가 극소점이 므로, $2=f(0)=C, \ -2=f(2)=\dfrac{8a}{3}-4a+2$	4점
따라서 $a=3$이고 $f(x)=x^3-3x^2+2$	1점

14 **[모범답안]**

$f(0)=, f(1)=6$

다음 그림에서 오른쪽 아래 영역이 $\int_0^1 f(x)dx$이고 왼쪽 위

영역이 $\int_0^6 g(x)dx$이다.

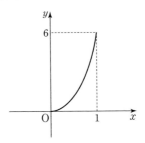

$$1\times6=\int_0^1 f(x)dx+\int_0^6 g(x)dx$$

$$\int_0^1(4x^3+2x)dx=\left|x^4+x^2\right|_{x=0}^1=2\text{이므로}$$

$$\int_0^6 g(x)dx=4$$

[채점기준]

답안	배점
$f(0)=0, f(1)=6$	1점
다음 그림에서 오른쪽 아래 영역이 $\int_0^1 f(x)dx$이고 왼쪽 위 영역이 $\int_0^6 g(x)dx$이다. $1\times 6=\int_0^1 f(x)dx+\int_0^6 g(x)dx$	5점
$\int_0^1 (4x^3+2x)dx=\left| x^4+x^2=2\right|_{x=0}^1 =2$ 이므로 $\int_0^6 g(x)dx=4$	2점

15 [모범답안]

$v(t)=-3t(t-2)$이므로 $t=2$일 때 방향을 바꾼다.
원점을 출발하여 다시 원점으로 돌아올 때까지 걸린 시간을 s라 하면

$$0=\int_0^s (-3t^2+6t)dt=\left| -t^3+3t^2\right|_{t=0}^s =-s^3+3s^2$$
$s=3$
걸린 시간은 $3-2-1$

[채점기준]

답안	배점
$v(t)=-3t(t-2)$이므로 $t=2$일 때 방향을 바꾼다.	4점
원점을 출발하여 다시 원점으로 돌아올 때가지 걸린 시간을 s라 하면 $0=\int_0^s (-3t^2+6t)dt=\left| -t^3+3t^2\right|_{t=0}^s$ $=-s^3+3s^2$ $s=3$	4점
걸린 시간은 $3-2=1$	2점

2022학년도 모의고사

국어

01 [모범답안]

㉠ 상징 ㉡ 재현

[바른해설]

표음 문자와 상형 문자는 동일 정보라도 다른 방식으로 표현하는 다른 매체라고 할 수 있다. 표음 문자는 그 지시 대상과 전혀 관련이 없는 그저 추상적 '상징'으로 이루어져 있고, 상형 문자는 그림처럼 나름대로 대상을 '재현'하고 있다.

[채점기준]

예시답안	배점
㉠ 상징 ㉡ 재현	10점
둘 중 하나만 맞는 경우	5점
㉠ 전달	3점
㉡ 전달, 조응	3점

02 [모범답안]

매체가 달라지면 콘텐츠가 달라진다.

[바른해설]

매클루언은 매체 자체를 중립적인 도구로 보지 않고 콘텐츠를 담는 매체 자체가 지닌 의미에 주목하면서 매체는 어떤 것이 콘텐츠가 될 수 있는지를 결정할 수 있으며, 심지어 매체에 의해 컨텐츠의 의미가 달리진다고 하였다. '사랑한다'의 콘텐츠를 편지지와 감미로운 음악이 있는 문자 메시지라는 다른 매체를 통해 전달될 때 받게 되는 감동이 달라진다는 예는 '매체가 달라지면 콘텐츠가 달라진다'는 매클루언의 주장을 뒷받침하는 것이다.

[채점기준]

예시답안	배점
핵심어인 '매체'와 '콘텐츠'의 상호 연관성을 구체적으로 밝힘. 단, 매체의 변화가 콘텐츠의 변화를 주도한다는 의미로 진술되어야 함. (예) –매체는 콘텐츠가 변화하는데 영향을 끼친다. –매체의 변화에 따라 콘텐츠도 변화한다.	10점

예시답안	배점
핵심어인 '매체'와 '콘텐츠'의 관련성을 단순 제시하거나 나열함. (예) –콘텐츠는 매체의 영향을 받는다. –매체와 콘텐츠는 깊은(서로) 관련이 있다.	7점
핵심어인 '매체'나 '콘텐츠' 중 하나만 사용하여 진술함 (예) –매체 자체가 지닌 의미를 중시하였다. –매체의 종류에 따라 인식 체계가 달라진다. –매체는 메시지이다. –콘텐츠는 우리에게 필요한 정보와 지식을 준다. –콘텐츠의 해석에 활용되는 감각의 종류와 정도가 다르다.	3점
'매체'와 '콘텐츠'의 관계를 역으로 진술한 경우 (예) –매체는 콘텐츠의 영향을 받는다.	0점
내용이 맞더라도 완결된 문장의 형식을 갖추지 않는 경우.	–3점

03 [모범답안]

"해 뜨는 날은 돈 벌어서 좋고, 비 오는 날은 돈 받아서 좋고, 조오타!"

[바른해설]

'반어(反語, irony)'는 본래의 뜻과는 반대되는 말을 하여 문장의 의미를 강화하는 문학적 기법이다.

'노가다'인 임 씨는 비가 오면 일을 하지 못한다. 그런 날에는 가리봉동에 가서 '스웨터 사장'에게 밀린 연탄값을 받으러 가야 한다고 말한다. 하지만 '스웨터 사장'은 이런 저런 핑계를 대고 밀린 돈을 주지 않는다.

이런 처지에 놓인 '임 씨'에 대해 대해 '김 반장'은 "해뜨는 날은 돈 벌어서 좋고, 비오는 날은 돈 받아서 좋고, 조오타!"라고 놀리듯이 말한다. 즉 '임 씨'의 처지를 '해가 뜨나 비가 오나 돈을 벌어서 좋다'라고 하여 가난하면서도 딱한 처지를 반대로 말하고 있다.

[채점기준]

예시답안	배점
'김반장'의 발언 중 "해 뜨는 날은 돈 벌어서 좋고, 비 오는 날은 돈 받아서 좋고"만 쓰고, 뒷 부분의 '조오태'를 쓰지 않는 경우	10점
'김반장'의 발언 중 －"해 뜨는 날은 돈 벌어서 좋고"만 제시하는 경우 －"비 오는 날은 돈 받아서 좋고"만 제시하는 경우	7점
이 외의 경우	0점
띄어쓰기나 맞춤법이 틀리는 경우 － 한 개당 1점씩 감점하되 최대 3점까지 감점	－1점

04 [모범답안]

두터운 벽

[바른해설]

주인공이나 사건을 서술하고 있는 화자인 '나'는 자기 집을 수리하러 온 토끼띠 동갑내기인 '임 씨'에게 동정심을 느끼고 있다. '나'는 '임 씨'에게 나중에는 맨션아파트에 살게 되고 비오는 날에는 양주나 찔끔거리며 사는 인생이 될 것이라고 말하고 싶었지만 결국에는 하지 못한다. '노가다'인 '임 씨'와 '소시민'인 '나' 사이에는 넘어설 수 없는 '두터운 벽'이 있음을 알고 있기 때문이다.

[채점기준]

예시답안	배점
단순 오타이거나 띄어쓰기 오류 (예) －두꺼운 벽 －두터운벽	8점
㉠에 들어갈 말을 쓰지 않고 '그'와 '임 씨'의 관계에 대해서 설명한 경우	0점
'나'와 '임 씨'의 신분적 차이를 드러내는 비유적 표현을 썼지만, 문맥상 ㉠에 들어가기에 적절하지 않는 표현 (예) － '오를 수 없는 저 꼭대기' － '저 꼭대기'	0점
유의 사항을 준수하지 않은 경우 감점이 있음 －지문에 나온 단어를 사용하지 않음 －두 개의 어절을 사용하지 않음	－2점

수학

05 [모범답안]

$\{a_n\}$의 공비를 r이라 하면

$a_5+a_6+a_7=r^2(a_3+a_4+a_5)=8r^2$,

$a_4+a_5+a_6=r(a_3+a_4+a_5)=8r$이다.

그러므로 r이 만족시키는 방정식은

$8r^2=\dfrac{1}{2}\times 8r+12=4r+12$이다.

$8r^2-4r-12=4(2r-3)(r+1)=0$이므로

$r=\dfrac{3}{2}$ 또는 $r=-1$이다.

$r>0$이므로 $r=\dfrac{3}{2}$이다.

따라서 $a_6+a_7+a_8=r^3(a_3+a_4+a_5)$

$=8r^3=8\times\left(\dfrac{3}{2}\right)^2=27$이다.

[채점기준]

예시답안	배점
$\{a_n\}$의 공비를 r이라 하면 $a_5+a_6+a_7=r^2(a_3+a_4+a_5)=8r^2$, $a_4+a_5+a_6=r(a_3+a_4+a_5)=8r$이다.	4점
그러므로 r이 만족시키는 방정식은 $8r^2=\dfrac{1}{2}\times 8r+12=4r+12$이다. $8r^2-4r-12=4(2r-3)(r+1)=0$이므로 $r=\dfrac{3}{2}$ 또는 $r=-1$이다. $r>0$이므로 $r=\dfrac{3}{2}$이다.	4점
따라서 $a_6+a_7+a_8=r^3(a_3+a_4+a_5)$ $=8r^3=8\times\left(\dfrac{3}{2}\right)^2=27$이다.	2점
(공통) 앞 과정의 오류와는 별개로 뒤의 과정은 독립적으로 채점하는 것을 원칙 (공통) 단순오기나 단순연산 실수 시 개당 －1점	

06 [모범답안]

$f(x)=x^2-6x+11=(x-3)^2+2$이므로

$\{x\,|\,1\leq x\leq 7\}$에서 $f(x)$의 최솟값은 $f(3)=2$이다.

구간의 양 끝점에서 $f(1)<f(7)$이므로 $f(x)$의 최댓값은 $f(7)=18$이다.

한편, $g(x)=\log_3 x$는 x의 값이 증가하면 $g(x)$의 값도 증가하므로, $(g\circ f)(x)=g(f(x))$의 최솟값은 $g(f(3))=g(2)=\log_3 2$이고, 최댓값은 $g(f(7))=g(18)=\log_3 18$이다.

따라서 $(g\circ f)(x)=g(f(x))$의 최댓값과 최솟값의 차는 $\log_3 18-\log_3 2=\log_3 9=2$이다.

[채점기준]

예시답안	배점
$f(x)=x^2-6x+11=(x-3)^2+2$이므로 $\{x\,\vert\,1\leq x\leq 7\}$에서 $f(x)$의 최솟값은 $f(3)=2$이다.	2점
구간의 양 끝점에서 $f(1)<f(7)$이므로 $f(x)$의 최댓값은 $f(7)=18$이다.	2점
한편, $g(x)=\log_3 x$는 x의 값이 증가하면 $g(x)$의 값도 증가하므로, $(g\circ f)(x)=g(f(x))$의 최솟값은 $g(f(3))=g(2)=\log_3 2$이고, 최댓값은 $g(f(7))=g(18)=\log_3 18$이다.	4점
따라서 $(g\circ f)(x)=g(f(x))$의 최댓값과 최솟값의 차는 $\log_3 18-\log_3 2=\log_3 9=2$이다.	2점
(공통) 앞 과정의 오류와는 별개로 뒤의 과정은 독립적으로 채점하는 것을 원칙	
(공통) 단순오기나 단순연산 실수 시 개당 -1점	

07 [모범답안]

함수 $g(x)$가 $x=2$에서 극값 16을 가질 때,

$16=g(2)=8f(2)$이므로 $f(2)=2$이다.

$g(x)=x^3 f(x)$를 미분하면

$g'(x)=3x^2 f(x)+x^3 f'(x)$이다.

함수 $g(x)$가 $x=2$에서 극값을 가지므로,

$0=g'(2)=12f(2)+8f'(2)=24+8f'(2)$이므로

$f'(2)=-3$이다.

[채점기준]

예시답안	배점
함수 $g(x)$가 $x=2$에서 극값 16을 가질 때, $16=g(2)=8f(2)$이므로 $f(2)=2$이다.	2점
$g(x)=x^3 f(x)$를 미분하면 $g'(x)=3x^2 f(x)+x^3 f'(x)$이다.	4점
함수 $g(x)$가 $x=2$에서 극값을 가지므로, $0=g'(2)=12f(2)+8f'(2)=24+8f'(2)$ 이므로 $f'(2)=-3$이다.	4점
(공통) 앞 과정의 오류와는 별개로 뒷 과정은 독립적으로 채점하는 것을 원칙	
(공통) 단순오기나 단순연산 실수 시 개당 -1점	

08 [모범답안]

$0=(-x^2+8x-6)-(2x^2-4x+3)$

$\quad =-3x^2+12x-9$

$\quad =-3(x-1)(x-3)$이므로

두 곡선은 $x=1$과 $x=3$에서 만난다.

닫힌구간 $[1,\,3]$에서 $-x^2+8x-6\geq 2x^2-4x+3$이므로,

두 곡선으로 둘러싸인 부분의 넓이는 정적분

$\displaystyle\int_{1}^{3}(-3x^2+12x-9)dx$으로 주어진다.

정적분을 계산하면 $\left[-x^3+6x^2-9x\right]_{1}^{3}=40$이다.

[채점기준]

예시답안	배점
$0=(-x^2+8x-6)-(2x^2-4x+3)$ $=-3x^2+12x-9$ $=-3(x-1)(x-3)$이므로 두 곡선은 $x=1$과 $x=3$에서 만난다.	3점
닫힌구간 $[1,\,3]$에서 $-x^2+8x-6\geq 2x^2-4x+3$이므로, 두 곡선으로 둘러싸인 부분의 넓이는 정적분 $\displaystyle\int_{1}^{3}(-3x^2+12x-9)dx$으로 주어진다.	3점
정적분을 계산하면 $\left[-x^3+6x^2-9x\right]_{1}^{3}=40$이다.	4점
(공통) 앞 과정의 오류와는 별개로 뒤의 과정은 독립적으로 채점하는 것을 원칙	
(공통) 단순오기나 단순연산 실수 시 개당 -1점 교과과정을 벗어난 넓이 공식을 단순 적용 시 해당 항목 배점 없음	

2 실전모의고사 [자연계열]

제1회 실전모의고사

국어

01 [모범답안]
ⓐ 음향 저항
ⓑ 산란체의 크기
ⓒ 주파수
ⓓ (인체) 조직

[바른해설]
ⓐ 3문단에 따르면 반사는 두 조직의 경계면에서 발생하며, 두 매질 사이에 음향 저항의 차이가 클수록 반사되는 초음파의 세기가 증가한다고 하였으므로 ⓐ에 들어갈 말은 '음향 저항'이 적절하다.
ⓑ 5문단의 '산란체의 크기가 초음파 파장의 길이보다 작을수록 산란의 강도가 증가한다.'는 내용에서 '산란체의 크기'가 산란의 강도에 영향을 미치는 요인임을 알 수 있다.
ⓒ 5문단의 '산란 강도는 주파수의 네제곱에 비례하기 때문에 주파수를 높일수록 산란 강도가 증가하여 더 좋은 초음파 영상을 얻을 수 있다.'는 내용에서 '주파수'가 산란의 강도에 영향을 미치는 요인임을 알 수 있다.
ⓓ 5문단의 '초음파가 산란되는 강도는 조직마다 상이한데, 2.5MHz 초음파를 인체에 입사했을 때 혈액은 0.001로 가장 작은 반면에 지방은 1로 매우 큰 편이다.'는 내용에서 '(인체) 조직'이 산란의 강도에 영향을 미치는 요인임을 알 수 있다.

[채점기준]

답안	배점	예상 소요 시간
ⓐ 음향 저항	4점	4분 / 전체 80분
ⓑ 산란체의 크기	2점	
ⓒ 주파수	2점	
ⓓ (인체) 조직	2점	

02 [모범답안]
ⓐ 크다
ⓑ 빠르다
ⓒ 작다

[바른해설]
ⓐ 3문단에 따르면, 두 조직의 음향 저항의 차이가 클수록 반사되는 초음파의 세기가 증가한다. [자료 1]에서 '지방(1.38)—근육(1.70)'의 차이와 '근육(1.70)—뼈(7.80)'의 차이를 비교해 보면, '근육—뼈'의 음향 저항의 차이가 더 크다. 따라서 '지방—근육'의 경계면에서보다 '근육—뼈'의 경계면에서 반사되는 초음파의 세기가 더 '크다'고 추론할 수 있다.
ⓑ 2문단에 따르면, 매질의 특성에 따라 초음파의 전파 속도에 차이가 난다. [자료 1]을 보면 뼈에서 4,080m/s, 물에서는 1,540m/s, 공기에서는 331m/s의 전파 속도를 보이므로 고체에서 가장 빠르고 그 다음이 액체, 기체 순임을 알 수 있다. 따라서 기체인 공기로 채워진 폐와 액체인 혈액으로 가득한 혈관을 비교하면, 초음파의 전파 속도는 폐 속보다 혈관 속에서 더 '빠르다'고 추론할 수 있다.
ⓒ 4문단에 따르면, 조직의 경계면에서 초음파가 수직으로 입사한 경우의 반사 계수가 1에 가까울수록 입사파 대부분이 반사됨을 의미한다. 수직으로 입사한 초음파를 기준으로 하여 반사 계수를 나타낸 [자료 2]에 따르면, '연부 조직—공기'의 경계면에서는 0.990이고 '연부 조직—물'의 경계면에서는 0.050이다. 따라서 반사 계수가 1에 덜 가까운 '연부 조직—물'의 경계면에서 입사파가 반사되는 비율이 더 '작다'고 추론할 수 있다.

[채점기준]

답안	배점	예상 소요 시간
ⓐ 크다	3점	5분 / 전체 80분
ⓑ 빠르다	3점	
ⓒ 작다	4점	

03 [모범답안]

ⓐ 노자 / ⓑ 장자 / ⓒ 공자

[바른해설]

ⓐ 5문단에서 노자는 현실 세계의 모든 것이 언어 개념을 가지고 있고, 언어 개념을 통해 대상을 인식하고 있다고 보았음을 알 수 있다. 따라서 (가)는 노자의 견해와 부합한다.

ⓑ 5문단에서 장자는 언어 개념이 상대적이며 유한성을 가지고 있으므로, 대상의 본질을 전달하기 위한 하나의 수단에 불과한 것으로 보았음을 알 수 있다. (나)에서 언어의 목적이 뜻을 전달하는 데 있고 뜻을 전달했으면 언어는 잊어야 한다는 것은 장자의 견해와 부합한다.

ⓒ 3문단에서 공자는 언어가 제대로 사용되어야 사회 질서가 잡히고 바람직한 공동체가 형성될 것이라 보았음을 알 수 있다. (다)는 이러한 공자의 사상을 보여 준다.

[채점기준]

답안	배점	예상 소요 시간
ⓐ 노자	4점	
ⓑ 장자	3점	5분 / 전체 80분
ⓒ 공자	3점	

[04~05]

(가) 김광규, 「뺄셈」

갈래	자유시, 서정시, 운문시	특징	• 대조적 시어의 사용
성격	의지적, 성찰적, 반성적		• 단정적 어조를 통해 당위성을 부여함
주제	욕망을 버리고 마음을 비우며 사는 삶		• 덧셈과 뺄셈이라는 셈법에 삶의 자세를 빗댐
			• 평이한 시어를 활용하여 일상에서 발견한 삶의 의미를 그려냄
			• 의문형 어미를 반복적으로 사용하여 반성적 태도를 드러냄

(나) 이태준, 「낙화의 적막」

갈래	현대 수필	특징	• 일상생활에서 겪은 낙화를 통해 얻은 깨달음을 전달함
성격	반성적, 성찰적, 경험적, 애찬적		
제재			• 시간의 흐름에 따른 서술자의 정서 변화를 중심으로 내용을 전개함
주제	낙화의 가치와 진정한 아름다움		

04 [모범답안]

ⓐ 채우며 살아가는 욕심의 삶

ⓑ 비우며 살아가는 진솔한 삶

[바른해설]

이 작품에서 화자는 덧셈과 뺄셈이라는 셈법에 삶의 자세를 빗대어 채우는 삶에 대한 반성과 비우는 삶에 대한 다짐을 드러내고 있다. 따라서 〈보기〉에서 '덧셈'은 '채우며 살아가는 욕심의 삶'을 의미하며, '뺄셈'은 '비우며 살아가는 진솔한 삶'을 의미하는 것으로 볼 수 있다.

[채점기준]

답안	배점	예상 소요 시간
ⓐ 채우며 살아가는 욕심의 삶	5점	4분 / 전체 80분
ⓑ 비우며 살아가는 진솔한 삶	5점	

05 [모범답안]

낙화는, 싶다

[바른해설]

글쓴이는 '낙화는 꽃이 아니냐 하는 옛 말씀'에서 '적멸의 경지에서처럼 위대한 예술감'을 느끼며 이전에 생각하지 못했던 '낙화'의 아름다움을 부각하고 있고, 아울러 '낙화야말로 더욱 볼 만한 꽃인가 싶다' 하며 낙화에 대한 새로운 인식을 불어넣고 있다.

[채점기준]

답안	배점	예상 소요 시간
낙화는	5점	3분 / 전체 80분
싶다	5점	

수학

06 [모범답안]

$$\sum_{k=1}^{n}\frac{1}{(k+1)(k+2)}=\sum_{k=1}^{n}\left(\frac{1}{k+1}-\frac{1}{k+2}\right)$$

$$=\left(\frac{1}{2}-\frac{1}{3}\right)+\left(\frac{1}{3}-\frac{1}{4}\right)+\cdots$$

$$+\left(\frac{1}{n}-\frac{1}{n+1}\right)+\left(\frac{1}{n+1}-\frac{1}{n+2}\right)$$

$$=\frac{1}{2}-\frac{1}{n+2}$$

$\sum_{k=1}^{n}\dfrac{1}{(k+1)(k+2)}>\dfrac{1}{5}$에서

$$\frac{1}{2}-\frac{1}{n+2}>\frac{1}{5},\ \frac{1}{n+2}<\frac{3}{10}$$

$$n+2>\frac{10}{3},\ n>\frac{4}{3}$$

따라서 자연수 n의 최솟값은 2이다.

[채점기준]

답안	배점	예상 소요 시간
$\sum_{k=1}^{n}\dfrac{1}{(k+1)(k+2)}$ $=\sum_{k=1}^{n}\left(\dfrac{1}{k+1}-\dfrac{1}{k+2}\right)$	3점	4분 / 전체 80분
$\sum_{k=1}^{n}\left(\dfrac{1}{k+1}-\dfrac{1}{k+2}\right)$ $=\dfrac{1}{2}-\dfrac{1}{n+2}$	3점	
$n>\dfrac{4}{3}$	2점	
자연수 n의 최솟값은 2	2점	

07 [모범답안]

등비수열 $\{a_n\}$의 공비를 $r(r>0)$이라 하면

$\dfrac{a_{10}}{a_5}=\dfrac{a_5\times r^5}{a_5}=r^5$이므로

$r^5=1024=4^5$에서 $r=4$

$a_2a_4=(a_1\times4)\times(a_1\times4^3)=a_1^2\times4^4=a_1^2\times2^8$이므로

$a_1^2\times2^8=1$에서 $a_1^2=\dfrac{1}{2^8}$

이때 $a_1>0$이므로 $a_1=\dfrac{1}{2^4}=2^{-4}$

따라서 $\dfrac{1}{2}\log_2a_1=\dfrac{1}{2}\log_22^{-4}=-2\log_22=-2$

[채점기준]

답안	배점	예상 소요 시간
$r=4$	3점	4분 / 전체 80분
$a_1^2=\dfrac{1}{2^8}$	3점	
$a_1=2^{-4}$	2점	
$\dfrac{1}{2}\log_2a_1=-2$	2점	

08 [모범답안]

$h(x)=f(x)g(x)$에서

$h'(x)=f'(x)g(x)+f(x)g'(x)$이므로

$h'(-1)=f'(-1)g(-1)+f(-1)g'(-1)$

$f(x)=2x^3+5$에서 $f(-1)=3$이고

$f'(x)=6x^2$이므로 $f'(-1)=6$

$g(x)=x^2+3x+1$에서 $g(-1)=-1$이고

$g'(x)=2x+3$이므로 $g'(-1)=1$

따라서

$h'(-1)=f'(-1)g(-1)+f(-1)g'(-1)$

$=6\times(-1)+3\times1=-3$

[채점기준]

답안	배점	예상 소요 시간
$h'(-1)=f'(-1)g(-1)$ $\quad+f(-1)g'(-1)$	2점	3분 / 전체 80분
$f(-1)=3,$ $f'(-1)=6$	3점	
$g(-1)=-1,$ $g'(-1)=1$	3점	
$h'(-1)=-3$	2점	

09 [모범답안]

$$\sin(\pi+\theta)\tan\left(\frac{\pi}{2}+\theta\right)=(-\sin\theta)\times\left(-\frac{1}{\tan\theta}\right)$$

$$=\sin\theta\times\frac{\cos\theta}{\sin\theta}=\cos\theta$$이므로

$$\cos\theta=\frac{12}{13}$$

$\dfrac{3}{2}\pi<\theta<2\pi$일 때, $\sin\theta<0$이므로

$$\sin\theta=-\sqrt{1-\cos^2\theta}$$

$$=-\sqrt{1-\left(\frac{12}{13}\right)^2}=-\frac{5}{13}$$

[채점기준]

답안	배점	예상 소요 시간
$\sin(\pi+\theta)\tan\left(\dfrac{\pi}{2}+\theta\right)$ $=\cos\theta$	5점	3분 / 전체 80분
$\cos\theta=\dfrac{12}{13}$	1점	
$\sin\theta<0$	2점	
$\sin\theta=-\dfrac{5}{13}$	2점	

10 [모범답안]

조건 (가)에서 함수 $f(x^2)$은 최고차항의 계수가 2인 이차함수

이므로 $f(x)=2x+a$ (a는 상수)로 놓을 수 있다.

함수 $f(x)g(x)$가 실수 전체의 집합에서 연속이므로

$x=2$에서도 연속이다.

즉, $\lim_{x\to2}f(x)g(x)=f(2)g(2)$이어야 하므로

$\lim_{x\to2}\dfrac{(2x+a)(px+2)}{x-2}=2(4+a)$ ...... ㉠

㉠에서 $x\to2$일 때 (분모) $\to0$이고 극한값이 존재하므로 (분

자) $\to0$이어야 한다.

즉, $\lim_{x\to2}(2x+a)(px+2)=(4+a)(2p+2)=0$이므로

$a=-4$ 또는 $p=-1$

만약 $p\ne-1$이면 $a=-4$이므로 ㉠에서

$\lim_{x\to2}\dfrac{2(x-2)(px+2)}{x-2}=0$

즉, $2(2p+2)=0$에서 $p=-1$이 되어 모순이다.

그러므로 $p=-1$이다.

$p=-1$을 ㉠의 좌변에 대입하면

$\lim_{x\to2}\dfrac{(2x+a)(-x+2)}{x-2}=\lim_{x\to2}(-2x-a)=-4-a$

이므로 $-4-a=2(4+a)$에서 $3a=-12$, $a=-4$

따라서 $f(x)=2x-4$, $g(x)=\begin{cases}-1 & (x\ne2)\\2 & (x=2)\end{cases}$이므로

$f(5)+g(5)=6+(-1)=5$

[채점기준]

답안	배점	예상 소요 시간
$\lim_{x\to2}\dfrac{(2x+a)(px+2)}{x-2}=$ $2(4+a)$	3점	5분 / 전체 80분
$a=-4$ 또는 $p=-1$	2점	
$f(x)=2x-4,$ $g(x)=\begin{cases}-1 & (x\ne2)\\2 & (x=2)\end{cases}$	3점	
$f(5)+g(5)=5$	2점	

11 [모범답안]

최고차항의 계수가 3인 이차함수 $f(x)$를

$f(x)=3x^2+ax+b$ (a,b는 상수)라 하자.

$\displaystyle\int_2^3 f(x)dx=\int_3^4 f(x)dx$에서

$\displaystyle\int_2^3 (3x^2+ax+b)dx=\int_3^4 (3x^2+ax+b)dx$

$\left[x^3+\dfrac{a}{2}x^2+bx\right]_2^3=\left[x^3+\dfrac{a}{2}x^2+bx\right]_3^4$

$\left(27+\dfrac{9}{2}a+3b\right)-(8+2a+2b)$

$=(64+8a+4b)-\left(27+\dfrac{9}{2}a+3b\right)$

즉, $a=-18$이므로 $f(x)=3x^2-18x+b$

$\displaystyle\int_{-1}^3 f(x)dx=\int_2^3 f(x)dx$에서

$\displaystyle\int_{-1}^3 f(x)dx-\int_2^3 f(x)dx=0$

$\displaystyle\int_{-1}^2 f(x)dx=0$이므로

$\displaystyle\int_{-1}^2 (3x^2-18x+b)dx=\left[x^3-9x^2+bx\right]_{-1}^2$

$=(8-36+2b)-(-1-9-b)=3b-18=0$

$b=6$

따라서 $f(x)=3x^2-18x+6$이므로 $f(-1)=27$

[채점기준]

답안	배점	예상 소요 시간
$\displaystyle\int_2^3 (3x^2+ax+b)dx$ $=\int_3^4 (3x^2+ax+b)dx$	4점	5분 / 전체 80분
$a=-18$이므로 $f(x)=3x^2-18x+b$	2점	
$b=6$이므로 $f(x)=3x^2-18x+6$	2점	
$f(-1)=27$	2점	

12 [모범답안]

$\log_2 a_{n+1}-\log_2 a_n=-\dfrac{1}{2}$에서

$\log_2\dfrac{a_{n+1}}{a_n}=\log_2 2^{-\frac{1}{2}}$, $\dfrac{a_{n+1}}{a_n}=\dfrac{1}{\sqrt{2}}$이므로

수열 $\{a_n\}$은 등비수열이고,

이 등비수열의 공비를 r이라 하면

$r=\dfrac{a_{n+1}}{a_n}=\dfrac{1}{\sqrt{2}}$

$S_n=\dfrac{a_1(1-r^n)}{1-r}$이므로 $\dfrac{S_{2m}}{S_m}=\dfrac{5}{4}$에서

$\dfrac{1-r^{2m}}{1-r^m}=\dfrac{5}{4}$, $\dfrac{(1-r^m)(1+r^m)}{1-r^m}=\dfrac{5}{4}$

$1+r^m=\dfrac{5}{4}$, $r^m=\dfrac{1}{4}$

즉, $\left(\dfrac{1}{\sqrt{2}}\right)^m=\dfrac{1}{2^2}$이므로 $(\sqrt{2})^m=2^2$, $2^{\frac{m}{2}}=2^2$

$\dfrac{m}{2}=2$, $m=4$

따라서

$m\times\dfrac{a_{2m}}{a_m}=m\times\dfrac{a_1 r^{2m-1}}{a_1 r^{m-1}}=m\times r^m$

$=4\times\left(\dfrac{1}{\sqrt{2}}\right)^4=4\times\dfrac{1}{4}=1$

[채점기준]

답안	배점	예상 소요 시간
$r=\dfrac{a_{n+1}}{a_n}=\dfrac{1}{\sqrt{2}}$	2점	
$\dfrac{S_{2m}}{S_m}=\dfrac{5}{4}$에서 $\dfrac{1-r^{2m}}{1-r^m}=\dfrac{5}{4}$	3점	
$\dfrac{(1-r^m)(1+r^m)}{1-r^m}=\dfrac{5}{4}$ $1+r^m=\dfrac{5}{4}$ $m=4$	2점	4분 / 전체 80분
$m\times\dfrac{a_{2m}}{a_m}=m\times\dfrac{a_1 r^{2m-1}}{a_1 r^{m-1}}$ $=m\times r^m=1$	3점	

13 [모범답안]

$f(x)=-\dfrac{1}{3}x^3+x^2+ax+2$에서

$f'(x)=-x^2+2x+a$

함수 $f(x)$가 $x=3$에서 극대이므로

$f'(3)=0$에서 $-9+6+a=0$, $a=3$

즉, $f(x)=-\dfrac{1}{3}x^3+x^2+3x+2$이고

$f'(x)=-x^2+2x+3=-(x+1)(x-3)$

$f'(x)=0$에서 $x=-1$ 또는 $x=3$

함수 $f(x)$의 증가와 감소를 표로 나타내면 다음과 같다.

x	$\cdots$	-1	$\cdots$	3	$\cdots$
$f'(x)$	$-$	0	$+$	0	$-$
$f(x)$	$\searrow$	극소	$\nearrow$	극대	$\searrow$

따라서 함수 $f(x)$는 $x=-1$에서 극소이므로

극솟값은 $f(-1)=\dfrac{1}{3}+1-3+2=\dfrac{1}{3}$

[채점기준]

답안	배점	예상 소요 시간
함수 $f(x)$가 $x=3$에서 극대이므로 $f'(3)=0$에서 $a=3$	3점	
$f(x)=-\dfrac{1}{3}x^3+x^2+3x+2$	2점	
$f'(x)=0$에서 $x=-1$ 또는 $x=3$	2점	4분 / 전체 80분
함수 $f(x)$는 $x=-1$에서 극소이므로 극솟값은 $f(-1)=\dfrac{1}{3}$	3점	

14 [모범답안]

원점을 지나고 x축의 양의 방향과 이루는 각의 크기가

$30°$인 직선 l의 기울기는 $\tan 30°=\dfrac{\sqrt{3}}{3}$이므로

직선 l의 방정식은 $y=\dfrac{\sqrt{3}}{3}x$

제1사분면 위의 점 P_n의 좌표를 (p, q) $(p>0, q>0)$이라

하면 원 C_n의 반지름의 길이가 $\overline{OP_n}=n$이므로

$p=n\times\cos 30°=\dfrac{\sqrt{3}}{2}n$, $q=n\times\sin 30°=\dfrac{1}{2}n$이다.

그러므로 점 P_n의 좌표는 $\left(\dfrac{\sqrt{3}}{2}n, \dfrac{1}{2}n\right)$이다.

점 H_n의 좌표가 $(n, 0)$이므로 점 Q_n의 좌표는 $\left(n, \dfrac{\sqrt{3}}{3}n\right)$

이고, 점 P_n과 직선 Q_nH_n 사이의 거리를 h라 하면

$h=n-\dfrac{\sqrt{3}}{2}n=\left(1-\dfrac{\sqrt{3}}{2}\right)n$

삼각형 $P_nH_nQ_n$의 넓이는

$S_n=\dfrac{1}{2}\times\overline{Q_nH_n}\times h=\dfrac{1}{2}\times\dfrac{\sqrt{3}}{3}n\times\left(1-\dfrac{\sqrt{3}}{2}\right)n$

$=\dfrac{(2-\sqrt{3})\sqrt{3}}{12}n^2=\dfrac{2\sqrt{3}-3}{12}n^2$이므로

$\displaystyle\sum_{k=1}^{8}S_k=\sum_{k=1}^{8}\dfrac{2\sqrt{3}-3}{12}k^2=\dfrac{2\sqrt{3}-3}{12}\times\dfrac{8\times9\times17}{6}$

$=-51+34\sqrt{3}$

따라서 $a=-51$, $b=34$이므로

$a+b=-17$

[채점기준]

답안	배점	예상 소요 시간
직선 l의 방정식은 $y=\dfrac{\sqrt{3}}{3}x$	3점	
점 P_n의 좌표는 $\left(\dfrac{\sqrt{3}}{2}n,\dfrac{1}{2}n\right)$ 점 Q_n의 좌표는 $\left(n,\dfrac{\sqrt{3}}{3}n\right)$	3점	5분 / 전체 80분
$\displaystyle\sum_{k=1}^{8}S_k=\sum_{k=1}^{8}\dfrac{2\sqrt{3}-3}{12}k^2$ $=-51+34\sqrt{3}$	3점	
$a+b=-17$	1점	

15 [모범답안]

$\displaystyle\int_{0}^{a}v(t)dt=A,\int_{a}^{b}v(t)dt=B,\int_{b}^{c}v(t)dt=C$로 놓으면 $A>0, B<0, C>0$

조건 (가)에서

$\displaystyle\int_{0}^{b}|v(t)|dt=\int_{0}^{a}v(t)dt-\int_{a}^{b}v(t)dt=15$이므로

$A-B=15$ ...... ㉠

점 P가 출발할 때의 방향과 반대 방향으로 움직일 때의 시각 t의 범위는 $a<t<b$이다.

즉, 조건 (나)에서

$\displaystyle\int_{a}^{b}|v(t)|dt=-\int_{a}^{b}v(t)dt=5$이므로 $B=-5$이고,

$B=-5$를 ㉠에 대입하면 $A=10$

조건 (다)에서

$\displaystyle\int_{0}^{c}v(t)dt=A+B+C=12$이므로

$C=12-(A+B)=12-(10-5)=7$

따라서 점 P가 시각 $t=a$에서 $t=c$까지 움직인 거리는

$\displaystyle\int_{a}^{c}|v(t)|dt=-\int_{a}^{b}v(t)dt+\int_{b}^{c}v(t)dt$

$=-B+C=-(-5)+7=12$

[채점기준]

답안	배점	예상 소요 시간
$\displaystyle\int_{0}^{a}v(t)dt=A,$ $\displaystyle\int_{a}^{b}v(t)dt=B,$ $\displaystyle\int_{b}^{c}v(t)dt=C$ 로 놓으면 $A>0, B<0, C>0$	2점	
조건 (가)에서 $A-B=15$	2점	5분 / 전체 80분
조건 (나)에서 $B=-5,\ A=10$	2점	
조건 (다)에서 $C=12-(A+B)=7$	2점	
점 P가 시각 $t=a$에서 $t=c$까지 움직인 거리는 $-B+C=12$	2점	

PART 1
기출문제

PART 2
실전모의고사

PART 3
정답 및 해설

제2회 실전모의고사

국어

01 [모범답안]

주연

[바른해설]

위의 제시문에서 아리스토텔레스가 삼단논법의 타당성을 판단하기 위해 제시한 개념은 '주연'이다. 명제 안에서 명사가 전체 대상을 지칭하는 데 사용되면 '주연된다'고 하며, 주어는 전칭 명제에서 주연되고 특칭 명제에서는 주연되지 않는다. 그리고 술어는 부정 명제에서 주연되고 긍정 명제에서는 주연되지 않는다.

[채점기준]

답안	배점	예상 소요 시간
주연	10점	3분 / 전체 80분

02 [모범답안]

ⓐ × / ×

ⓑ ○ / ○

ⓒ × / ○

[바른해설]

제시문의 [A]에 따르면 주어는 전체 대상을 지칭하는 전칭 명제에서 주연되고, 술어는 부정 명제에서 주연된다고 하였다.

ⓐ '어떤 철학자는 논리학자이다.'는 특칭 긍정 명제이므로 주어에 사용된 명사도 주연되지 않았고, 술어에 사용된 명사도 주연되지 않았다.

ⓑ '어떤 수학자도 과학자가 아니다.'는 전칭 부정 명제이므로 주어에 사용된 명사와 술어에 사용된 명사 모두 주연되었다.

ⓒ '어떤 심리학자는 요리사가 아니다.'는 특칭 부정 명제이므로 주어에 사용된 명사는 주연되지 않았지만, 술어에 사용된 명사는 주연되었다.

[채점기준]

답안	배점	예상 소요 시간
ⓐ × / ×	3점	
ⓑ ○ / ○	4점	5분 / 전체 80분
ⓒ × / ○	3점	

03 [모범답안]

ⓐ 초기 발사 속도

ⓑ 발사 각도

ⓒ 공기의 저항

ⓓ 바람의 영향

[바른해설]

제시문에서 화살의 포물선 운동에 영향을 미치는 요인으로 양궁 선수가 활시위를 당기는 힘에 따라 달라지는 초기 발사 속도와 화살의 포물선 운동이 달라지는 발사 각도가 있다. 이 외에 양궁이 실외에서 하는 경기이므로 공기의 저항과 바람의 영향을 크게 받는다고 설명하고 있다.

[채점기준]

답안	배점	예상 소요 시간
ⓐ 초기 발사 속도	2점	
ⓑ 발사 각도	2점	
ⓒ 공기의 저항	3점	5분 / 전체 80분
ⓓ 바람의 영향	3점	

[04~05]

(가) 오장환, 『소야(小夜)의 노래』

갈래	자유시, 서정시	특징	• 역설법과 감정이입을 사용함
성격	감각적		• 시각과 청각에 의한 감각적 표현이 두드러짐
제재	잃어버린 모성		
주제	억압적 현실에서 느끼는 비애와 어머니에 대한 그리움		• 풍경 묘사와 하강 이미지를 통해 정서를 환기함

(나) 오세영, 『자화상 2』

갈래	자유시, 서정시	특징	• 까마귀를 의인화하여 화자가 지향하는 삶을 보여줌
성격	비유적, 감각적, 의지적		• 색채에 일반적인 통념과 다른 의미를 부여함
제재	까마귀		
주제	삶에 대한 성찰을 통해 고고하고 의연한 삶을 다짐함		• 공간의 대비를 통해 화자가 지향하는 가치를 보여줌

04 [모범답안]

쓸쓸한 자유

차디찬 묘 속에 살고 있느냐.

[바른해설]

'쓸쓸한 자유'는 어디든 갈 수 있는 자유이지만, 어디든 갈 수 없는 일제 강점기의 억압적인 현실을 역설적으로 표현한 것이다. 또한 '차디찬 묘 속에 살고 있느냐'는 죽어서나 들어가는 무덤 속에서 살고 있는 것이므로, 화자가 자신의 안식처이자 그리움의 대상인 '어메'와 함께 할 수 없는 안타까운 현실을 역설적으로 표현한 것이다.

[채점기준]

답안	배점	예상 소요 시간
쓸쓸한 자유	5점	5분 / 전체 80분
차디찬 묘 속에 살고 있느냐	5점	

05 [모범답안]

ⓐ 세속적인(탐욕적인) 존재

ⓑ 의연한(고고한) 존재

[바른해설]

이 작품은 '까치'와 '까마귀'의 대비를 통해 작가가 추구하는 삶의 모습을 드러내고 있다. '까치'는 인가의 안마당을 넘보는 '세속적인(탐욕적인)' 존재로 묘사되고 있다. 이에 반해 '까마귀'는 눈발을 뒤지다 굶어죽을지언정 인가의 안마당을 넘보지 않는, 그리고 빈 가지 끝에 홀로 앉아 먼 지평선을 응시하는 '의연한(고고한)' 존재로 묘사되고 있다.

[채점기준]

답안	배점	예상 소요 시간
세속적인(탐욕적인) 존재	5점	5분 / 전체 80분
의연한(고고한) 존재	5점	

수학

06 [모범답안]

$p^{-1} \times q^{-1} = \frac{1}{3}$에서 $\frac{1}{p} \times \frac{1}{q} = \frac{1}{3}$이므로

$\therefore p \times q = 3$

또한 $p^{-1} + q^{-1} = 1$에서 $\frac{1}{p} + \frac{1}{q} = \frac{p+q}{pq} = 1$이므로

$\therefore p + q = pq = 3$

따라서

$p^2 + q^2 = (p+q)^2 - 2pq = 3^2 - 2 \times 3 = 9 - 6 = 3$

[채점기준]

답안	배점	예상 소요 시간
$p \times q = 3$	3점	3분 / 전체 80분
$p + q = 3$	3점	
$p^2 + q^2 = (p+q)^2 - 2pq$ $= 3$	4점	

07 [모범답안]

① 0

② $3 < x < 5$

③ $\left(\frac{1}{3}, 4\right)$

$\left(a - 3\right)\left(a - \frac{1}{3}\right) = 0$에서

$a = 3$ 또는 $a = \frac{1}{3}$

(i) $a = 3$일 때,

$a^3 < a^{x-2}$에서

$3 < x - 2, 5 < x$ ...... ㉠

$a^{x-2} < a^{-x+4}$에서

$x - 2 < -x + 4, 2x < 6, x < 3$ ...... ㉡

㉠과 ㉡을 동시에 만족시키는 실수 x는 없으므로 이 부등식의 해는 없다.

(ii) $a = \frac{1}{3}$일 때,

$a^3 < a^{x-2}$에서

$3 > x - 2, x < 5$ ...... ㉢

$a^{x-2} < a^{-x+4}$에서

$x - 2 > -x + 4, 2x > 6, 3 < x$ ...... ㉣

㉢과 ㉣에서 $3 < x < 5$

(i), (ii)로부터 조건을 만족시키는 순서쌍 (a, x)는 $\left(\frac{1}{3}, 4\right)$이고 그

개수는 1이다.

[채점기준]

답안	배점	예상 소요 시간
부등식 $5 < x$, $x < 3$를 동시에 만족시키는 실수 x는 없다. 그러므로 ① $= 0$	4점	
부등식 $x < 5$, $3 < x$의 공통 영역은 $3 < x < 5$이다. 그러므로 ② $= 3 < x < 5$	4점	3분 / 전체 80분
부등식 $3 < x < 5$를 만족시키는 정수 $x = 4$이므로, 이때의 $a = \dfrac{1}{3}$이다. 그러므로 ③ $= \left(\dfrac{1}{3}, 4\right)$	2점	

08 [모범답안]

함수 $\{f(x) - 1\}^2$가 실수 전체에서 연속이 되기 위해서는 $x = a$에서 연속이어야 한다.

따라서 $\displaystyle\lim_{x \to a-} \{f(x) - 1\}^2$

$= \displaystyle\lim_{x \to a+} \{f(x) - 1\}^2 = \{f(a) - 1\}^2$의 조건

을 만족시켜야 하므로,

$\displaystyle\lim_{x \to a-} \{f(x) - 1\}^2 = \lim_{x \to a-} (x - 1 - 1)^2 = (a - 2)^2$

$\displaystyle\lim_{x \to a+} \{f(x) - 1\}^2 = \lim_{x \to a+} (2x + 3 - 1)^2 = (2a + 2)^2$

$(a - 2)^2 = (2a + 2)^2 = \{f(a) - 1\}^2$

$\therefore (a - 2)^2 = (2a + 2)^2,\ 3a^2 + 12a = 0$

$3a(a + 4) = 0$

$a = 0$ 또는 $a = -4$

$M = 0 + (-4) = -4$

$\therefore -M = 4$

[채점기준]

답안	배점	예상 소요 시간
[함수 $\{f(x) - 1\}^2$가 실수 전체에서 연속이 되기 위한 조건] 함수 $\{f(x) - 1\}^2$가 실수 전체에서 연속이 되기 위해서는 $x = a$에서 연속이어야 한다. 따라서 $\displaystyle\lim_{x \to a-} \{f(x) - 1\}^2$ $= \displaystyle\lim_{x \to a+} \{f(x) - 1\}^2$ $= \{f(a) - 1\}^2$ 의 조건을 만족시켜야 한다.	3점	5분 / 전체 80분

답안	배점	예상 소요 시간
$\displaystyle\lim_{x \to a-} \{f(x) - 1\}^2$ $= \displaystyle\lim_{x \to a-} (x - 1 - 1)^2$ $= (a - 2)^2$ $\displaystyle\lim_{x \to a+} \{f(x) - 1\}^2$ $= \displaystyle\lim_{x \to a+} (2x + 3 - 1)^2$ $= (2a + 2)^2$ $(a - 2)^2 = (2a + 2)^2$ $= \{f(a) - 1\}^2$ $\therefore (a - 2)^2 = (2a + 2)^2,$ $3a^2 + 12a = 0$	2점	5분 / 전체 80분
[a값 구하기] 위 식에서 $3a^2 + 12a = 3a(a + 4) = 0$ 이므로 $a = 0$ 또는 $a = -4$	3점	
[$-M$값 구하기] $M = 0 + (-4) = -4$ $\therefore -M = 4$	2점	

09 [모범답안]

다항식 $x^4 + x^3 + x^2 + 1$을 $(x + 1)^2$으로 나누었을 때의 몫이 $Q(x)$, 나머지가 $h(x) = mx + n$이므로

$x^4 + x^3 + x^2 + 1 = (x + 1)^2 Q(x) + mx + n$

양변에 $x = -1$를 대입하면

$(-1)^4 + (-1)^3 + (-1)^2 + 1 = -m + n$

$\therefore n - m = 2$ $\qquad\cdots\cdots$ ㉠

또한 $x^4 + x^3 + x^2 + 1 = (x + 1)^2 Q(x) + mx + n$의 양변을 x에 대하여 미분하면

$4x^3 + 3x^2 + 2x = 2(x + 1)Q(x) + (x + 1)^2 Q'(x) + m$

양변에 $x = -1$를 대입하면

$4(-1)^3 + 3(-1)^2 + 2(-1) = m$

$\therefore m = -3$ $\qquad\cdots\cdots$ ㉡

㉠과 ㉡을 연립하면 $m = -3$, $n = -1$

따라서 $h(x) = -3x - 1$이므로

$\therefore h(-3) = -3 \times (-3) - 1 = 8$

[채점기준]

답안	배점	예상 소요 시간
[조건에 맞는 식 세우기] 다항식 $x^4+x^3+x^2+1$을 $(x+1)^2$으로 나누었을 때 의 몫이 $Q(x)$, 나머지가 $h(x)=mx+n$이므로 $\therefore x^4+x^3+x^2+1$ $=(x+1)^2Q(x)+mx+n$	3점	
[(1) n, m에 관한 식 구하기] 위에서 구한 식의 양변에 $x=-1$를 대입하면 $(-1)^4+(-1)^3+$ $(-1)^2+1=-m+n$ $\therefore n-m=2$	2점	
[(2) n, m에 관한 식 구하기] $x^4+x^3+x^2+1$ $=(x+1)^2Q(x)+mx+n$ 의 양변을 x에 대하여 미분하면 $4x^3+3x^2+2x$ $=2(x+1)Q(x)$ $\qquad+(x+1)^2Q'(x)+m$ 양변에 $x=-1$를 대입하면 $4(-1)^3+3(-1)^2$ $\qquad\qquad+2(-1)=m$ $\therefore m=-3$	3점	3분 / 전체 80분
[함수 $h(x)$의 식을 찾고, $h(-3)$ 구하기] 위에서 구한 n, m에 관한 식 을 연립하면 $m=-3$, $n=-1$ 따라서 $h(x)=-3x-1$이 므로 $\therefore h(-3)$ $\quad=-3\times(-3)-1=8$	2점	

10 [모범답안]

삼각형 ABC는 $\overline{BC}$가 빗변인 직각이등변삼각형이므로
$\angle BAC=90°$이다.

이때, 점 B의 y좌표는 점 C의 y좌표와 같으므로
$\therefore \overline{BD}=\overline{CD}$

따라서 두 함수 $y=3^x$, $y=a^x$의 그래프는 y축에 대하여 대칭
이어야 하므로 $a=\dfrac{1}{3}$

한편, 빗변 $\overline{BC}=6$이므로 $\overline{BD}=\overline{CD}=3$

점 B의 좌표는 $B(3, 3^3)$, 즉 $B(3, 27)$이므로 $b=27$

$\therefore a\times b=\dfrac{1}{3}\times 27=9$

[채점기준]

답안	배점	예상 소요 시간
[$\overline{BD}=\overline{CD}$ 증명하기] 삼각형 ABC는 $\overline{BC}$가 빗변 인 직각이등변삼각형이므로 $\angle BAC=90°$이다. 이때, 점 B의 y좌표는 점 C의 y좌표와 같으므로 $\therefore \overline{BD}=\overline{CD}$	3점	
[a값 구하기] $\overline{BD}=\overline{CD}$이므로 두 함수 $y=3^x$, $y=a^x$의 그래프는 y축 에 대하여 대칭이어야 한다. $\therefore a=\dfrac{1}{3}$	3점	5분 / 전체 80분
빗변 $\overline{BC}=6$이므로 $\overline{BD}=\overline{CD}=3$	2점	
B의 좌표는 $B(3, 27)$이므로 $b=27$ $\therefore a\times b=9$	2점	

11 [모범답안]

$f(x)$가 모든 실수 x에 대하여 $f(x)=f(-x)$를 만족하므
로 $a=0$, $c=0$

따라서 $f(x)=x^4+bx^2+d$ (단, b, d는 실수)

이를 x에 대하여 미분하면
$f'(x)=4x^3+2bx$

이때 x의 값에 $-x$를 대입하면,
$f'(-x)=4(-x)^3+2b(-x)=-4x^3-2bx$이므로
$-f'(x)=f'(-x)$를 만족한다.

PART 1 기출문제　PART 2 실전모의고사　PART 3 정답 및 해설

따라서

$$\int_{-1}^{1}\{f(x)+f'(x)\}dx=\int_{-1}^{1}f(x)dx+\int_{-1}^{1}f'(x)dx$$
$$=\int_{-1}^{1}f(x)dx$$

$$\int_{-1}^{1}f(x)dx=\int_{-1}^{1}(x^4+bx^2+d)$$
$$=\left[\frac{1}{5}x^5+\frac{1}{3}bx^3+dx\right]_{-1}^{1}$$
$$=\frac{2}{5}+\frac{2}{3}b+2d=\frac{16}{15}$$

$$\therefore b+3d=1 \qquad \cdots\cdots \text{㉠}$$

한편, $f(1)=1+b+d=0$이므로

$$\therefore b+d=-1 \qquad \cdots\cdots \text{㉡}$$

㉠과 ㉡을 연립하면 $b=-2,\ d=1$

따라서 $f(x)=x^4-2x^2+1$

$$\therefore f(2)=2^4-2\times2^2+1=16-8+1=9$$

[채점기준]

답안	배점	예상 소요 시간
[$f(x)=f(-x)$ 조건을 이용하여 함수 $f(x)$식 간단히 하기] $f(x)$가 모든 실수 x에 대하여 $f(x)=f(-x)$를 만족하므로 $a=0,\ c=0$ 따라서 $f(x)=x^4+bx^2+d$ (단, $b,\ d$는 실수)	3점	5분 / 전체 80분
[$f'(x)$의 조건 찾기] 위에서 간단히 한 함수 $f(x)$를 x에 대하여 미분하면 $f'(x)=4x^3+2bx$ 이때 x의 값에 $-x$를 대입하면, $f'(-x)$ $=4(-x)^3+2b(-x)$ $=-4x^3-2bx$이므로 $-f'(x)=f'(-x)$를 만족한다.	3점	

답안	배점	예상 소요 시간
[$b,\ d$의 값 구하기] $\int_{-1}^{1}\{f(x)+f'(x)\}dx$ $=\int_{-1}^{1}f(x)dx$ $\quad+\int_{-1}^{1}f'(x)dx$ $=\int_{-1}^{1}f(x)dx$ $\int_{-1}^{1}f(x)dx$ $=\int_{-1}^{1}(x^4+bx^2+d)$ $=\left[\frac{1}{5}x^5+\frac{1}{3}bx^3+dx\right]_{-1}^{1}$ $=\frac{2}{5}+\frac{2}{3}b+2d=\frac{16}{15}$ $\therefore b+3d=1$ 한편, $f(1)=1+b+d=0$ 이므로 $\therefore b+d=-1$	2점	5분 / 전체 80분
[함수 $f(x)$와 $f(2)$의 값 구하기] $b,\ d$에 관한 위의 두 식을 연립하면 $b=-2,\ d=1$ 따라서 $f(x)=x^4-2x^2+1$ $\therefore f(2)=2^4-2\times2^2+1$ $=16-8+1=9$	2점	

12 [모범답안]

부채꼴의 반지름의 길이가 r이고, 호의 길이가 l일 때, 부채꼴의 넓이가 8이므로

$$S=\frac{1}{2}\times r\times l=8,\ r\times l=16 \qquad \cdots\cdots \text{㉠}$$

한편, 부채꼴의 둘레의 길이는 $2r+l$이므로

㉠에서 $l=\dfrac{16}{r}$

따라서 $2r+l=2r+\dfrac{16}{r}$

이때, 산술·기하 평균을 이용하면

$$2r+\frac{16}{r}\geq2\sqrt{2r\times\frac{16}{r}}=2\sqrt{32}=8\sqrt{2}$$

(단, 등호는 $2r=\dfrac{16}{r},\ r=2\sqrt{2}$일 때 성립)

따라서 $r=2\sqrt{2}$일 때, 부채꼴의 둘레의 길이는 최소가 되므로

$$2(2\sqrt{2})+\frac{16}{2\sqrt{2}}=4\sqrt{2}+4\sqrt{2}=8\sqrt{2}$$

[채점기준]

답안	배점	예상 소요 시간
[반지름의 길이와 호의 길이 사이의 관계식 구하기] 부채꼴의 넓이가 8이므로 $S=\dfrac{1}{2} \times r \times l$ $=8, \ r \times l=16$	3점	
[산술·기하 평균을 이용하여 반지름 구하기] $l=\dfrac{16}{r}$이므로 부채꼴의 둘레의 길이 는 $2r+l=2r+\dfrac{16}{r}$ 이때 산술·기하 평균을 이용하면, $2r+\dfrac{16}{r} \geq 2\sqrt{2r \times \dfrac{16}{r}}$ $=2\sqrt{32}=8\sqrt{2}$ $\therefore r=2\sqrt{2}$일 때 최솟값을 가진다.	4점	3분 / 전체 80분
[부채꼴의 둘레의 최솟값 구하기] 반지름 $r=2\sqrt{2}$이므로, 부채꼴의 둘레의 길이는 $8\sqrt{2}$	3점	

13 [모범답안]

주어진 등비수열의 일반항 a_n은 $a_n=a \times r^{n-1}$

조건 (가) $a_2 \times a_3=3a_4$에서

$(ar) \times (ar^2)=3 \times (ar^3)$, $a^2r^3=3ar^3$

$\therefore a=3$

조건 (나) $\dfrac{a_7+a_{12}}{a_2+a_7}=32$에서

$\dfrac{a_7+a_{12}}{a_2+a_7}=\dfrac{ar^6+ar^{11}}{ar+ar^6}=\dfrac{ar^6(1+r^5)}{ar(1+r^5)}=r^5=32$

$\therefore r=2$

따라서 $a_n=3 \times 2^{n-1}$이므로

$a_4=3 \times 2^{4-1}=3 \times 2^3=24$

[채점기준]

답안	배점	예상 소요 시간
[첫째항 a 구하기] 조건 (가) $a_2 \times a_3=3a_4$에서 $(ar) \times (ar^2)=3 \times (ar^3)$, $a^2r^3=3ar^3$ $\therefore a=3$	3점	
[공비 r 구하기] 조건 (나) $\dfrac{a_7+a_{12}}{a_2+a_7}=32$에서 $\dfrac{a_7+a_{12}}{a_2+a_7}=\dfrac{ar^6+ar^{11}}{ar+ar^6}$ $=\dfrac{ar^6(1+r^5)}{ar(1+r^5)}=r^5=32$ $\therefore r=2$	3점	3분 / 전체 80분
$a_n=3 \times 2^{n-1}$	2점	
$a_4=24$	2점	

14 [모범답안]

(i) $0 \leq x \leq \dfrac{\pi}{2}$일 때, $|\sin x|=\sin x$이므로

$|\sin x|+\sin x=2\sin x=1$

$\therefore \sin x=\dfrac{1}{2}$이므로 $x=\dfrac{\pi}{6}$

(ii) $-\dfrac{\pi}{2} \leq x<0$일 때, $|\sin x|=-\sin x$이므로

$|\sin x|+\sin x=2$의 해는 존재하지 않는다.

따라서 주어진 방정식의 해는 $x=\dfrac{\pi}{6}$

[채점기준]

답안	배점	예상 소요 시간
[x값의 범위에 따라 달라지는 $|\sin x|$의 값 찾기] x값의 범위가 $0 \leq x \leq \dfrac{\pi}{2}$일 때, $|\sin x|=\sin x$ x값의 범위가 $-\dfrac{\pi}{2} \leq x<0$일 때, $|\sin x|=-\sin x$	4점	
[$|\sin x|=\sin x$일 때의 x값 구하기] $|\sin x|+\sin x=2\sin x=1$이므로 $\therefore \sin x=\dfrac{1}{2}, \ x=\dfrac{\pi}{6}$	3점	3분 / 전체 80분

답안	배점	예상 소요 시간
[$\|\sin x\|=-\sin x$일 때의 x 값 구하기] $\|\sin x\|+\sin x$ $=-\sin x+\sin x=2$이므로 이를 만족시키는 해는 존재하지 않는다.	3점	3분 / 전체 80분

15 [모범답안]

함수 $f(x)$가 $x=-1$에서 연속이므로

$$\lim_{x \to -1-} f(x)=\lim_{x \to -1+} f(x)=f(-1)$$

따라서

$$\lim_{x \to -1-} g(x)=\lim_{x \to -1-} \{4-f(x)\}=4-f(-1)$$

$$\lim_{x \to -1+} g(x)=\lim_{x \to -1+} \{(3x^2-4)f(x)\}=-f(-1)$$

$$\lim_{x \to -1-} g(x)+\lim_{x \to -1+} g(x)$$

$$=(4-f(-1))+(-f(-1))$$

$$=4-2f(-1)=-4$$

$$\therefore f(-1)=4$$

[채점기준]

답안	배점	예상 소요 시간
[함수 $f(x)$가 -1에서 연속인 정보 이용하기] $\lim_{x \to -1-} f(x)$ $=\lim_{x \to -1+} f(x)=f(-1)$	2점	
[좌극한값 구하기] $\lim_{x \to -1-} g(x)$ $=\lim_{x \to -1-} \{4-f(x)\}$ $=4-f(-1)$	3점	2분 / 전체 80분
[우극한값 구하기] $\lim_{x \to -1+} g(x)$ $=\lim_{x \to -1+} \{(3x^2-4)f(x)\}$ $=-f(-1)$	3점	
$f(-1)=4$	2점	

제3회 실전모의고사

국어

01 [모범답안]

ⓐ 81개 / ⓑ 100개

[바른해설]

ⓐ 종서척은 기장의 길이가 긴 세로 방향으로 늘어놓은 기장알 1개의 길이를 1분으로, 9개를 늘어놓은 9분을 1촌으로, 9촌을 1척으로 정한 것이다. 따라서 종서척에서 1척은 기장의 길이가 긴 세로 방향으로 기장알 81개를 늘어놓은 것이다.

ⓑ 횡서척은 기장의 길이가 짧은 가로 방향으로 늘어놓은 기장알 1개의 길이를 1분으로, 10개를 늘어놓은 10분을 1촌, 10촌을 1척으로 정한 것이다. 따라서 횡서척에서 1척은 기장의 길이가 짧은 가로 방향으로 기장알 100개를 늘어놓은 길이이다.

[채점기준]

답안	배점	예상 소요 시간
ⓐ 81개	5점	5분 / 전체 80분
ⓑ 100개	5점	

02 [모범답안]

ⓐ 태주 율관, 고선 율관
ⓑ 임종 율관, 남려 율관

[바른해설]

제시문의 [A]에서 황종 율관을 기준으로 삼분손익법을 사용해 11개의 율관을 순서대로 구하면 임종 율관, 태주 율관, 남려 율관, 고선 율관, 응종 율관, 유빈 율관, 대려 율관, 이칙 율관, 협종 율관, 무역 율관, 중려 율관이 된다고 하였다. 그리고 삼분손익법은 삼분손일법과 삼분익일법을 번갈아 사용해 율관의 길이를 산정하는 방법이라고 했으므로 임종 율관은 삼분손일법, 태주 율관은 삼분익일법, 남려 율관은 삼분손일법, 고선 율관은 삼분익일법으로 율관의 길이가 산정된다.

[채점기준]

답안	배점	예상 소요 시간
ⓐ 태주 율관, 고선 율관	5점	5분 / 전체 80분
ⓑ 임종 율관, 남려 율관	5점	

03 [모범답안]

ⓐ 변이 / ⓑ 공존

[바른해설]

다윈의 진화론은 하나의 종인 핀치가 다양하게 '변이'함으로써 공존이 가능하게 되었음을 설명하였고, 마굴리스의 공생 진화론은 균류와 조류의 공생 생물인 지의류의 예처럼 여러 생물이 서로 필요한 자원을 주고받으면서 '공존'하는 방식을 설명하고 있다.

[채점기준]

답안	배점	예상 소요 시간
ⓐ 변이	5점	3분 / 전체 80분
ⓑ 공존	5점	

[04~05]

갈래	자유시, 서정시, 산문시	특징	• 산문적 진술로 명절의 모습을 회고적으로 그림
성격	서사적, 회고적, 향토적		• 시간의 흐름에 따라 시상을 전개함
제재	명절에 만나는 친척들, 명절 음식, 놀이		• 공동체적 삶의 일원이었던 시적 화자가 경험한 장면들을 구체적으로 열거함
주제	명절날의 화기애애한 친족 공동체의 모습		

04 [모범답안]

저녁술을, 논다

[바른해설]

위 작품은 시간의 흐름과 장소의 이동에 따라 시상이 전개되고 있다. 시간의 흐름상 '밤'에 해당되는 문장은 아이들이 저녁 숟가락을 놓고 배나무 동산에서 여러 놀이를 하며 밤이 어둡도록 노는 장면을 묘사한 단락이다. 그러므로 첫 어절은 '저녁술을'이고, 마지막 어절은 '논다'이다.

[채점기준]

답안	배점	예상 소요 시간
저녁술을	5점	5분 / 전체 80분
논다	5점	

05 [모범답안]
공동체적 유대감

[바른해설]
〈보기〉의 인터뷰에 드러난 것처럼 일제 강점기에 우리 민족은 일제의 수탈을 피하기 위해 또는 강제로 징용되면서 고향을 떠나 각기 흩어져 살게 되었고, 시인은 이로 인한 전통적인 가족 공동체가 파괴되어 감을 안타까워하고 있다. 각기 떨어져 살던 친척들이 모처럼 함께 모일 수 있는 날인 명절은 이들에게 공동체적 유대감과 삶의 안녕을 경험할 수 있는 매우 중요한 시간이었고, 시인은 시를 통해 이러한 '공동체적 유대감'을 회복하고 싶은 소망을 표현하였다고 인터뷰에서 밝히고 있다.

[채점기준]

답안	배점	예상 소요 시간
공동체적 유대감	10점	3분 / 전체 80분

수학

06 [모범답안]
함수 $f(x)=a\sin(x+\pi)+b$의 최댓값과 최솟값의 범위는
$-a+b\leq f(x)\leq a+b$
이때, 최솟값이 -4이므로
$\therefore -a+b=-4$ ...... ㉠
한편,
$f(0)=a\sin(0+\pi)+b$
$\quad\quad=a\sin\pi+b=0+b=b=2$이므로
$\therefore b=2$ ...... ㉡
㉠과 ㉡의 두 식을 연립하면 $a=6$, $b=2$
따라서 $f(x)$의 최댓값은 $a+b=6+2=8$

[채점기준]

답안	배점	예상 소요 시간
[함수 $f(x)$의 범위 찾기] 함수 $f(x)=a\sin(x+\pi)+b$의 최댓값과 최솟값의 범위는 $-a+b\leq f(x)\leq a+b$	3점	3분 / 전체 80분
함수 $f(x)$의 최솟값이 -4 이므로 위의 부등식에서 $\therefore -a+b=-4$	2점	

답안	배점	예상 소요 시간
$f(0)=2$이므로 $f(0)=a\sin(0+\pi)+b$ $\quad=a\sin\pi+b$ $\quad=0+b=b=2$ $\therefore b=2$	2점	3분 / 전체 80분
$a=6$, $b=2$이므로 $f(x)$의 최댓값은 $a+b=8$	3점	

07 [모범답안]
$\overline{AB}=a$이므로 마름모 $ABCD$의 넓이는
$2\times\dfrac{1}{2}\times a\times a\times\sin\angle ABC$
$=a^2\times\sin 60°=\dfrac{\sqrt{3}}{2}a^2=18\sqrt{3}$
$\therefore a^2=36$, $a>0$이므로 $a=6$
이때, 삼각형 ABD에서 코사인법칙에 의해
$\overline{BD}^2=\overline{AB}^2+\overline{AD}^2-2\overline{AB}\times\overline{AD}\times\cos\angle BAD$
$\quad\quad=6^2+6^2-2\times 6\times 6\times\cos 120°$
$\quad\quad=6^2+6^2-2\times 6\times 6\times\left(-\dfrac{1}{2}\right)$
$\quad\quad=36+36+36=108$
$\therefore \overline{BD}^2=108$

[채점기준]

답안	배점	예상 소요 시간
[a값 구하기] $\overline{AB}=a$이므로 마름모 $ABCD$의 넓이는 $2\times\dfrac{1}{2}\times a\times a\times\sin\angle ABC$ $=18\sqrt{3}$ $\therefore a^2=36$, $a>0$이므로 $a=6$	3점	3분 / 전체 80분
[코사인 법칙을 이용하여 $\overline{BD}^2$ 을 구하는 식 찾기] 삼각형 ABD에서 코사인법칙에 의해 $\overline{BD}^2=\overline{AB}^2+\overline{AD}^2-$ $2\overline{AB}\times\overline{AD}\times\cos\angle BAD$	4점	
$\therefore \overline{BD}^2=108$	3점	

08 [모범답안]

함수 $\{f(x)+a\}^2$가 $x=1$에서 연속이므로

$$\lim_{x \to 1-}\{f(x)+a\}^2 = \lim_{x \to 1+}\{f(x)+a\}^2 = \{f(1)+a\}^2$$

이때, 주어진 그래프에서 $\lim_{x \to 1-}f(x)=-3$, $\lim_{x \to 1+}f(x)=1$

이므로

$$\lim_{x \to 1-}\{f(x)+a\}^2 = (-3+a)^2$$

$$\lim_{x \to 1+}\{f(x)+a\}^2 = (1+a)^2$$

따라서 $\{f(1)-a\}^2 = (-3+a)^2 = (1+a)^2$이므로

$a^2-6a+9=a^2+2a+1$, $8a=8$

$\therefore a=1$

[채점기준]

답안	배점	예상 소요 시간
[함수 $\{f(x)+a\}^2$가 $x=1$에서 연속일 조건] $\lim_{x \to 1-}\{f(x)+a\}^2 = \lim_{x \to 1+}\{f(x)+a\}^2 = \{f(1)+a\}^2$	3점	
[그래프 해석] $\lim_{x \to 1-}f(x)=-3$, $\lim_{x \to 1+}f(x)=1$	3점	5분 / 전체 80분
[a값 구하기] $\lim_{x \to 1-}\{f(x)+a\}^2=(-3+a)^2$ $\lim_{x \to 1+}\{f(x)+a\}^2=(1+a)^2$ 따라서 $\{f(1)-a\}^2=(-3+a)^2=(1+a)^2$ 이므로 $a^2-6a+9=a^2+2a+1$, $8a=8$ $\therefore a=1$	4점	

09 [모범답안]

$\dfrac{S_{n+1}}{S_n}=\dfrac{1}{9}$이므로 S_n은 공비가 $\dfrac{1}{9}$인 등비수열이다.

이때, $S_1=a_1=1$이므로

$$S_n=\left(\frac{1}{9}\right)^{n-1}$$

$$S_{10}=\left(\frac{1}{9}\right)^{10-1}=\left(\frac{1}{9}\right)^9$$

$$a_{10}=S_{10}-S_9=\left(\frac{1}{9}\right)^{10-1}-\left(\frac{1}{9}\right)^{9-1}=\left(\frac{1}{9}\right)^9-\left(\frac{1}{9}\right)^8$$

$$=\left(\frac{1}{9}\right)^9 \times (1-9)=-8\times\left(\frac{1}{9}\right)^9=-\frac{a_{10}}{S_{10}}$$

$$=\frac{8\times\left(\frac{1}{9}\right)^9}{\left(\frac{1}{9}\right)^9}=8$$

[채점기준]

답안	배점	예상 소요 시간
$\dfrac{S_{n+1}}{S_n}=\dfrac{1}{9}$이므로 S_n은 공비가 $\dfrac{1}{9}$인 등비수열 $\therefore S_n=\left(\frac{1}{9}\right)^{n-1}$	4점	
$S_{10}=\left(\frac{1}{9}\right)^9$, $S_9=\left(\frac{1}{9}\right)^8$	2점	4분 / 전체 80분
$a_{10}=S_{10}-S_9$ $=-8\times\left(\frac{1}{9}\right)^9$	2점	
$\therefore -\dfrac{a_{10}}{S_{10}}=\dfrac{8\times\left(\frac{1}{9}\right)^9}{\left(\frac{1}{9}\right)^9}$ $=8$	2점	

10 [모범답안]

$f(x)=x^3-3x^2+kx+1$의 양변을 x에 대하여 미분하면

$$f'(x)=3x^2-6x+k$$

이때, 함수 $f(x)$의 최고차항의 계수는 양수이므로 $f'(x)$가 실수 전체의 집합에서 증가해야만 함수 $f(x)$가 역함수를 갖는다.

즉, 모든 실수 x에 대하여 $f'(x) \geq 0$이므로

이차방정식 $3x^2-6x+k=0$의 판별식을 D라 하면 $D \leq 0$이다.

$$\frac{D}{4}=(-3)^2-3k=9-3k\leq 0, \ k \geq 3$$

이때, $f(1)=1-3+k+1=k-1$이므로 $k-1 \geq 2$

따라서 $f(1)$의 최솟값은 2이다.

PART 1 기출문제 / PART 2 실전모의고사 / PART 3 정답 및 해설

[채점기준]

답안	배점	예상 소요 시간
[함수 $f(x)$가 역함수를 가질 조건 찾기] $f(x)=x^3-3x^2+kx+1$의 양변을 x에 대하여 미분하면 $f'(x)=3x^2-6x+k$ 이때, 함수 $f(x)$의 최고차항의 계수는 양수이므로 $f'(x)$가 실수 전체의 집합에서 증가해야만 함수 $f(x)$는 역함수를 갖는다.	3점	
[k값의 범위 구하기] 위의 $f'(x)$가 실수 전체에서 증가하므로 모든 실수 x에 대하여 $f'(x)\geq 0$ 이차방정식 $3x^2-6x+k=0$의 판별식을 D라 하면 $D\leq 0$ $\dfrac{D}{4}=(-3)^2-3k$ $\quad =9-3k\leq 0,\ k\geq 3$	3점	4분 / 전체 80분
[$f(1)$의 최솟값 구하기] $f(x)$에 $x=1$을 대입하면 $f(1)=1-3+k+1$ $\quad =k-1$이므로 $f(x)=k-1\geq 2$ 따라서 $f(1)$의 최솟값은 2이다.	4점	

11 [모범답안]

① $(1,\ 13)$

② $(-1,\ 13)$

③ 13

[채점기준]

답안	배점	예상 소요 시간
함수 $y=9^x+4$와 직선 $y=13$과의 교점 P의 좌표는 $13=9^x+4,\ 9^x=9,$ $x=1\ P(1,\ 13)$ 그러므로 ① $=(1,\ 13)$	4점	3분 / 전체 80분

답안	배점	예상 소요 시간
함수 $y=\left(\dfrac{1}{2}\right)^{x-3}-3$와 직선 $y=13$ 과의 교점 Q의 좌표는 $13=\left(\dfrac{1}{2}\right)^{x-3}-3,\ 16=2^{-x+3},$ $x=-1\ Q(-1,\ 13)$ 그러므로 ② $=(-1,\ 13)$	4점	3분 / 전체 80분
삼각형 OPQ의 넓이는 $\triangle OPQ$ $=\dfrac{1}{2}\times 13\times\{1-(-1)\}$ $=13$ 그러므로 ③ $=13$	2점	

12 [모범답안]

반지름의 길이 R이 3인 원에 내접하므로

사인법칙을 사용하면

$$\sin A=\frac{a}{2R}=\frac{a}{6},\ \sin B=\frac{b}{2R}=\frac{b}{6},$$

$$\sin C=\frac{c}{2R}=\frac{c}{6}$$

따라서

$$\sin A+\sin B+\sin C=\frac{a+b+c}{6}=\frac{12}{6}=2$$

[채점기준]

답안	배점	예상 소요 시간
$\sin A=\dfrac{a}{2R}=\dfrac{a}{6},$ $\sin B=\dfrac{b}{2R}=\dfrac{b}{6},$ $\sin C=\dfrac{c}{2R}=\dfrac{c}{6}$	4점	3분 / 전체 80분
$\sin A+\sin B+\sin C$ $=\dfrac{a+b+c}{6}$	3점	
$\therefore\ \sin A+\sin B+\sin C$ $\quad =2$	3점	

13 [모범답안]

$f(0)=b$이고 $f(x)=f(x+4)$이므로 $f(4)=b$

이때, $\displaystyle\lim_{x\to 4-}f(x)=\lim_{x\to 4-}\{(x-2)^2+1\}$

$=(4-2)^2+1=5$

따라서 $f(4)=5$이므로

$\therefore b=5$ …… ㉠

한편, 함수 $f(x)$는 연속함수이므로 $x=2$에서도 연속이다.

$\lim\limits_{x\to 2-}f(x)=2a+b=\lim\limits_{x\to 2+}f(x)=1$

$\therefore 2a+b=1$ …… ㉡

㉠과 ㉡의 두 식을 연립하면

$\therefore a=-2,\ b=5$

함수 $f(x)=\begin{cases}-2x+5 & (0\le x<2)\\(x-2)^2+1 & (2\le x<4)\end{cases}$ 이므로

따라서 $f(5)=f(1+4)=f(1)=-2+5=3$

$\therefore f(5)=3$

[채점기준]

답안	배점	예상 소요 시간
[(1) a, b에 관한 식 구하기] $f(0)=b$이고 $f(x)=f(x+4)$이므로 $f(4)=b$ 이때, $\lim\limits_{x\to 4-}f(x)$ $=\lim\limits_{x\to 4-}\{(x-2)^2+1\}$ $=(4-2)^2+1=5$ 따라서 $f(4)=5$이므로 $\therefore b=5$	3점	
[(2) a, b에 관한 식 구하기] 함수 $f(x)$는 연속함수이므로 $x=2$에서도 연속이다. $\lim\limits_{x\to 2-}f(x)=2a+b$ $=\lim\limits_{x\to 2+}f(x)=1$ $\therefore 2a+b=1$	2점	4분 / 전체 80분
위의 두 식을 연립하여 a, b의 값을 구하면 $a=-2,\ b=5$	2점	
따라서 함수 $f(x)=$ $\begin{cases}-2x+5 & (0\le x<2)\\(x-2)^2+1 & (2\le x<4)\end{cases}$ 이므로 $f(5)=f(1+4)=f(1)$ $=-2+5=3$ $\therefore f(5)=3$	2점	

14 [모범답안]

조건 (나)에서 $x\to0$일 때, (분모)$\to0$이고 극한값이 존재하므로 (분자)$\to0$이어야 한다.

즉, $\lim\limits_{x\to0}f(x)=f(0)=0$이므로

$\lim\limits_{x\to0}\dfrac{f(x)}{x}=\lim\limits_{x\to0}\dfrac{f(x)-f(0)}{x-0}=f'(0)=1$

조건 (가)에 $x=0$을 대입하면,

$f'(0)=a$이므로 $\therefore a=1$

한편,

$f(x)=\int f'(x)dx=\int(3x^2+1)dx=x^3+x+C$

(단, C는 적분상수)

$f(0)=0+0+C=0,\ C=0$

$\therefore f(x)=x^3+x$

$f(1)=1+1=2$

따라서 $a+f(1)=1+2=3$

[채점기준]

답안	배점	예상 소요 시간
$\lim\limits_{x\to0}f(x)=f(0)=0$	3점	
$a=1$	3점	4분 / 전체 80분
$f(x)=x^3+x$	2점	
$a+f(1)=3$	2점	

15 [모범답안]

$f(x)=2x^3-6x^2+k$의 양변을 x에 대하여 미분하면

$f'(x)=6x^2-12x=6x(x-2)$

따라서 $f'(x)=0$을 만족시키는 x값은 $x=0$ 또는 $x=2$이므로 닫힌구간 $[0, 3]$에서 함수 $f(x)$의 증가와 감소를 표로 나타내면 다음과 같다.

x	0	…	2	…	3
$f'(x)$		$-$	0	$+$	
$f(x)$	k	↘	$k-8$	↗	k

닫힌구간 $[0, 3]$에서 함수 $f(x)$의 최댓값은 $f(0)=f(3)=k$

최솟값은 $f(2)=k-8$이므로

$k(k-8)=-12,\ k^2-8k+12=(k-2)(k-6)=0$

$k=2$ 또는 $k=6$

따라서 모든 k값의 합은 $2+6=8$

[채점기준]

답안	배점	예상 소요 시간
[$f(x)$가 극값을 갖는 x좌표 구하기] $f(x)=2x^3-6x^2+k$의 양변을 x에 대하여 미분하면 $f'(x)=6x^2-12x$ $\qquad=6x(x-2)$ 따라서 $f'(x)=0$을 만족시키는 x값은 $x=0$ 또는 $x=2$이므로 이때 극값을 갖는다.	4점	
[[0, 3]에서 최댓값과 최솟값 구하기] 닫힌구간 $[0, 3]$에서 함수 $f(x)$의 최댓값은 $f(0)=f(3)=k$ 최솟값은 $f(2)=k-8$	3점	3분 / 전체 80분
[k값 구하기] 최댓값과 최솟값의 곱이 -12이므로 $k(k-8)=-12$, $k^2-8k+12$ $=(k-2)(k-6)=0$ $k=2$ 또는 $k=6$	2점	
모든 k값의 합은 $2+6=8$	1점	

제4회 실전모의고사

국어

01 [모범답안]
자유 전자가 특정한 원자핵에 붙들려 있지 않아 원자핵 사이를 자유롭게 돌아다닐 수 있기 때문이다.

[바른해설]
원자가띠에 있는 전자는 에너지를 흡수하면 에너지 상태가 더 높은 전도띠로 이동하여 자유 전자가 된다. 자유 전자는 특정한 원자핵에 붙들려 있지 않아 원자핵 사이를 자유롭게 돌아다닐 수 있기 때문에 물체 안에 존재하는 자유 전자가 전하를 옮길 수 있게 된다.

[채점기준]

답안	배점	예상 소요 시간
자유 전자가 특정한 원자핵에 붙들려 있지 않아 원자핵 사이를 자유롭게 돌아다닐 수 있기 때문이다.	10점	5분 / 전체 80분

02 [모범답안]
ⓐ 전도띠 / ⓑ 자유 전자
ⓒ 원자가띠 / ⓓ 정공

[바른해설]
외인성 반도체는 첨가된 불순물의 종류에 따라 n형 반도체와 p형 반도체로 구분된다. '공여체'라는 불순물을 첨가한 n형 반도체는 전도띠에 전자를 존재하게 하여 음전하를 띤 자유 전자가 전하를 옮김으로써 전류를 흐르게 한다. '수용체'라는 불순물을 첨가한 p형 반도체는 원자가띠의 전자를 부족하게 하여 생긴 정공이 양전하를 옮김으로써 전류를 흐르게 한다.

[채점기준]

답안	배점	예상 소요 시간
ⓐ 전도띠	3점	5분 / 전체 80분
ⓑ 자유 전자	2점	
ⓒ 원자가띠	3점	
ⓓ 정공	2점	

03

갈래	자유시, 서정시		• 빈센트 반 고흐의 그림 '감자 먹는 사람들'을 모티프로 삼고 쓴 시로 문학과 미술 분야의 관계를 보여 줌 • 상징적 소재를 사용하여 시의 의미를 효과적으로 잘 드러냄 • 시간의 흐름에 따라 회상하며 시상을 전개함
성격	회상적, 서사적		
제재	감자 먹는 사람들의 모습(빈센트 반 고흐의 그림)	특징	
주제	고된 노동에 지친 일가족의 고단함과 휴식에 대한 기대		

[모범답안]
ⓐ 빗줄기
ⓑ 새싹
ⓒ 목욕탕

[바른해설]
ⓐ 위의 작품에서 새벽에 내리는 '빗줄기'는 가족에게 휴식과 위안을 주는 가장 부드러운 존재이자 삶의 희망을 주는 새싹을 돋게 하는 존재이다.
ⓑ 위의 작품에서 '새싹'은 가족들이 잠시나마 고된 노동에서 벗어나 가난한 삶에 새로운 희망을 부여하는 존재이다.
ⓒ 위의 작품에서 '목욕탕'은 일가족이 노동에서 벗어나 달콤한 하루의 육체적 휴식을 취할 수 있는 장소이다.

[채점기준]

답안	배점	예상 소요 시간
ⓐ 빗줄기	3점	3분 / 전체 80분
ⓑ 새싹	4점	
ⓒ 목욕탕	3점	

[04~05]

갈래	궁정 수필, 한글 수필	특징	• 절실하고 간곡한 묘사가 두드러짐
성격	사도 세자의 죽음		• 품위 있는 궁중 용어와 유려한 표현이 사용됨
주제	남편인 사도 세자의 참변으로 인한 많은 인생 회고		• 「계축일기」, 「인현왕후전」과 함께 3대 궁정 수필로 일컬어짐

04 [모범답안]

동궁, 경모궁

[바른해설]

윗글에서 선희궁(영조의 후궁, 사도세자의 생모)이 "동궁의 병이 점점 깊어 바랄 것이~"라고 말한 대목과 빈궁(사도세자의 아내, 혜경궁 홍씨)이 "그저 나도 경모궁을 따라 죽어 모르는 것이 옳되~"라고 말한 대목 등에서 '동궁'과 '경모궁'은 세자(사도 세자)를 지칭함을 알 수 있다.

[채점기준]

답안	배점	예상 소요 시간
동궁	5점	5분 / 전체 80분
경모궁	5점	

05 [모범답안]

ⓒ → ⓐ → ⓓ → ⓑ → ⓔ

[바른해설]

윗글의 내용을 살펴보면 경모궁은 대처분임을 알고 벌써 곤룡포를 벗고 엎드려 있다(ⓒ). 뒤이어 영조가 뒤주를 내라 명하자(ⓐ) 세손이 휘령전으로 들어가 아비를 살려 달라고 애원한다(ⓓ). 세손이 나간 후 경모궁은 뒤주 안으로 들어가고(ⓑ), '나'는 세손과 함께 대궐을 나와 본집으로 간다(ⓔ).

[채점기준]

답안	배점	예상 소요 시간
ⓒ → ⓐ → ⓓ → ⓑ → ⓔ	10점	5분 / 전체 80분

수학

06 [모범답안]

$\lim_{x \to 2}(2x+2)f(x) = 12$에서

$$\lim_{x \to 2}f(x) = \lim_{x \to 2}\frac{(2x+2)f(x)}{(2x+2)} = \frac{\lim_{x \to 2}(2x+2)f(x)}{\lim_{x \to 2}(2x+2)}$$

$$= \frac{12}{6} = 2$$

또한, $\lim_{x \to 2}\dfrac{f(x)}{f(x)+g(x)} = \dfrac{1}{2}$에서

분자와 분모를 $f(x)$로 나누면,

$$\lim_{x \to 2}\left\{\frac{1}{1+\dfrac{g(x)}{f(x)}}\right\} = \frac{1}{2}$$이므로

$$\lim_{x \to 2}\frac{g(x)}{f(x)} = 1,$$

이때, $\lim_{x \to 2}f(x) = 2$이므로 $\lim_{x \to 2}g(x) = 2$

$$\therefore \lim_{x \to 2}\frac{3f(x)}{2x - g(x)} = \frac{3 \times 2}{4-2} = 3$$

[채점기준]

답안	배점	예상 소요 시간
[$\lim_{x \to 2}f(x)$값 구하기] $\lim_{x \to 2}f(x)$ $= \lim_{x \to 2}\frac{(2x+2)f(x)}{(2x+2)}$ $= \frac{\lim_{x \to 2}(2x+2)f(x)}{\lim_{x \to 2}(2x+2)}$ $= \frac{12}{6} = 2$ $\therefore \lim_{x \to 2}f(x) = 2$	4점	5분 / 전체 80분
[$\lim_{x \to 2}g(x)$값 구하기] $\lim_{x \to 2}\frac{f(x)}{f(x)+g(x)} = \frac{1}{2}$에서 분자와 분모를 $f(x)$로 나누면, $\lim_{x \to 2}\left\{\frac{1}{1+\frac{g(x)}{f(x)}}\right\} = \frac{1}{2}$ 이므로 $\lim_{x \to 2}\frac{g(x)}{f(x)} = 1,$ 이때 $\lim_{x \to 2}f(x) = 2$이므로 $\therefore \lim_{x \to 2}g(x) = 2$	3점	
$\therefore \lim_{x \to 2}\frac{3f(x)}{2x-g(x)}$ $= \frac{3 \times 2}{4-2} = 3$	3점	

07 [모범답안]

주어진 수열 $a_{n+1}=2-\dfrac{1}{a_n}$에 $n=1$부터

차례대로 대입하면

$a_1=1$이므로 $a_2=2-\dfrac{1}{a_1}=2-1=1$

$a_2=1$이므로 $a_3=2-\dfrac{1}{a_2}=2-1=1$

$\vdots$

즉, 자연수 n에 대하여 $a_n=1$이다.

따라서 $\displaystyle\sum_{k=1}^{50}a_k=\sum_{k=1}^{50}1=50$

[채점기준]

답안	배점	예상 소요 시간
수열 $a_{n+1}=2-\dfrac{1}{a_n}$에 $n=1$ 부터 차례대로 대입	4점	
$a_1=1$이므로 $a_2=2-\dfrac{1}{a_1}=2-1=1$ $a_2=1$이므로 $a_3=2-\dfrac{1}{a_2}=2-1=1$ $\vdots$ 따라서 $a_n=1$	4점	2분 / 전체 80분
$\therefore \displaystyle\sum_{k=1}^{50}a_k=\sum_{k=1}^{50}1=50$	2점	

08 [모범답안]

① $(x+1)(x-k)$

② $2(1-k)$

③ -1

[채점기준]

답안	배점	예상 소요 시간
$x\neq1$일 때, 양변을 $(x-1)$로 나누면 $f(x)=\dfrac{(x^2-1)(x-k)}{(x-1)}$ $=(x+1)(x-k)$ 그러므로 ① $=(x+1)(x-k)$	4점	
함수 $f(x)$는 실수 전체의 집합에서 연속이므로 $\displaystyle\lim_{x\to1}f(x)$ $=\displaystyle\lim_{x\to1}(x+1)(x-k)$ $=2(1-k)=f(1)=4$ 를 만족한다. 그러므로 ② $=2(1-k)$	3점	5분 / 전체 80분

답안	배점	예상 소요 시간
$2(1-k)=2-2k=4$, $2k=-2$이다. 그러므로 ③ $=-1$	3점	5분 / 전체 80분

09 [모범답안]

함수 $y=6\sin\dfrac{\pi}{2}x$의 주기는 $\dfrac{2\pi}{\left|\dfrac{\pi}{2}\right|}=4$이고,

$-1\leq\sin\dfrac{\pi}{2}x\leq1$, $-6\leq6\sin\dfrac{\pi}{2}x\leq6$이므로 최댓값은 6, 최솟값은 -6이다.

따라서 $y=6\sin\dfrac{\pi}{2}x$의 그래프와 직선 $y=x$의 그래프는 다음 그림과 같다.

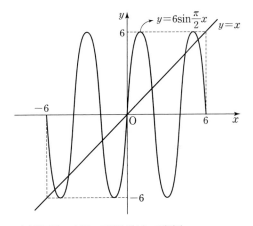

따라서 구하고자 하는 교점의 개수는 7개이다.

[채점기준]

답안	배점	예상 소요 시간
[함수 $y=6\sin\dfrac{\pi}{2}x$의 주기 구하기] 함수 $y=6\sin\dfrac{\pi}{2}x$의 주기는 $\dfrac{2\pi}{\left|\dfrac{\pi}{2}\right|}=4$	2점	5분 / 전체 80분
[함수 $y=6\sin\dfrac{\pi}{2}x$의 최댓값, 최솟값 구하기] $-1\leq\sin\dfrac{\pi}{2}x\leq1$이므로, 함수 $y=6\sin\dfrac{\pi}{2}x$의 범위는 $-6\leq6\sin\dfrac{\pi}{2}x\leq6$	2점	

답안	배점	예상 소요 시간
[그래프의 개형을 통해 교점 찾기] 위의 그래프에서 함수 $y=6\sin\dfrac{\pi}{2}x$와 직선 $y=x$의 교점을 구할 수 있다.	3점	5분 / 전체 80분
교점의 개수는 7개	3점	

10 [모범답안]

점 P의 시각 $t(t\geq0)$에서의 위치 x가

$x=2t^3+at^2+bt+2$이므로

시각 t에서의 속도는 $v=\dfrac{dx}{dt}=6t^2+2at+b$이다.

이때, 점 P의 시각 $t=1$에서의 속도가 10이므로

$6+2a+b=10$, $2a+b=4$ ······ ㉠

한편,

점 P의 시각 t에서의 가속도는 $a=\dfrac{dv}{dt}=12t+2a$이다.

이때, 점 P의 시각 $t=2$에서의 가속도가 30이므로

$24+2a=30$, $a=3$

$a=3$을 ㉠에 대입하면 $b=-2$

따라서 $a-b=5$

[채점기준]

답안	배점	예상 소요 시간
[위치 x의 식을 통해 속도 v의 식 구하기] 속도 $v=\dfrac{dx}{dt}=6t^2+2at+b$ (단, 속도를 v 이외의 미지수로 설정한 경우에도 배점처리)	3점	
[속도 v의 식을 통해 가속도 a의 식 구하기] 가속도 $a=\dfrac{dv}{dt}=12t+2a$ (단, 가속도를 a 이외의 미지수로 설정한 경우에도 배점처리)	3점	3분 / 전체 80분
점 P의 시각 $t=1$에서의 속도가 10, 가속도가 30이므로 $2a+b=4$, $a=3$	2점	
위의 두 식을 연립하면 $a=3$, $b=-2$이므로 $\therefore a-b=5$	2점	

11 [모범답안]

함수 $f(x)=x^2+5x+4\left(x\geq-\dfrac{5}{2}\right)$의 그래프와 직선 $y=x$가 만나는 점의 좌표는

$x^2+5x+4=x$, $x^2+4x+4=(x+2)^2=0$이므로

$x=-2$

따라서 곡선 $y=f(x)$와 $y=g(x)$는 $x=-2$에서 직선 $y=x$와 접한다.

한편, 함수 $f(x)$에 $x=0$을 대입하면 A의 좌표는 $(0,4)$이므로 이를 직선 $y=x$에 대칭하면 B의 좌표는 $(4,0)$이다.

두 곡선 $y=f(x)$, $y=g(x)$와 직선 $y=x$ 및 직선 AB의 그래프는 다음 그림과 같다.

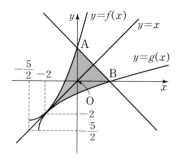

곡선 $y=f(x)$와 직선 $y=x$ 및 y축으로 둘러싸인 부분의 넓이는

$$\int_{-2}^{0}|f(x)-x|\,dx=\int_{-2}^{0}|x^2+4x+4|\,dx$$
$$=\left[\dfrac{1}{3}x^3+2x^2+4x\right]_{-2}^{0}$$
$$=\dfrac{8}{3}-8+8=\dfrac{8}{3}$$

또한, 함수 $y=g(x)$와 직선 $y=x$ 및 x축으로 둘러싸인 부분의 넓이는 위의 넓이와 같으므로 $\dfrac{8}{3}$이다.

원점 O에 대하여 삼각형 OAB의 넓이는 $\dfrac{1}{2}\times4\times4=8$이다.

따라서 구하고자 하는 넓이는

$$\dfrac{8}{3}+\dfrac{8}{3}+8=\dfrac{40}{3}=S$$

$\therefore 3S=40$

[채점기준]

답안	배점	예상 소요 시간
[함수 $f(x)$와 역함수 $g(x)$의 교점 파악] 함수 $f(x)$와 역함수 $g(x)$가 만나는 점은 함수 $f(x)$와 $y=x$가 만나는 점과 같으므로 $x^2+5x+4=x$, $x=-2$	3점	5분 / 전체 80분

답안	배점	예상 소요 시간
[점 A, B 찾기] 함수 $f(x)$에 $x=0$을 대입하면 A의 좌표는 $(0, 4)$이므로 이를 직선 $y=x$에 대칭하면 B의 좌표는 $(4, 0)$이다.	3점	
[각 부분의 넓이 구하기] (i) 곡선 $y=f(x)$와 직선 $y=x$ 및 y축으로 둘러싸인 부분의 넓이 $\int_{-2}^{0}\|f(x)-x\|dx$ $=\int_{-2}^{0}\|x^2+4x+4\|dx$ $=\left[\dfrac{1}{3}x^3+2x^2+4x\right]_{-2}^{0}$ $=\dfrac{8}{3}-8+8=\dfrac{8}{3}$	3점	5분 / 전체 80분
(ii) 곡선 $y=g(x)$와 직선 $y=x$ 및 x축으로 둘러싸인 부분의 넓이 (위의 풀이과정과 동일) (iii) 삼각형 OAB의 넓이 $\dfrac{1}{2}\times 4\times 4=8$		
$S=\dfrac{8}{3}+\dfrac{8}{3}+8=\dfrac{40}{3}$ $\therefore 3S=40$	1점	

12 [모범답안]

$f(t)=3$에서 $a^t-a^{-t}=3$이므로 양변을 제곱하면,

$(a^t-a^{-t})^2=a^{2t}+a^{-2t}-2=3^2=9$

$\therefore a^{2t}+a^{-2t}=11$

한편, $(a^t+a^{-t})^2=(a^t-a^{-t})^2+4=3^2+4=13$

$a^t+a^{-t}>0$이므로

$\therefore a^t+a^{-t}=\sqrt{13}$

$f(4t)=a^{4t}-a^{-4t}=(a^{2t}+a^{-2t})(a^t+a^{-t})(a^t-a^{-t})$

이므로 $11\times\sqrt{13}\times 3=33\sqrt{13}$

$\therefore 33\sqrt{13}$

[채점기준]

답안	배점	예상 소요 시간
$a^{2t}+a^{-2t}=11$	3점	
$a^t+a^{-t}=\sqrt{13}$	3점	4분 / 전체 80분
$f(4t)$ $=a^{4t}-a^{-4t}$ $=(a^{2t}+a^{-2t})(a^t+a^{-t})$ (a^t-a^{-t})	3점	
$f(4t)=33\sqrt{13}$	1점	

13 [모범답안]

함수 $F(x)=4x^3+ax$가 함수 $f(x)$의 한 부정적분이므로

$f(x)=F'(x)=12x^2+a$

이때, $f(1)=8$이므로 $f(1)=12+a=8$, $a=-4$

따라서 $f(x)=12x^2-4$

한편,

함수 $G(x)$는 함수 $xf(x)$의 한 부정적분이므로

$G(x)=\int xf(x)dx=\int x(12x^2-4)dx$

$=\int(12x^3-4x)dx=3x^4-2x^2+C$

(단, C는 적분상수)

이때, $G(0)=2$이므로 $C=2$, $G(x)=3x^4-2x^2+2$

$G(3)=3\times 3^4-2\times 3^2+2=243-18+2=227$

[채점기준]

답안	배점	예상 소요 시간
[함수 $f(x)$의 식 구하기] $f(x)=F'(x)=12x^2+a$ 이때, $f(1)=8$이므로 $f(1)=12+a=8$, $a=-4$ 따라서 $f(x)=12x^2-4$	4점	
[함수 $G(x)$의 식 구하기] 함수 $G(x)$는 함수 $xf(x)$의 한 부정적분이므로 $G(x)=\int xf(x)dx$ $=\int x(12x^2-4)dx$ $=\int(12x^3-4x)dx$ $=3x^4-2x^2+C$ (단, C는 적분상수) 이때, $G(0)=2$이므로 $C=2$, $G(x)=3x^4-2x^2+2$	4점	3분 / 전체 80분

답안	배점	예상 소요 시간
[함수 $G(3)$의 값 구하기] $G(3)=3\times3^4-2\times3^2+2$ $\quad=243-18+2=227$	2점	3분 / 전체 80분

14 [모범답안]

$$\frac{1}{\sqrt{k+3}+\sqrt{k+2}}$$

$$=\frac{(\sqrt{k+3}-\sqrt{k+2})}{(\sqrt{k+3}+\sqrt{k+2})(\sqrt{k+3}-\sqrt{k+2})}$$

$$=\frac{(\sqrt{k+3}-\sqrt{k+2})}{(k+3)-(k+2)}=\sqrt{k+3}-\sqrt{k+2}\text{이므로}$$

$$\sum_{k=2}^{97}\left(\frac{1}{\sqrt{k+3}+\sqrt{k+2}}\right)=\sum_{k=2}^{97}(\sqrt{k+3}-\sqrt{k+2})$$

$$=(\sqrt{5}-\sqrt{4})+(\sqrt{6}-\sqrt{5})+(\sqrt{7}-\sqrt{6})$$

$$\qquad\qquad+\cdots+(\sqrt{100}-\sqrt{99})$$

$$=\sqrt{100}-\sqrt{4}=10-2=8$$

[채점기준]

답안	배점	예상 소요 시간
$\dfrac{1}{\sqrt{k+3}+\sqrt{k+2}}$의 분자와 분모에 $\sqrt{k+3}-\sqrt{k+2}$을 곱하면 $\dfrac{1}{\sqrt{k+3}+\sqrt{k+2}}$ $=\sqrt{k+3}-\sqrt{k+2}$	3점	
따라서 주어진 식을 변형하면 $\sum_{k=2}^{97}\left(\dfrac{1}{\sqrt{k+3}+\sqrt{k+2}}\right)$ $=\sum_{k=2}^{97}(\sqrt{k+3}-\sqrt{k+2})$	2점	
위의 수열을 $k=2$부터 차례대로 전개하면 $\sum_{k=2}^{97}\left(\dfrac{1}{\sqrt{k+3}+\sqrt{k+2}}\right)$ $=\sum_{k=2}^{97}(\sqrt{k+3}-\sqrt{k+2})$ $=(\sqrt{5}-\sqrt{4})+(\sqrt{6}-\sqrt{5})$ $+(\sqrt{7}-\sqrt{6})+$ $\quad\cdots+(\sqrt{100}-\sqrt{99})$ $=\sqrt{100}-\sqrt{4}$	3점	3분 / 전체 80분
따라서 구하고자 하는 값은 8	2점	

15 [모범답안]

두 함수 $y=3^x$, $y=4^x$의 그래프는 다음 그림과 같다.

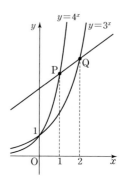

점 P, Q의 x좌표가 각각 1, 2이므로 이를 두 함수
$y=4^x$, $y=3^x$에 대입하면 $P(1,4)$, $Q(2,3^2)$이다.
따라서 직선 l의 방정식은
$$y=\frac{9-4}{2-1}(x-1)+4=5(x-1)+4=5x-1\text{이므로}$$
직선 l의 x절편은 $\dfrac{1}{5}$이다.

$$\therefore a=\frac{1}{5},\ 20a=4$$

[채점기준]

답안	배점	예상 소요 시간
[P, Q의 좌표 찾기] 점 P, Q의 x좌표가 각각 1, 2이므로 이를 두 함수 $y=4^x$, $y=3^x$에 대입하면 $P(1,4)$, $Q(2,3^2)$	2점	
[직선 l의 방정식 구하기] 직선 l의 기울기는 $\dfrac{9-4}{2-1}$이고, 점 $P(1,4)$를 지나므로 $y=\dfrac{9-4}{2-1}(x-1)+4$ $\quad=5(x-1)+4=5x-1$ (단, 점 $Q(2,3^2)$를 이용하여 직선의 방정식을 구한 경우에도 배점처리)	3점	3분 / 전체 80분
[직선 l의 x절편 구하기] 위에서 구한 직선 l의 방정식에서 $y=0$을 대입하여 x절편을 구하면, $5x-1=0, x=\dfrac{1}{5}$ $\therefore a=\dfrac{1}{5}$	2점	
$20a=4$	3점	

제5회 실전모의고사

국어

01 [모범답안]

신경 세포 사이에 일정한 틈이 존재하며, 이 틈을 뛰어넘어 정보를 전달하는 신경 전달 물질이 존재한다.

[바른해설]

제시문에 따르면 20세기 초까지만 하더라도 신경 세포와 신경 세포 사이에는 세포질이 서로 전깃줄처럼 연결되어 정보가 전달되는 것으로 생각하였다. 그러나 현미경으로 자세히 관찰한 결과 신경 세포 사이에는 항상 일정한 틈이 존재하며, 이 틈을 뛰어넘어 정보를 전달하는 어떤 매개 물질, 즉 신경 전달 물질이 존재한다는 것을 발견하였다.

[채점기준]

답안	배점	예상 소요 시간
신경 세포 사이에 일정한 틈이 존재하며, 이 틈을 뛰어넘어 정보를 전달하는 신경 전달 물질이 존재한다.	10점	5분 / 전체 80분

02 [모범답안]

ⓐ 소포체

ⓑ 수용체

[바른해설]

ⓐ 제시문에 따르면 신경 전달 물질은 보통 때는 신경 섬유 말단부의 조그마한 주머니인 '소포체'에 저장되어 있다가 신경 정보가 전기적 신호로 신경 섬유막을 통해 말단부로 전파되어 오면, 이 주머니가 신경 세포막과 결합한 후 터져서 신경 전달 물질이 연접(시냅스) 틈으로 방출된다고 하였다.

ⓑ 제시문에 따르면 방출된 신경 전달 물질은 2만분의 1밀리미터 정도의 짧은 간격을 흘러서 다음 신경 세포막에 다다르고, 세포막에 있는 정보를 받아들이는 물질인 '수용체'와 결합함으로써 정보가 전달된다고 하였다.

[채점기준]

답안	배점	예상 소요 시간
ⓐ 소포체	5점	4분 / 전체 80분
ⓑ 수용체	5점	

03 [모범답안]

ⓐ 지배국 / ⓑ 지배국 / ⓒ 강대국 / ⓓ 종속국 / ⓔ 강대국

[바른해설]

ⓐ 제시문에 따르면 피라미드의 폭과 국가의 수는 비례한다고 하였으므로, 지배국의 국가의 수가 가장 적다.

ⓑ 지배국의 국력은 아래의 모든 국가들의 국력을 합친 것보다 강하다고 하였으므로, 강대국부터 종속국의 국력의 합보다 지배국의 국력이 더 강하다.

ⓒ 제시문에 따르면 지배국은 자국이 만든 국제 질서를 제공하고 자국과 일부 소수 강대국의 이익을 부합시켜 국제 질서를 유지한다고 하였다.

ⓓ 제시문에 따르면 피라미드 아래로 갈수록 현재 국제 질서에 불만족하는 국가의 비율은 증가한다고 하였다. 따라서 지배국에서 종속국으로 갈수록 현재의 질서에 만족하는 국가의 비율은 감소한다.

ⓔ 제시문에 따르면 약소국은 강대국 중 어느 한 국가가 지배국에 도전하게 되면 강대국을 지지한다고 하였다.

[채점기준]

답안	배점	예상 소요 시간
ⓐ 지배국	2점	
ⓑ 지배국	2점	
ⓒ 강대국	2점	5분 / 전체 80분
ⓓ 종속국	2점	
ⓔ 강대국	2점	

[04~05]

갈래	실험극, 단막극	
성격	풍자적, 교훈적	
제재	결혼을 전제로 한 남녀의 만남	
주제	소유의 본질과 진정한 사랑의 의미	특징

특징
- 특별한 무대 장치와 소품이 없음
- 상징적인 사물을 사용하여 극의 주제 의식을 효과적으로 전달하고 있음
- 관객에게 소품을 빌리고 계속 말을 걸어 관객을 극 중에 참여시키고 있음

PART 1 기출문제
PART 2 실전모의고사
PART 3 정답 및 해설

04 [모범답안]

방백

[바른해설]

희곡의 3요소 중의 하나인 '대사'에는 대화, 독백, 방백이 있다. ⓐ는 극 중 등장인물인 '남자'가 말을 하지만 무대 위의 다른 등장인물인 '여자'에게는 들리지 않고 관객에게만 들리는 것으로 약속되어 있는 '방백'에 해당한다.

[채점기준]

답안	배점	예상 소요 시간
방백	10점	2분 / 전체 80분

05 [모범답안]

소유의 본질을 깨닫고 진실한 사랑에 눈을 떴기 때문이다.

[바른해설]

극 중 남자는 여자를 만나기 전에 부자로 행세하기 위해 물건들을 빌렸지만, 하인에게서 물건들을 차례로 빼앗기며 여자와의 대화를 이어간다. 이 과정에서 남자는 소유라는 것은 본래 누군가로부터 잠시 빌린 것이며, 거짓에서 벗어나 진실한 태도를 보였을 때 사랑이 이루어진다는 점을 깨닫는다. 즉, 남자가 자질구레한 것들을 빼앗기지만 역설적으로 자꾸만 행복해지는 것은 소유의 본질을 깨닫고 진실한 사랑에 눈을 떴기 때문이다.

[채점기준]

답안	배점	예상 소요 시간
소유의 본질을 깨닫고 진실한 사랑에 눈을 떴기 때문이다.	10점	5분 / 전체 80분

수학

06 [모범답안]

$f(x)=(x-a)^2+b$(단, a, b는 상수)에서, 함수 $g(x)$가 $x=2$에서 연속이고 역함수가 존재하기 위해서는 $a\leq2$이어야 한다.

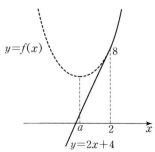

함수 $g(x)$가 $x=2$에서 연속이려면

$\lim\limits_{x\to2-}g(x)=\lim\limits_{x\to2+}g(x)=g(2)$를 만족해야 한다.

따라서

$\lim\limits_{x\to2-}g(x)=\lim\limits_{x\to2-}(2x+4)=8$

$\lim\limits_{x\to2+}g(x)=\lim\limits_{x\to2+}\{(x-a)^2+b\}=(2-a)^2+b$

$\qquad =a^2-4a+b+4$

$\therefore a^2-4a+b+4=8,\ b=-a^2+4a+4$

이때,

$f(4)=(4-a)^2+b=a^2-8a+16+b$

$\qquad =a^2-8a+16+(-a^2+4a+4)=-4a+20$

$a\leq2$이므로 $f(4)=-4a+20\geq12$

따라서 $f(4)$의 최솟값은 12

[채점기준]

답안	배점	예상 소요 시간
[함수 $g(x)$가 $x=2$에서 연속이면서 역함수가 존재하기 위한 조건 찾기] a값의 범위가 $a>2$인 경우 위의 그림과 같이 일대일 대응이 성립하지 않으므로 $a\leq2$일 때 함수 $g(x)$는 $x=2$에서 연속이고 역함수가 존재한다.	2점	5분 / 전체 80분
[함수 $g(x)$가 $x=2$에서 연속이기 위한 조건 찾기] 함수 $g(x)$가 $x=2$에서 연속이려면 $\lim\limits_{x\to2-}g(x)=\lim\limits_{x\to2+}g(x)$ $=g(2)$를 만족해야 한다. 따라서 $\lim\limits_{x\to2-}g(x)$ $=\lim\limits_{x\to2-}(2x+4)=8$ $\lim\limits_{x\to2+}g(x)$ $=\lim\limits_{x\to2+}\{(x-a)^2+b\}$ $=(2-a)^2+b$ $=a^2-4a+b+4$ $\therefore a^2-4a+b+4=8,$ $b=-a^2+4a+4$	3점	

답안	배점	예상 소요 시간
[$f(4)$의 값 구하기] $f(4)=(4-a)^2+b$ $=a^2-8a+16+b$ $=a^2-8a+16$ $+(-a^2+4a+4)$ $=-4a+20$ $\therefore f(4)=-4a+20$	3점	5분 / 전체 80분
[$f(4)$의 최솟값] $a\leq 2$이므로 $f(4)=-4a+20\geq 12$ 따라서 $f(4)$의 최솟값은 12	2점	

07 [모범답안]

$\displaystyle\lim_{x\to\infty}\dfrac{f(x)-x^3}{x}=1$이므로, $f(x)-x^3$은 최고차항의 계수가 1인 일차식이다.

따라서 $f(x)-x^3=x+a$(단, a는 상수)라고 하면,

$\therefore f(x)=x^3+x+a$

한편, $f(1)=2+a=0$이므로 $a=-2$

$f(x)=x^3+x-2$

$\displaystyle\lim_{x\to 2}\dfrac{f(x)-f(2)}{x-2}$에서 $f(2)=2^3+2-2=8$이므로

$\displaystyle\lim_{x\to 2}\dfrac{f(x)-f(2)}{x-2}=\lim_{x\to 2}\dfrac{x^3+x-10}{x-2}$

$\displaystyle=\lim_{x\to 2}\dfrac{(x-2)(x^2+2x+5)}{x-2}$

$\displaystyle=\lim_{x\to 2}(x^2+2x+5)$

$=2^2+2\times 2+5=13$

$\therefore \displaystyle\lim_{x\to 2}\dfrac{f(x)-f(2)}{x-2}=13$

[채점기준]

답안	배점	예상 소요 시간
[$f(x)-x^3$의 식 또는 $f(x)$의 식 세우기] $\displaystyle\lim_{x\to\infty}\dfrac{f(x)-x^3}{x}=1$에서 $f(x)-x^3$ 은 최고차항의 계수가 1인 일차식이므로 $f(x)-x^3=x+a$, $f(x)=x^3+x+a$ (단, a는 상수) (단, a를 다른 미지수로 설정한 경우에도 배점처리)	3점	5분 / 전체 80분

답안	배점	예상 소요 시간
[a의 값 구하기] $f(1)=0$이므로 $f(x)=x^3+x+a$에 $x=1$을 대입하면 $\therefore a=-2$	3점	5분 / 전체 80분
[$\displaystyle\lim_{x\to 2}\dfrac{f(x)-f(2)}{x-2}$의 값 구하기] $\displaystyle\lim_{x\to 2}\dfrac{f(x)-f(2)}{x-2}$ $\displaystyle=\lim_{x\to 2}\dfrac{x^3+x-10}{x-2}$ $\displaystyle=\lim_{x\to 2}\dfrac{(x-2)(x^2+2x+5)}{x-2}$ $\displaystyle=\lim_{x\to 2}(x^2+2x+5)$ $=2^2+2\times 2+5=13$ $\therefore \displaystyle\lim_{x\to 2}\dfrac{f(x)-f(2)}{x-2}=13$	4점	

08 [모범답안]

곡선 $y=x^3-x^2$와 곡선 $y=2x^2-a$가 서로 다른 두 점에서 만나려면 x에 대한 방정식 $x^3-x^2=2x^2-a$

즉, $x^3-3x^2=-a$가 서로 다른 두 실근을 가져야 한다.

$f(x)=x^3-3x^2$이라 하면

$f'(x)=3x^2-6x=3x(x-2)$

$f'(x)=0$일 때, $x=0$ 또는 $x=2$이므로

함수 $f(x)$의 증가와 감소를 표로 나타내면 다음과 같다.

x	$\cdots$	0	$\cdots$	2	$\cdots$
$f'(x)$	+	0	−	0	+
$f(x)$	↗	0	↘	-4	↗

따라서 함수 $y=f(x)$의 그래프를 그림으로 나타내면 다음과 같다.

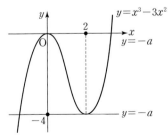

x에 대한 방정식 $x^3-3x^2=-a$가 서로 다른 두 실근을 가지려면 함수 $y=f(x)$와 직선 $y=-a$가 서로 다른 두 점에서 만나야 한다.

PART 1 기출문제 / PART 2 실전모의고사 / PART 3 정답 및 해설

따라서 $-a=0$ 또는 $-a=-4$, 즉 $a=0$ 또는 $a=4$이므로 모든 실수 a의 값은 $0+4=4$

[채점기준]

답안	배점	예상 소요 시간
[문제 의미 분석] 주어진 두 곡선 $y=x^3-x^2$와 $y=2x^2-a$가 서로 다른 두 점에서 만나기 위해서는 $x^3-3x^2=-a$가 서로 다른 두 실근을 가져야 한다.	4점	
[$f(x)=x^3-3x^2$라고 할 때, 극댓값 극솟값 찾기] $f'(x)=3x^2-6x$ $=3x(x-2)$이므로 $f'(x)=0$일 때, $x=0$ 또는 $x=2$ 따라서 $x=0$일 때, 극댓값 0, $x=2$일 때, 극솟값 -4 (단, 식 x^3-3x^2을 함수 $f(x)$이외의 다른 함수로 설정한 경우 또는 설정하지 않고 풀이과정을 서술한 경우에도 배점처리)	3점	3분 / 전체 80분
[a값 찾기] x에 대한 방정식 $x^3-3x^2=-a$가 서로 다른 두 실근을 가지려면 함수 $y=f(x)$와 직선 $y=-a$가 서로 다른 두 점에서 만나야 한다. 따라서 $-a=0$ 또는 $-a=-4$ $\therefore a=0$ 또는 $a=4$	1점	
모든 실수 a값의 합은 4	2점	

09 [모범답안]

① $2b=8+a$

② $a^2=8b$

③ $(-4,2)$

[채점기준]

답안	배점	예상 소요 시간
$a,b,8$가 이 순서대로 등차수열을 이루므로 등차중항을 이용하면 $\therefore 2b=8+a$ 그러므로 ① $=2b=8+a$	3점	
$8,a,b$가 이 순서대로 등비수열을 이루므로 등비중항을 이용하면 $\therefore a^2=8b$ 그러므로 ② $=a^2=8b$	3점	3분 / 전체 80분
⊙의 양변에 4를 곱한 후 ⓛ과 연립하면 $a^2=8b=32+4a$, $a^2-4a-32=(a-8)$ $(a+4)=0$ $a=8$인 경우 $b=8$이므로 $a\neq b$의 조건에 위배된다. 따라서 $a=-4,b=2$ 그러므로 ③ $=(-4,2)$	4점	

10 [모범답안]

$\log_ac:\log_bc=4:3$에서 $3\log_ac=4\log_bc$이므로

$3\dfrac{\log_ac}{\log_aa}=4\dfrac{\log_ac}{\log_ab}$,

$\dfrac{3}{4}=\dfrac{\log_ac}{\log_ab}\times\dfrac{\log_aa}{\log_ac}=\dfrac{\log_aa}{\log_ab}=\log_ba$

$\therefore \log_ba=\dfrac{3}{4}$ (단, $\log_ac\neq0$)

따라서 $\log_ab+\log_ba=\dfrac{4}{3}+\dfrac{3}{4}=\dfrac{4^2+3^2}{12}=\dfrac{25}{12}$

[채점기준]

답안	배점	예상 소요 시간
$\log_ac:\log_bc=4:3$에서 $3\log_ac=4\log_bc$	3점	
$\therefore \log_ba=\dfrac{3}{4}$	4점	4분 / 전체 80분
$\log_ab+\log_ba=\dfrac{25}{12}$	3점	

11 [모범답안]

삼각형 ABP에서 선분 AB를 밑변으로 하면 높이가 최소일 때, 넓이가 최소가 된다.

따라서 높이는 점 P에서 직선 AB에 내린 수선의 발까지의 거리이므로, 직선 AB와 평행하면서 함수

$f(x)=\dfrac{1}{4}x^4-2x^2+\dfrac{19}{4}$에 접하는 직선의 접점이 P일 때, 높이가 최소가 된다.

$f(x)=\dfrac{1}{4}x^4-2x^2+\dfrac{19}{4}$의 양변을 x에 대하여 미분하면,

$f'(x)=x^3-4x$

접점 P의 x좌표가 t이므로, 접점 P에서의 접선의 기울기는

$f'(t)=t^3-4t$

이때, 직선 AB의 기울기는 $\dfrac{0-(-15)}{4-3}=15$

접점 P에서의 접선의 기울기는 직선 AB의 기울기와 같아야 하므로

$t^3-4t=15$, $t^3-4t-15=(t-3)(t^2+3t+5)=0$

이때, $t^2+3t+5=0$의 판별식 D가

$D=3^2-4\times5=9-20=-11<0$에서 허근을 가지므로

$\therefore t=3$

따라서 접점 P의 좌표는 $(3,7)$, 직선 AB의 함수는

$y=15x-60$이므로

삼각형 ABP의 높이의 최솟값은 접점 $P(3,7)$과 직선 $15x-y-60=0$ 사이의 거리와 같다.

$\therefore$ 삼각형 ABP의 최솟값은

$\dfrac{1}{2}\times\overline{AB}\times\dfrac{|15\times3-7-60|}{\sqrt{15^2+(-1)^2}}$

$=\dfrac{1}{2}\times\sqrt{226}\times\dfrac{22}{\sqrt{226}}=11$

[채점기준]

답안	배점	예상 소요 시간
[삼각형 ABP의 넓이가 최소가 되는 좌표 P의 위치 찾기] 직선 AB와 평행하면서 함수 $f(x)=\dfrac{1}{4}x^4-2x^2+\dfrac{19}{4}$에 접하는 직선의 접점이 P일 때, 삼각형 ABP의 넓이가 최소가 된다.	3점	5분 / 전체 80분
[직선 AB의 기울기와 접점 P에서의 접선의 기울기의 관계] 접점 P의 x좌표가 t이므로 접점 P에서의 접선의 기울기 $f'(t)=t^3-4t$는 직선 AB의 기울기 15와 같아야 한다. $\therefore t^3-4t=15$	3점	

답안	배점	예상 소요 시간
[t값 찾기] $t^3-4t=15$, $t^3-4t-15$ $=(t-3)(t^2+3t+5)$ $=0$ 이때, $t^2+3t+5=0$의 판별식 D가 $D=-11<0$에서 허근을 가지므로 $\therefore t=3$	3점	5분 / 전체 80분
[삼각형 ABP의 최솟값 찾기] 접점 P의 좌표는 $(3,7)$, 직선 AB의 함수는 $y=15x-60$이므로 삼각형 ABP의 높이의 최솟값은 접점 $P(3,7)$과 직선 $15x-y-60=0$ 사이의 거리와 같다. $\therefore$ 삼각형 ABP의 최솟값은 $\dfrac{1}{2}\times\sqrt{226}\times\dfrac{22}{\sqrt{226}}=11$	1점	

12 [모범답안]

$f(x)=\displaystyle\int f'(x)dx=\int(-2x+6)dx=-x^2+6x+C$

(단, C는 적분상수)

$f(x)=-(x^2-6x+9)+9+C=-(x-3)^2+9+C$

위 식에서 $f(x)$는 $x=3$에서 최댓값 $9+C$을 갖는다.

따라서 $9+C=3$이므로

$\therefore C=-6$

$f(x)=-x^2+6x-60$이므로

$\therefore f(2)=-2^2+6\times2-6=2$

[채점기준]

답안	배점	예상 소요 시간
$f(x)=\displaystyle\int f'(x)dx$ $=-x^2+6x+C$	2점	3분 / 전체 80분
$f(x)=-x^2+6x+C$ $=-(x-3)^2+9+C$ 로 식을 변형하면 $x=3$일 때, 최댓값 $9+C$를 갖는다.	3점	
$f(x)$의 최댓값은 3이므로 $9+C=3$ $\therefore C=-6$	3점	

PART 1 기출문제
PART 2 실전모의고사
PART 3 정답 및 해설

답안	배점	예상 소요 시간
$f(2)=2$	2점	

13 [모범답안]

등비수열 $\{a_n\}$의 첫째항을 $a(a>0)$, 공비를 r이라 하면

$a_2 \times a_3 = (ar) \times (ar^2) = a^2 r^3 = 27$ ...... ㉠

$a_3 \times a_4 = (ar^2) \times (ar^3) = a^2 r^5 = 243$ ...... ㉡

㉡ ÷ ㉠에서 $r^2 = 3^2$이다.

이때, 모든 항이 양수이므로 $r=3$, $a=1$

따라서 $a_n = 3^{n-1}$

$a_1 \times a_2 \times \cdots \times a_9 = 3^0 \times 3^1 \times \cdots \times 3^8 = 3^{\frac{9(0+8)}{2}} = 3^{36}$

$\therefore \log_3(a_1 \times a_2 \times \cdots \times a_9) = \log_3 3^{36} = 36$

[채점기준]

답안	배점	예상 소요 시간
$a_2 \times a_3 = a^2 r^3 = 27$	2점	
$a_3 \times a_4 = a^2 r^5 = 243$	2점	
위의 두 식을 연립하여 첫째항 a와 공비 r을 구하면 $\therefore r=3$, $a=1$	3점	4분 / 전체 80분
$\log_3(a_1 \times a_2 \times \cdots \times a_9)$ $= \log_3 3^{36} = 36$	3점	

14 [모범답안]

부등식 $2\sin x - \sqrt{3} \geq 0$에서 $\sin x \geq \frac{\sqrt{3}}{2}$이므로, 이를 그래프로 나타내면 다음과 같다.

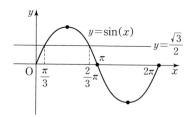

이때, 이를 만족하는 x값의 범위는 $\frac{\pi}{3} \leq x \leq \frac{2\pi}{3}$이다.

따라서 $\alpha = \frac{\pi}{3}$, $\beta = \frac{2\pi}{3}$이므로

$\therefore 2\cos\alpha - \sqrt{3}\tan\beta = 2\cos\frac{\pi}{3} - \sqrt{3}\tan\frac{2\pi}{3}$

$= 2 \times \frac{1}{2} - \sqrt{3} \times (-\sqrt{3}) = 1 - (-3) = 4$

[채점기준]

답안	배점	예상 소요 시간
[문제 의미 분석] 부등식 $2\sin x - \sqrt{3} \geq 0$을 정리하면 $\sin x \geq \frac{\sqrt{3}}{2}$이므로, 이를 그래프로 나타내어 x값의 범위를 구한다.	4점	
[x값의 범위 구하기] 부등식 $\sin x \geq \frac{\sqrt{3}}{2}$의 조건은 함수 $y=\sin x$의 그래프에서 직선 $y=\frac{\sqrt{3}}{2}$의 위쪽 영역에 해당하는 부분이므로, x값의 범위는 $\frac{\pi}{3} \leq x \leq \frac{2\pi}{3}$	4점	4분 / 전체 80분
따라서 $\alpha = \frac{\pi}{3}$, $\beta = \frac{2\pi}{3}$이므로 $\therefore 2\cos\alpha - \sqrt{3}\tan\beta$ $= 2\cos\frac{\pi}{3} - \sqrt{3}\tan\frac{2\pi}{3}$ $= 2 \times \frac{1}{2} - \sqrt{3} \times (-\sqrt{3})$ $= 1 - (-3) = 4$	2점	

15 [모범답안]

조건 (가)에서 $f(x)$는 원점대칭인 함수이므로

$\int_{-a}^{a} f(x)dx = 0$과 $\int_{-b}^{-a} f(x) = -\int_{a}^{b} f(x)dx$가 성립한다.

조건 (나)에서 $\int_{-2}^{3} f(x)dx = 4$이므로 조건 (가)를 이용하여 식을 변형하면

$\int_{-2}^{3} f(x)dx = \int_{-2}^{2} f(x)dx + \int_{2}^{3} f(x)dx$

$= 0 + \int_{2}^{3} f(x)dx = \int_{2}^{3} f(x)dx$

따라서 $\int_{2}^{3} f(x)dx = 4$

조건 (다)에서 $\int_{-7}^{-3} f(x)dx = -6$이므로 조건 (가)를 이용하여 식을 변형하면

$-\int_{-7}^{-3} f(x)dx = -(-6)$, $\int_{3}^{7} f(x)dx = 6$

$\therefore \int_{3}^{7} f(x)dx = 6$

따라서 $\int_2^7 f(x)dx = \int_2^3 f(x)dx + \int_3^7 f(x)dx$

$= 4 + 6 = 10$

[채점기준]

답안	배점	예상 소요 시간
[원점대칭인 함수의 성질을 이용하여 조건 (나)의 식 변형] $\int_{-2}^3 f(x)dx$ $= \int_{-2}^2 f(x)dx + \int_2^3 f(x)dx$ $= 0 + \int_2^3 f(x)dx$ $= \int_2^3 f(x)dx$ $\therefore \int_2^3 f(x)dx = 4$	4점	
[원점대칭인 함수의 성질을 이용하여 조건 (나)의 식 변형] $-\int_{-7}^{-3} f(x)dx = -(-6)$, $\therefore \int_3^7 f(x)dx = 6$ 또는 $\int_{-7}^{-3} f(x)dx = -6$, $-\int_3^7 f(x)dx = -6$, $\int_3^7 f(x)dx = 6$ $\therefore \int_3^7 f(x)dx = 6$	4점	5분 / 전체 80분
$\int_2^7 f(x)dx$ $= \int_2^3 f(x)dx + \int_3^7 f(x)dx$ $= 4 + 6 = 10$	2점	

PART 1
기출문제

PART 2
실전모의고사

PART 3
정답 및 해설